새엄마가 데려온 딸이 전 여친이었다
7
잠시만 더 이대로

이리도 유메
Yume Irido
미소녀 우등생이자 고교 데뷔에 성공한, 미즈토의 전 여친이자 의붓남매.
"이런 데서 농땡이 부리고 있었구나."
"앗, 저기 있다~!"
"이봐, 이 손 놓으라고……!"
카와나미 코구레
Kogure Kawanami
미즈토와 유메의 관계를 지켜보는 자칭 『연애 ROM 전문』.
미나미 아카츠키
Akatsuki Minami
카와나미의 소꿉친구이자 전 여친. 카와나미에게 연애 알레르기가 발생할락 말락 놀리는 게 요즘 취미.

"맨발보다 스타킹이 더 에로틱하지 않나요?"
"……아니, 대체 나한테 어떤 코멘트를 바라는 건데?"
이리도 미즈토
Mizuto Irido
유메의 전 남친이자 의붓 남매. 절친이라 그런지, 이사나에게는 물러터진 편.
히가시라 이사나
Isana Higashira
평소 외톨이로 지내는 라노벨 오타쿠 소녀. 미즈토에게 차였지만, 세간에는 미즈토의 여친으로 알려진 강자.

학생회 비품
호시베 토도
Todo Hoshibe
전년도 학생회장인 3학년. 대학 추천 입학이 확정되어서 한가하기에, 학생회에 자주 출몰한다.
“그럼 나는 한숨 더 잘래.”
“너무 가깝거든요 좀 떨어져요, 선배.”
“으응~, 매정한 구석도 귀여버~!”
아소 아이사
Aisa Aso
학생회 부회장인 2학년. 후배 앞에서는 믿음직한 선배 느낌이지만, 호시베 앞에서는……?
아스하인 란
Ran Asuhain
학생회 서무를 맡고 있는 1학년. 전교 3등의 성적을 자랑하며, 신입생 대표를 맡았던 유메를 라이벌로 여기고 있다.

새엄마가 데려온 딸이 전 여친이었다

잠시만 더 이대로

7

카미시로 쿄스케 지음
타카야Ki 일러스트
이승원 옮김

목차 Contents

좋아하는 사람이 한집에 있다

이리도 미즈토 ◆ 결심한 후의 세계

처음으로 여친이 생겼던 중학생 시절의 나는, 온 세상이 찬란히 빛나는 것처럼 보였다— 같은, 어디선가 들어본 듯한 감상을 늘어놨다.

인생에 대해 다소 알게 된 지금의 나는 세상이 빛나는 것처럼 보이지는 않았다. 나른한 아침도, 어지러운 내 방도, 전부 평소와 다름없어서 시시했다. 특별하게 보이는 점을 하나만 꼽자면—.

"—앗."

아침에 방 밖으로 나가면, 잠옷 차림의 유메가 마찬가지로 방에서 나온다는 점이다.

머리카락을 방금 풀었는지, 긴 흑발이 약간 꼬여 있었다. 이제 막 일어나서 그런지, 아니면 콘택트를 끼지 않은 탓에 눈에 힘을 줘서 그런지, 평소보다 눈매가 사나웠다.

그녀는 나를 보더니, 허둥지둥 손으로 입가를 가리며 말했다.

"잠깐만, 안 돼, 왜 이렇게 일찍 일어난 거야?!"

"……웬일로 그렇게 됐네."

"정말~! 방심했어~!"

유메는 손으로 얼굴을 감싸더니, 세수하듯 비벼댔다.

그녀가 자다 일어난 얼굴을 본 것은 이번이 처음은 아니다. 하지만 본질적으로 타인인 나에게, 자신의 흐트러진 얼굴을 보여주는 것에 대해 여자로서 나름대로 생각하는 바가 있는 것 같았다.

확실히 중학생 시절의 나라면 어떤 식의 반응을 보였을 것이다.

무방비한 그녀의 모습에 가슴이 콩닥거리거나, 흐트러진 얼굴을 보고 환멸을 느끼거나— 하지만, 그것은 여자로서의 유메만 알기 때문이다. 여친으로서의 유메만 알기에, 그런 반응을 보인 것이다.

하지만 지금의 나는 다르다.

"신경 쓰지 마."

가족으로서의 너를 안다. 인간으로서의 너를 안다.

환멸 따위, 이미 할 만큼 했다. 그 후에 이렇게 된 것은, 어쩔 수 없는 일이다.

"집 안에서는 긴장 좀 풀어. 안 그래도 너는 남 앞에서 허세부리고 있으니까, 집에서라도 긴장 풀지 않으면 지칠 거야."

유메는 손가락 사이로 내 얼굴을 힐끔 쳐다봤다.

"……혹시, 배려해주는 거야?"

"일단은 말이지."

"고마워……. 고맙긴, 하지만……."

유메는 뒤돌아서더니, 자기 방의 문을 열었다.

"나한테도 자존심이 있거든?!"

터엉!

방금 일어난 유메는 문 너머로 사라졌다.

……으음.

역시, 중학생 때의 심정으로 돌아가는 건 어렵겠네.

이리도 유메 ◆ 사소한 일도 중대하게

아침부터 미즈토에게 한심한 얼굴을 보여준 나는 거울 앞에서 체크에 체크를 거듭한 후에야, 방을 나섰다.

입가에 침 자국이 없어서 목숨을 건졌다. 진심으로 생각하는 건데, 좋아하는 사람과 한집에 사는 건 너무 불편하다! 보여주고 싶은 모습만 보여주는 건 정말 무리다.

뭐, 불행 중 다행인 것은 그 남자가 내 전 남친이라는 점이다. —보여주고 싶지 않은 모습도 이미 실컷 보여줬으니, 막 잠에서 깬 얼굴을 보여주는 것 정도는 별일도 아니다. 하지만 그건 그것, 이건 이것이랄까…….

오늘은 정말 중요한 날인데 말이다. 이래서야 앞날이 걱정됐다.

"좋은 아침이야, 유메. 빵 구워놨단다~."

"응~."

거실에 간 나는 엄마가 구워준 식빵을 베어 물었다. 식탁 맞은편에는 빵가루가 붙어 있는 빈 접시가 놓여 있었다. 저기는 미즈토의 자리지만, 본인은 보이지 않았다. —아마 아침 식사를 마친 후, 옷을 갈아입기 위해 방으로 돌아갔으리라.

"잘 먹었습니다!"

빵과 홍차를 깨끗하게 비운 후, 나는 거실에서 세면장으로 이동했다. 이를 닦고, 몸가짐을 다시 점검하기 위해서다.

그러자, 그곳에서…….

"앗."

치카치카치카.

거울을 보며 칫솔을 입에 물고 있는, 교복 차림의 미즈토가 있었다.

미즈토는 세면장에 들어온 나를 보더니, 아무 말 없이 옆으로 비켜섰다. 나를 위해 자리를 내준 것 같았다.

지금 세면장을 나가는 건 상대방을 피하는 것 같고, 차례를 기다려야 할 만큼 좁은 세면장도 아니니까…… 나는 미즈토의 옆에 서서, 자기 칫솔을 향해 손을 뻗었다.

치카치카치카치카…….

아무 말 없이 이를 닦는 남녀가, 거울에 비쳤다.

물론 처음 있는 일은 아니다. 하지만…… 왠지 불가사의한 상황이라는 생각이 들었다.

가장 불가사의한 점은, 내가 이 상황에 익숙해졌다는 사실이다. 중학생 시절의 나 혹은 이 집에 막 이사 온 시절의 나라면, 어깨가 닿을 듯한 거리에서 미즈토와 나란히 서서 아무 대화도 나누지 않는 상황에서는 신경이 매우 곤두섰을 것이다.

하지만 지금은 매우 자연스럽고, 당연한 듯이 여기고 있으며, 또한 안도감마저 느끼고 있었다. ……겨우 반년 정도밖에 지나지 않았는데 이렇게 변하다니, 인간은 참 대단한 생물이란 생각에 감탄하고 말았다.

미즈토가 컵을 손에 쥐더니, 물을 담아서 입을 헹궜다.

그 후, 교복 소매로 입가를 닦으려고 하자, 나는 칫솔을 문 채「으응~!」하고 말하며 말렸다.

"응!"

수건을 내밀자, 미즈토는「아아……」하고 한숨인지 감사 표시인지 알 수 없는 소리를 내면서 그것으로 입을 닦았다.

이어서 나도 입을 헹군 후, 미즈토한테서 수건을 넘겨받았다. 내가 입가를 닦는 사이, 미즈토는 세면장 출구로 발을 옮겼다. 등교 준비가 간편해서 좋겠네. 나는 이제 립크림을 발라야 해.

호주머니에 넣어둔 립크림을 손에 쥐었을 때, 거울 가장자리에 비치고 있던 미즈토가 자신을 돌아보고 있다는 것을 눈치챘다.

"……왜?"

뒤돌아보며 묻자, 미즈토는 지그시 나를 쳐다보며 말했다.

"오늘부터지?"

"응?"

"학생회. ……힘내."

—일전에 우리 학교에서는 학생회장 선거가 치러졌다.

입후보자는 한 명.

그래서 신임 투표가 됐으며, 그 사람은 98퍼센트나 되는 신임을 얻으면서 우리 학교의 새로운 학생회장이 됐다.

신임 회장의 이름은 쿠레나이 스즈리.

그리고 그녀의 추천으로 나— 이리도 유메 또한 새롭게 조직된 학생회 집행부에 이름을 올렸다.

오늘부터, 그 활동이 시작됐다.

지나가는 투로 이야기했던 것 같은데…… 기억해줬구나.

"……고마워. 힘낼게."

미즈토는 고개를 끄덕인 후, 세면장에서 나갔다.

그 후, 나는 다시 거울을 보며 입술에 립크림을 발랐다.

"응."

아주 잘 발라진 것 같은 느낌이 들었다.

파도처럼 밀려왔다 빠져나가는 불안과 기대를 가슴에 품고, 나는 그 명판을 올려다봤다.

학생회실.

사립 라쿠로 고교를 이끄는 학생회. 선택받은 소수만이 들어갈 수 있는 방—이라고 말하면, 너무 띄워주는 걸까.

하지만 이제까지 그저 귀가하기만 하던 방과 후에, 교실이 아니라 다른 방 앞에 서 있다. 그 사실만으로도, 말로 형용할 수 없는 고양감이 느껴졌다.

"……좋아."

나는 마음을 단단히 먹은 후, 문을 두드리기 위해 손을 들어올렸다가— 전에 들었던 말이 생각나서 움직임을 멈췄다. 쿠레나이 부회장— 아니, 회장이 말했다. 노크는 손님이 하는 것이며, 손님이 아닌 학생회 멤버는 노크를 할 필요가 없다고—.

나는 그대로 문손잡이에 손가락을 건 후, 힘차게 옆으로 밀었다.

"실례합니다!"

처음이 중요하다고 생각한 나는 과하다 싶을 만큼 힘찬 목소리로 그렇게 말하며 안으로 들어갔다.

딱히 특별할 구석은 없는 방이었다.

문 앞에 손님 접대를 위한 소파 세트가 있으며, 안쪽에는 회의에 쓰이는 직사각형 형태의 책상과 화이트보드가 있었다.

벽 쪽의 선반에는 수많은 파일이 꽂혀 있었으며, 그 외에도 봉제 인형이나 테이블 게임 박스 같은 것도 놓여 있었다.

앞쪽의 소파 세트에도, 안쪽의 회의용 책상 쪽에도 사람은 없었다.

아직 아무도 안 온 걸까?

그렇게 생각하며 안으로 한 걸음 들어가자—.

갑자기…….

조그마한 사람이 시야 가장자리에 불쑥 들어왔다.

"우왓?!"

"……."

내가 너무 놀라서 몸을 뒤편으로 젖히자, 그 사람은 경계심에 사로잡힌 고양이 같은 눈길로 나를 응시했다.

키가 작은 애였다.

아마 아카츠키 양과 비슷하지 않을까.

머리카락은 운동부 부원 느낌으로 단발이었으며, 얼굴은 앳되면서도 귀여운 느낌이었다. 하지만 미간을 살짝 찌푸린 탓에 신경질적인 인상이 존재했다.

아마 1학년……일 것이다. 키도 작고, 가슴에 맨 넥타이도 빨간색이니 말이다.

아니, 하지만, 딱 하나, 1학년답지 않은 부분이— 부위가 있었다.

거…… 거대해.

가슴이…… 거대하다. 어쩌면 히가시라 양이나 마도카 씨에게 버금갈 정도……? 아니, 키가 작아서 더 커 보이는 걸지도 모른다. 아무튼, 키가 비슷한 아카츠키 양이 본다면 미쳐 날뛸 정도의 몸매를 지닌 여자애였다.

아무래도 입구 옆에 있는 선반을 응시하고 있었던 것 같았다. 그래서 내 눈에 바로 들어오지 않았던 것이다.

학생회 멤버……? 맞지? 학생회실에 있잖아. 1학년이라면, 나 같은 신입 멤버일 텐데…….

이 느닷없는 조우 탓에, 머릿속으로 생각해뒀던 인사말이 싹 사라지고 말았다. 내가 딱딱하게 굳은 채 아무 말도 하지 않자, 소녀는 나를 찬찬히 뜯어보며…….

"……이리도 유메 양, 맞죠?"

희미하게 적의가 묻어나는 목소리로, 그렇게 물었다.

어? 뭐야? 초면 맞지? 나, 혹시 사고라도 친 걸까?

"으…… 응, 맞아."

"저는, 아스하인이에요."

그녀는 불쑥 다가오더니, 내 얼굴을 노려보았다.

"아…… 아스하인, 양?"

"그래요. 아스하인이에요. 내일 잎새가 떨어지는 병원이라는 의미의, 아스하인이에요."

엄청 불길한 설명인데……. 뭐라고 대답하는 게 정답일까……?

"으음…… 마, 만나서 반가워……?"

"네. 만나서 반가워요."

"아…… 아스하인 양도, 오늘부터 학생회 멤버야?"

"네. 서무예요."

"그렇구나……. 나는 서기야. 오늘부터 잘 부탁—."

"그게 다인가요?"

"뭐?"

그거 말고 뭐가 더 있는데?

아스하인 양은 귀여운 얼굴로 약간 울컥한 듯한 표정을 짓더니, 나에게 더욱 다가왔다. 저기, 가슴이! 가슴이 닿으려고 해!

"저는 아스하인이에요! 이렇게 말하면 알겠죠?! 1학기 중간고사와 기말고사에서 전교 3등을 한, 아스하인이란 말이에요!!"

"와아~, 전교 3등이구나. 대단하네."

"1위와 2위를 독점한 사람이 무슨 소리를 하는 거예요~!!"

"히이이익~?!"

아스하인 양이 내 두 어깨를 천천히 움켜잡더니, 앞뒤로 흔들어댔다!

"안중에 없다는 건가요!! 당신들 남매 밑에 깔려 있지만,

언젠가 제쳐줄 생각으로 노력하고 있는데!! 그런 저의 이름조차 눈에 들어오지 않았다는 건가요!!"

아, 그래. 3위는 나와 미즈토의 바로 아래에 이름이 있었을 것이다.

솔직히 말해, 나와 미즈토의 순위밖에 신경 안 썼으니까…….

"저…… 저기, 미안해……?"

"사과받고 싶지 않아요! 제가 보고 싶은 건, 당신이 순위표 앞에서 분통을 터뜨리며 부들부들 떠는 모습뿐이라고요!"

지기 싫어한다는 말만으로는 표현할 수 없는 여자애였다.

아스하인 양은 내 어깨를 움켜잡은 채, 척 가라앉은 눈길로 내 얼굴을 노려봤다.

"……이 학생회에서도, 저는 회장 자리를 노리고 있어요. 당신을 밀쳐내고, 제가 회장이 될 거예요. 그런다면, 당신도 제 이름을 기억할 수밖에 없겠죠."

"아, 응. 괜찮아. 이제 기억했어. 아스하인 양."

"함부로 기억하지 마세요!"

대체 어쩌라는 거야?!

참 파워풀한 애와 동기가 된 것 같다. 아카츠키 양과는 다른 의미에서 파워가 엄청났다.

아스하인 양은 한숨을 푹 내쉬더니, 내 어깨를 놔주며 주위를 둘러보았다.

"그러고 보니 또 한 명의 이리도 씨는 안 온 건가요?"

"응. 미즈토— 으음, 내 동생은 학생회 멤버 제안을 못 받았나 봐."

"그런가요……. 흥. 그러고 보니 여친이 생겼다던가요. 연애 따위에 빠진 사람이, 영광스러운 학생회의 일원으로 뽑힐 리가 없죠."

나는 미소를 머금은 채 아무 말도 하지 않았다.

나 자신은 물론이고, 학생회의 우두머리인 회장이 연애에 빠져서 같은 학생회 멤버를 유혹했다는 이야기는 하지 않는 편이 좋을 것이다.

그건 그렇고, 미즈토와 히가시라 양이 사귄단 이야기가 꽤 퍼져나간 것 같네. 우리를 일방적으로 의식하고 있었다고는 해도, 직접적인 접점이 없는 아스하인 양까지 알고 있다니…….

"……어머? 저기, 아스하인 양."

"무슨 일이죠?"

"아스하인 양은 이름이 어떻게 돼? 저기, 몰라서 정말 미안한데……."

그러자, 표정이 갑자기 어두워진 아스하인 양이 시선을 아래편으로 돌렸다.

"……제 이름은……."

이리도 유메 ◆ 노골적 활발 위화감 선배

"오! 란이잖아~! 먼저 왔구나!"

그 목소리를 듣고 돌아보니, 장발의 여성이 기쁜 표정으로 들어오고 있었다.

키는 크지만, 헤어스타일이 롱과 트윈테일을 조합한 투사이드업이라서 약간 어린애 같은 느낌이 있었다.

어깨에 걸친 학교 가방에서 마스코트 키홀더가 잘그락거릴 만큼 달려 있었다. 무례한 발언이겠지만, 딱 봐도 노골적인 패션이었다.

가슴에 멘 리본이 녹색인 것을 보면, 선배인 2학년이다.

어린애 같은 취향의 선배는 아스하인 양에게 다가가더니, 그녀의 조그마한 몸을 봉제 인형처럼 꼭 끌어안았다.

"빨리도 왔네~. 그렇게 나를 보고 싶었어?"

"15분 전 행동을 하려고 노력하는 것뿐이에요. 좀 떨어져요, 선배."

"으응~, 매정한 구석도 귀여버~!"

"귀엽지 않아요."

아스하인 양은 무표정한 얼굴로 선배를 억지로 떼어냈다.

선배는 아쉬워하면서도, 나를 쳐다보며 서글서글한 미소를 지었다.

"네가 이리도 양이지? 스즈링한테서 들었어~. 엄청 우수하다며?”

“아, 아뇨! 닮지도 않아요!”

그것보다, 스즈링? 쿠레나이 회장을 말하는 걸까?

“후훗. 스즈링의 눈에 들었으니까, 우쭐대도 돼~. ……아, 자기소개를 아직 안 했네. 나는 아소 아이사! 2학년! 그리고 오늘부터 부회장! 앞으로 잘 부탁해, 후배님!”

시범을 보이듯 우쭐댄 아소 선배가 가슴을 폈다.

타인의 가슴 사이즈에 과민한 반응을 보이는 아카츠키 양과 함께 다녀서 그런지, 나도 초면인 여성을 보면 무의식적으로 몸매부터 체크하게 되는데…… 아소 선배도 상당한 볼륨을 자랑했다. 허리가 날씬하고 엉덩이가 작은 그림 같은 모델 체형을 지녔으면서, 나보다 커다란 가슴이 존재감을 과시—.

—응? 어라?

……기분 탓일까. 위화감이 느껴지는데……?

“란과는 인사를 마쳤어? 이리도 양을 라이벌로 여기는 것 같던데, 무례를 범하진 않았으려나~?”

“아…… 아뇨. 괜찮아요.”

“『괜찮다』고 말하는 걸 보면, 무슨 일이 있긴 했나 보네. 하아, 정말~. 그래도 용서해줄게.”

아소 선배는 또 아스하인 양을 정면에서 끌어안았다. 아스하인 양은 이제 저항하지도 않았으며, 무시하듯 얼굴에서 표정을 지웠다.

보아하니 내가 쿠레나이 회장에게 권유를 받은 것처럼, 아스하인 양은 아소 선배에게 권유를 받은 것 같았다. 어떤 경위인지 물어봐도 될까? 문화제 실행위원회에는 없었던 것 같지만, 이름으로 부르는 것을 보면 꽤 친밀해 보이네.

그러고 보니…….

"아스하인 양의 이름은…… 『란』이구나."

"……뭐, 그래요."

아스하인 양은 어째선지 인상을 찡그렸다. 아까도 이름을 밝히고 싶지 않은 것 같았는데, 어째서일까?

"아스하인, 란…… 멋진 이름이네. 『인』이 들어간 성은 좀 멋진 것 같아."

"아~, 이해해. 부자 같은 느낌이잖아~."

"……저를, 풀네임으로 부르지 말아 주세요."

아스하인 양은 언짢은 듯한 어조로 그렇게 말했다.

"좋아하지 않거든요. 저를 부를 때는, 성으로 불러주세요."

"왜? ……아, 물어봐도 돼?"

아스하인 양은 고개를 숙이더니, 잠시 뜸을 들인 후에 말했다.

"초등학생 때…… 남자애들에게 『음란』하고 놀림을 받았어요. 성의 마지막 글자와 이름을 붙여서요[#1]."

#1 성의 마지막 글자와 이름을 붙여서요 일본어로 「음란」의 발음이 「인란」인 것을 이용한 언어유희.

……아…….

있을 법한 일이다. 초등학교 고학년 때의 일일까. 사전이나 만화에서 본 야한 단어를, 쓰고 싶어 할 시기다.

아스하인 양은 아소 선배의 품속에서 부들부들 떨었다.

"처음에는 의미를 몰랐지만, 사전으로 의미를 알고 엄청 충격을 받았어요……. 남자들은 왜 그렇게 지성이 모자란 걸까요? 앵무새처럼 몇 번이고, 몇 번이고, 몇 번이고, 몇 번이고……! 그런 생물과 대화가 될 리 없잖아요! 동물원처럼 우리에 가둬버려야 한다니까요!!"

마음속에 쌓인 게 많은지, 아스하인 양은 조그마한 주먹을 마구 휘둘러대며 말을 이었다.

"그런데 나이가 들수록 주위의 여자애들도 남친을 만들기 시작하잖아요……! 연애 따위의 어디가 좋은 건지 모르겠어요! 대체 왜 자처해서 그런 앵무새들과 같이 있으려고 하는 건데요! 진짜 앵무새를 기르는 편이 그나마 나아요! 그렇게 생각하지 않나요?!"

아스하인 양의 기세에 눌린 나는 아무 말도 못 했지만, 그녀를 안고 있는 아소 선배는 싱글벙글 웃으며 기쁜 듯이 웃고 있었다.

"이런 소리를 늘어놓으면서 가슴은 빵빵! 참 귀여버~. 유니콘 같은 느낌에 높은 점수를 줄게!"

무슨 말을 하는 건지 알 수 없기에, 나는 그저 어색한 미소만 짓고 있었다.

이리도 유메 ◆ 사립 라쿠로 고교 학생회 집행부

"아, 다들 모였군."

시끌벅적한 아스하인 양과 아소 선배와 대조적으로, 쿠레나이 스즈리 학생회장은 차분하게 학생회실에 들어왔다.

몸집은 작지만 여전히 존재감은 엄청났기에, 자연스레 몸이 긴장됐다. ……그리고, 그녀의 그림자에 숨듯이, 투박한 안경을 쓴 남자— 하바 죠지 선배가 뒤따르고 있는 것 또한 여전했다.

"안뇽~. 스즈링. 죠~. 먼저 와서 후배들과 노닥거리고 있었어!"

"응. 네 그 붙임성에는 항상 감사하고 있지."

"그야 스즈링은 딱딱하잖아. 내가 부드~럽게 해줘야 하지 않겠어~? 어때? 죠도 그렇게 생각하지~?"

"……."

하바 선배는 아무 말 없이 회의 책상으로 가더니, 자기 가방을 내려놨다.

아소 선배는 「부우~」 하며 노골적으로 입술을 내밀더니…….

"나, 언제까지 경계 대상인 거야?"

"훗. 가슴에 손을 얹고 생각해보지 그래?"

"스즈링도 언제까지 삐쳐있을 건데?"

"삐친 적 없다. 그저 나는 1인칭이 자기 이름이었던 여자애를 알고 있을 뿐이지."

"남자 말투 여자애가 뭐라는 거야~."

쿠레나이 회장을 이렇게 편하게 대하는 사람을, 나는 처음 봤다. 뭐랄까, 1년 동안 이 학생회실에서 쌓은 역사가 묻어나는 듯한 대화였다.

지금은 남 일이며, 무슨 의미인지 알 수 없는 대화다.

……하지만 1년 후에는 나도 비슷한 대화를 나누고 있을지도 모른다고 생각하니, 왠지 기분이 묘했다…….

"저, 저기!"

내가 얼이 나가 있을 때, 아소 선배의 품속에서 탈출한 아스하인 양이 긴장한 표정으로 쿠레나이 회장의 앞에 섰다.

"저, 저는…… 아스하인이라고 해요. 아소 선배의 추천으로 학생회에 들어오게 됐어요! 여러모로 미숙하지만, 아, 앞으로, 잘 부탁—."

"잘 부탁해, 아스하인 양."

쿠레나이 회장은 천천히 아스하인 양의 손을 잡더니, 그녀의 눈동자를 응시하며 미소 지었다.

너무나도 아름다운 미소였기에, 아스하인 양은 아무 말 없이 얼굴을 새빨갛게 붉혔다.

"미숙한 건 나도 마찬가지야. 내가 실수를 저질렀을 때,

부디 네가 그걸 고쳐줬으면 한다. 반대로 네가 실수를 저지른다면, 내가 그 어떤 고난이든 물리치고 너를 돕겠어."

"아, 네, 네엣……."

아스하인 양은 더 딱딱하게 굳더니, 고개만 끄덕거리는 인형이 되어버렸다. 그 모습을 본 아소 선배가 「하아, 진짜 난봉꾼이라니깐~」 하며 어이없다는 듯 중얼거렸다.

아까 나와 경쟁하겠다고 말했지만…… 결국 아스하인 양도 쿠레나이 회장을 동경하는 것이다. 나와 마찬가지로…….

회장은 아스하인 양의 손을 놓더니, 나를 돌아봤다.

"유메 양도, 내 권유를 받아줘서 고맙다."

"아뇨…… 제 의지로 응하기로 한 거니까요. 앞으로 잘 부탁드려요."

내가 무난하게 인사를 마치자, 아스하인 양이 쿠레나이 회장의 눈에 보이지 않는 위치에서 분하다는 표정으로 나를 노려보았다.

"어, 어째서, 이리도 양은 이름으로……."

"문화제 실행위원회에 성이 같은 애가 한 명 더 있었거든. 너도 이름으로 불러줄까? 란 양."

"히익?! 가, 가가, 감사, 감사합니다!"

아스하인 양이 고개를 깊이 숙이자, 쿠레나이 회장은 미소를 머금으며 하바 선배가 이미 앉아서 기다리고 있는 회의 책상 쪽으로 향했다.

"자, 멤버가 다 모였군. 그럼 자리에 앉도록."

화이트보드 앞의 상석에 쿠레나이 회장이 앉자, 이어서 아소 선배가, 그리고 나와 아스하인 양이 의자에 앉았다.

교칙으로 정해져 있는 학생회 임원은 총 다섯 명이다.

회장— 2학년·쿠레나이 스즈리.

부회장— 2학년·아소 아이사.

회계— 2학년·하바 죠지.

서무— 1학년·아스하인 란.

그리고, 서기— 1학년·이리도 유메.

쿠레나이 스즈리 학생회장은, 당당히 팔짱을 끼며 말했다.

"오늘부터 우리가, 라쿠로 고교 학생회 집행부다."

이리도 유메 ◆ 어째선지 자주 얼굴을 비추는 OB

"……하암~."

그 하품 소리가 들려온 건, 나를 비롯한 학생회 임원이 앉아있는 회의용 책상 쪽이 아니었다.

철컥, 하고 문손잡이가 돌아가는 소리가 들렸다.

뒤를 돌아보니 출입구 이외에도 옆쪽 벽에 문이 하나 있으며, 그곳을 통해 키가 큰 남자가 모습을 드러내고 있었다.

거…… 거대해.

물론, 이번에는 가슴이 아니라 키를 말하는 것이다. 상당한 장신이었다. —180센티미터는 넘을 것 같았다. 어쩌면 190센티미터에 육박할지도 모른다. 운동을 하는 건지 체격이 좋았지만, 머리카락이 남자치고 길어서 운동부 부원 같아 보이지는 않았다.

교복을 입고 있는 것을 보면 학생이겠지만, 더 나이가 많아 보였다. 느슨하게 대충 맨 넥타이가 파란색인 것을 보면, 3학년 같았다.

만난 적이 없지만, 왠지 눈에 익은 듯한 느낌이 들었다…….

눈가에 눈물이 맺힌 채 하품을 하는 3학년을 보고 가장 먼저 놀란 이는 아소 선배였다.

“어? 선배?! 이 시간에 뭐 하는 거예요?!”

“어라~? 으음, 아소구나……. 낮잠 좀 잤어. 어제 밤새워서 스트리밍을 봤거든.”

“회장님…….”

커다란 3학년을 향해 어처구니없는 듯한 목소리로 그렇게 말한 이는 쿠레나이 회장이었다. 회장?

“당신도 이제 은퇴했으니, 자료실을 수면실로 이용하는 건 관두시죠.”

“너무 그러지 마, 쿠레나이. 새로운 출발을 한 후배를 지켜봐 주려 하는, 이 선배의 센스 있는 배려잖아.”

“추천 입학이 결정되어서 한가할 뿐인 것 아닌가요?”

“그렇다고도 할 수 있지.”

거한이 씨익 웃자, 쿠레나이 선배는 한숨을 내쉬었다. 그 후, 상황 파악을 못 하고 있는 나와 아스하인 양, 1학년 콤비를 향해 말했다.

"일단 소개해두도록 할까. 그는 호시베 토도. 전임 학생회장이다. 아마 전교 집회에서 본 적이 있을 테지."

아. ……그렇다. 그러고 보니 전교 집회와 입학식에서도 본 적이 있다. 재학생 대표로 인사를 했던, 바로 그 사람이다.

나와 아스하인 양이 인사를 하자, 호시베 선배는 호주머니에 손을 넣은 채 우리를 내려다보며 「으음~」 하고 고개를 갸웃거렸다.

"듣기는 했지만, 둘 다 여자구나. 이래서야 하바의 입지가 더 좁아지겠는걸. 안 그래?"

호시베 선배가 하바 선배의 어깨에 커다란 손을 올려놓으며 그렇게 말했다. 그 말에 하바 선배는 「아뇨……」 하고 짤막하게 부정했지만, 호시베 선배는 씨익 웃으며 그 말을 무시했다.

"좋아. 앞으로도 자주 얼굴을 비추도록 할까. 남자가 하바 혼자면 여러모로 불편할 테니 말이지. 음음, 그렇게 해야겠어."

"다시 말씀드리자면, 추천 입학이 결정되어서 한가할 뿐인 거죠?"

"그렇다고도 할 수 있지."

쿠레나이 회장이 어처구니없다는 표정을 짓고 있을 때,

아소 선배가 심술궂은 표정을 지으며 자리에서 일어났다. 그리고 거구인 호시베 선배에게 다가가더니, 그의 얼굴을 올려다보려 했다.

"말은 그러지만~, 실은 아이사를 만나고 싶은 것뿐 아니에요~?"

"아냐. 그건 절대 아냐."

"부끄러워하기는~. 선배는 참 귀엽다니깐~♪"

"하아~, 너란 애는 여전히 성가시기 그지없네!"

아소 선배는 기쁘다는 듯 웃었다. 아소 선배는 여자치고는 키가 큰 편이지만, 장신인 호시베 선배 옆에 서니 어린애처럼 작아 보였다.

호시베 선배는 아소 선배를 대충 떨쳐낸 후, 도망치듯 응접용 소파 세트로 향했다.

"그럼 나는 한숨 더 잘래. 쿠레나이는 대충 시작하라고."

"어라~? 선배~, 도망치는 거예요?"

"아이사."

아소 선배가 또 달콤한 말투로 호시베 선배를 놀리려 하자, 쿠레나이 회장이 부드러우면서도 엄격한 목소리로 제지했다.

"사랑하는 호시베 회장을 만나서 기쁜 건 이해하지만, 지금은 신입 두 사람을 맞이하는 게 우선 아닐까?"

"어엇?! ……사랑 같은 오해하기 좋은 소리 좀 하지 마, 스즈링! 후배 앞이란 말이야!"

쿠레나이 회장은 아무 말 없이 어깨를 으쓱했다. 아소 선배는 언짢은 듯 입술을 삐죽 내민 후, 자기 자리에 앉았다.

……아하.

사태를 파악한 나는 맞은편에 앉아있는 아스하인 양의 얼굴을 힐끔 쳐다봤다. 그러자 삐친 어린애 같은, 불만을 억누르고 있는 듯한 굳은 표정이 눈에 들어왔다.

진학고에 다니더라도, 학생회에 속해 있더라도, 고등학생이란 존재는 크게 다르지 않다.

상상했던 것보다 가벼운 듯한 학생회의 분위기에 불만을 느낀 듯한 아스하인 양과 달리, 나는 새로운 소속처가 된 이곳에서 친근함을 느끼고 있었다.

이리도 미즈토 ◆ 히가시라 이사나와 첫

오늘부터 학생회의 일원이 되는 유메와 대조적으로, 나는 평소와 마찬가지로 방과 후에는 도서실에 있었다.

요즘 들어서는 방과 후만이 아니라, 도서실에서만이 아니라, 점심시간에도 교실에서 나와 노닥거리게 된 히가시라 이사나는 라이트노벨의 페이지를 쳐다보면서 말했다.

"그런데 미즈토 씨는 뭘 해줄 건가요?"

"응?"

무슨 소리를 하는 거지?

이사나는 창가 공조 설비 위로 들어 올린 맨발을 굽혔다 폈다 하면서 말했다.

"빚 말이에요. 문화제의 후야제에서 저한테 방치 플레이를 한 빚을 꼭 갚겠다고 했잖아요?"

"아, 그래……. 그런 말을 했었지."

"반응이 왜 이리 밋밋한 거예요! 저는 나름대로 기대하고 있었단 말이에요!"

뭐, 그 빚을 제외하더라도 문화제 때는 이사나에게 정말 신세를 졌다. —나로서도 답례를 하고 싶었다.

"그럼 거꾸로 묻겠는데, 뭔가 해줬으면 하는 건 없어? 내가 할 수 있는 거라면 뭐든 해줄게."

"어? 방금 뭐든, 이라고 했어요?"

이사나가 그 말을 듣자마자 반응을 보이자, 나는 자신의 실수를 깨달았다.

몸을 쑥 내미는 이사나한테서 도망치듯, 나는 몸을 뒤편으로 젖혔다.

"뭐, 뭐, 뭐, 뭐든…… 므흐흐. 뭐든이라고, 말했죠?!"

"지, 징그러워, 징그럽다고! 진정해, 이 중증 오타쿠야! 내가 할 수 있는 거라면, 이라고 말했잖아!"

"가, 간단한 거예요……. 헤헤, 에헤헤. 잠시만 참고 있어주면 된다고요……. 에헤헤! 네? 잠시면 된다고요!"

빚을 지지만 않았다면 바로 경찰에 신고했을 것이다. 나는 이사나의 어깨를 움켜잡고 떼어내면서…….

"……바라는 게 뭔데? 일단 들어나 보자."

"에헷. 그게, 그게 말이죠. 전부터 말이에요. 헤헷, 미즈토 씨와 가보고 싶었던 곳이 있어요!"

"가보고 싶었던 곳?"

"방음이 되는 밀실에, 남녀가 들어가서, 시간당 얼마로 돈을 내며, 휴식을 취하는 시설이에요!"

"야, 인마."

네가 성욕의 화신이냐, 하고 외치면서 선제적 자위권을 행사하려던 바로 그 순간에 히가시라 이사나가 콧구멍을 벌렁거리며 말했다.

"—만화 카페! 같이 안 가볼래요?!"

"……"

……뭐야, 그쪽이었냐…….

그 간판이 그 건물에 걸려있다는 건 알고 있었지만, 나도 그 안에 들어가 본 적은 당연히 없었다. 책을 읽고 싶으면 사면 되고, 살 돈이 없으면 도서관에 가서 빌리면 된다. —애초에, 소설과 다르게 만화는 거의 안 보기에, 만화 카페라는 콘셉트 자체가 나에게 맞지 않았다.

하지만 히가시라 이사나에게 있어서 그렇지 않은 것 같았다.

"만화는 장소를 꽤 차지하는 데다, 라이트노벨에 비하면 가성비가 나쁘잖아요. 라이트노벨은 한 권을 보는 데 세 시간 정도 걸리지만, 만화는 한 권에 한 시간 정도고요."

"책을 가성비로 평가한 적은 없지만, 시간으로 보면 그렇기는 할 거야—. 내용도 라이트노벨 한 권을 만화화하면 서너 권 된다는 것 같거든."

"그래서 한꺼번에 읽고 싶은데, 그러려면 돈이 많이 들거든요."

그래서 만화 카페라는 선택지가 생기는 것이라고 한다. 도서관에도 만화는 없으니 말이다.

에헤헤, 하고 이사나는 웃었다.

"뭐, 미즈토 씨와 2인 시트에 들어가면 가슴이 콩닥거려 즐거울 것 같기도 하지만요."

"……이런 기회가 아니면, 너와는 평생 인연이 없을 테니 말이지."

"그래요. 미즈토 씨는 유메 씨와 얼마든지 갈 수 있겠지만요."

"그럴 리가 없잖아."

"그런가요."

"그 애라면 과민 반응할 게 뻔해."

저래 봬도 머릿속이 핑크빛이거든.

"……므흐흐~."

"뭐야."

"저는 츤데레 남자애도 좋아하거든요?"

"무슨 소리야?"

"므흐흐흐~."

짜증이 나서 장난스레 머리를 쥐어박아준 후, 우리는 빌딩 2층에 있는 만화 카페에 들어갔다.

이미 인터넷으로 예약을 한 것 같았다. 낯가림이 발동해서 내 등 뒤에 숨은 이사나를 대신하여 내가 접수를 마친 후, 우리는 부스로 이동했다.

"오……."

이사나는 컴퓨터가 줄지어 놓여 있는 오픈 좌석, 그리고 천장까지 만화가 잔뜩 꽂힌 책장을 흥미롭다는 듯이 이동하며 응시했다.

"소프트크림 무제한 섭취……! 소프트크림을 마음껏 먹을 수 있대요, 미즈토 씨!"

"그런 것 같네. 하지만 만화를 보면서 소프트크림을 먹는 건 어렵지 않아?"

"배가 따로 있어서 괜찮다고요!"

"배가 따로 있는 것과는 상관없을 것 같은데…… 일단 짐부터 내려놓자."

이사나가 예약한 것은 완전 개인실 2인 시트 세 시간 패키지였다. 더치페이를 하면 고등학생에게도 그렇게 부담되지는 않는 가격이다.

자리에 가 보니, 바닥 전체가 쿠션으로 되어 있었다. 플랫 시트라고 하는 것 같았다. 이사나가 먼저 들어가더니, 몸을 날리듯 자리에 힘차게 앉았다.

"오오~."

내가 문을 닫자, 이사나는 넓다고는 할 수 없는 밀실 안을 빙글 둘러보았다.

"왠지, 좋네요. 세상을 쫓아낸 것 같은 느낌이에요."

"세상을 쫓아냈다…… 꽤 재미있는 표현인걸."

확실히 외부의 정보가 대부분 차단된 이 느낌은 나쁘지 않다. 넓은 장소에 있을 때보다 훨씬 자유로워진 느낌이 들었다. 우리의 성격에 맞을지도 모른다.

"미즈토 씨, 신발 벗으세요~."

"먼저 만화부터 챙겨와야 하지 않아?"

"아, 그러네요."

내가 짐을 내려놓고 다시 문을 열자, 이사나는 네발로 기어 나왔다.

그리고 책장이 있는 곳으로 이동했다.

"이 많은 만화를 마음껏 볼 수 있는 건가……."

"왠지 흥분되네요!"

확실히…… 책이 가득 꽂혀 있는 책장을 올려다보기만 해도 상당한 장관이었다.

내가 만화책 몇 권을 뽑아서 훑어보는 사이, 이사나는「아, 이거. 이것도」하며 만화책을 연이어 뽑아서 안아 들었다.

"우와~! 5권 이후가 없어~! 대체 누가 독점하고 있는 거예요!"

"너는 남 말할 자격 없거든?"

나는 이사나가 양손으로 안아 든 스무 권가량의 만화를 쳐다보면서 어처구니없어했다. 세 시간 동안 다 보는 건 무리라고.

이사나가 고른 만화 중 절반을 든 나는 그녀와 함께 자리로 돌아왔다. 소프트크림은 손에 들 수 없는 상황이라서 포기했다.

컴퓨터가 놓인 책상에 가져온 만화를 쌓아둔 이사나는「좋아」하면서 문을 닫았다.

"그럼 다시~!"

하고 말한 이사나는 나를 향해 발을 뻗었다.

말 안 해도 알 수 있었다. 나는 플랫 시트 위에서 이사나의 양말을 벗겨줬다.

"이러고 있으니, 왠지 미즈토 씨의 방에 있는 것 같네요~."

"그렇게 치자면 돈을 낸 만큼, 손해네."

"에이, 평소와는 다르잖아요. 우리 둘 다 교복 차림인걸요!"

"아, 그래서구나."

"네?"

이사나는 영문을 모르겠다는 듯 고개를 갸웃거리자, 나는 그녀의 허벅지 사이로 보이는 물빛 천 조각을 손가락으로 가리켰다.

"보인다고. 치마 입은 걸 깜빡했지?"

"……보, 보여주는 거예요."

"그렇더라도 문제거든?"

"으으……."

이사나는 시트 위에서 W자 모양으로 다리를 두며 앉더니, 허벅지를 모았다.

그리고, 시선만 옆으로 돌리면서…….

"……실은 말이죠, 미즈토 씨."

"응?"

"여름 방학에 날마다 미즈토 씨의 방에서 지내다 보니…… 쪼끔, 사라져버린 걸지도 모르겠어요."

"뭐가?"

"수치심요."

이사나는 그렇게 말하더니, 치마를 누르고 있던 손을 치웠다.

그리고, 아니나 다를까 책상다리를 했다.

"이제 와서 팬티 좀 보여줘봤자 아무렇지도 않아요."

"되찾아와! 수치심을!"

"어~? 미즈토 씨가 야한 마음이 들지 않는다면, 아무래도 상관없지 않나요~?"

……그런 마음이 안 든다고는 말한 적 없다고.

그래서 문제란 말이야.

이리도 유메 ◆ 동경, 좇아가는 자들

"그럼, 오늘은 이쯤에서 끝낼까."

학생회 첫날은 업무 내용의 간단한 설명만으로 끝났다.

기회를 노리고 있었던 것처럼, 전대 회장— 호시베 선배가 응접용 소파에서 하품을 하며 몸을 일으켰다.

"오~, 끝났구나. 그럼 환영회를 하러 가자."

쿠레나이 회장이 어처구니없다는 눈길로 호시베 선배를 쳐다봤다.

"설마, 그것 때문에 일부러 여기서 낮잠을 잔 겁니까?"

"이봐. 설마 나를 따돌리려는 거야? 그렇게 신세를 진 이 선배를 말이야? 응?"

"우와~, 정말 짜증 나는 OB네. 환멸을 느끼겠어요, 선배."

아소 선배가 놀리듯이 그렇게 말하자, 호시베 선배는 하하 하고 입을 크게 벌리며 웃었다.

종잡을 수 없는 사람이기는 하지만, 무드 메이커이기는 한 걸지도 모른다. 카리스마로 자기가 맡은 자리를 지배하는 쿠레나이 회장과는 다른 타입의 리더십이었다.

"뭐, OB를 끼워줄지 말지는 제쳐두고, 환영회 자리는 내가 이미 마련해뒀다. 1학년 두 사람도 꼭 참가해줬으면 좋겠군."

"아, 네. 물론이죠."

"꼭 참가할게요!"

나와 아스하인 양이 그렇게 답하자, 쿠레나이 회장은 미소 지으며 고개를 끄덕였다.

그 후에 우리 여섯 명은 학교를 나선 후, 쿠레나이 회장을 뒤따르며 마을 안을 이동했다.

선두에는 당연히 쿠레나이 회장이 서 있었고, 그 뒤편에서 나와 아스하인 양이 나란히 걷고 있었다. 그 뒤에서는 아소 선배가 호시베 선배를 건드리고 있었으며, 가장 뒤편에서는 하바 선배가 그림자처럼 따라오고 있었다.

"학생회 첫날은 어땠지?"

쿠레나이 회장이 1학년인 우리 둘을 돌아보며 물었다.

"아직 아무 일도 안 해서 잘은 모르겠지만…… 긴장됐어요. 저는 낯을 좀 가리는 편이거든요……."

"그래? 그렇다면 너는 자기 결점과 마주하는 것에 능숙한 편이겠는걸. 나는 낯가림을 하는 줄 전혀 몰랐거든."

기쁘다. 칭찬을 받고 싶은 포인트를 정확하게 간파당한 느낌이 들었다. 이런 사람이야말로 남 위에 서기 위해 태어난 인간일 것이다.

"란 양은 어땠지?"

"으윽! 으음, 저기, 그게……!"

아스하인 양은 조그마한 몸으로 허둥대더니…….

"의…… 의외로, 느슨한 편……이라고, 느꼈어요."

당황한 결과, 꽤 본심에 가까운 말을 털어놨다.

아스하인 양은 곧 「아앗」 하며 손으로 입을 막았지만, 쿠레나이 회장은 후후 하고 웃었다.

"그랬겠지. 나도 작년에는 같은 생각을 했거든."

"어……? 회장님도요?"

"더 진지하고 엄격한 조직일 거라고 생각했는데, 당시 회장이 저런 무책임한 인간이지 뭐야. 나라도 정신을 바짝 차려야겠다고 생각했지."

쿠레나이 회장은 우리의 뒤편을 쳐다봤다. 그곳에서는 호시베 선배가 스트리머의 성대모사를 했다가, 아소 선배에게 「하나도 비슷하지 않거든요?! 아이사의 최애에게 사과하세요!」 하며 혼나고 있었다. ……그것보다 아소 선배, 연상 앞에서는 1인칭이 자기 이름이구나…….

"아마 란 양도 나와 비슷한 생각을 하지 않았을까 싶은걸."

"어, 아니, 그게, 저기……."

아스하인 양은 말끝을 흐리더니, 시선을 옆으로 돌렸다. 정곡을 찔린 것 같았다.

"실로 바람직해."

쿠레나이 회장이 힘찬 어조로 그렇게 말하자, 아스하인

양도 다시 그녀를 쳐다봤다.

"로마에 가면 로마의 법에 따르라는 말을 할 생각은 없다. 오히려 1학년인 네가 똑 부러지게 행동해준다면, 2학년도 정신이 바짝 들겠지. 너는 너답게 하면 돼."

"아, 네……!"

아스하인 양은 말 그대로 진지한 태도로 쿠레나이 회장의 말에 귀를 기울이고 있었다. 도저히 한 살 연상의 동성을 대하는 태도가 아니었다. 그녀에게 회장은 신 같은 존재인 걸까?

회장이 앞을 돌아보자, 아스하인 양은 그제야 어깨에서 힘을 빼며 「하아」 하고 한숨을 내쉬었다.

"……저기, 아스하인 양."

"네?"

내가 조심스레 말을 건네자, 아스하인 양은 여전히 적의가 묻어나는 눈길로 나를 올려다봤다. 하지만 얼굴이 귀엽게 생긴 탓에 그다지 무섭지 않았다.

"아스하인 양은 어디서 쿠레나이 회장님을 안 거야? 나는 문화제 실행위원회에서 함께 활동할 때 알았거든."

내가 알기로, 아스하인 양은 문화제 실행위원회에 참가하지 않았다. 이렇게 동경하는 것을 보면 어딘가에 접점이 있을 테지만, 그게 뭔지 모르겠다.

"……딱히 별일은 아니에요."

아스하인 양은 고개를 숙이더니, 자조 섞인 어조로 말했다.

"입학하고 얼마 안 됐을 때의 일인데, 한 남자애가 저한테 치근덕거렸어요……. 평소 같으면 바로 떨쳐냈을 텐데, 그 자식은 끈질기더라고요."

헌팅을 당했구나. 아카츠키 양은 중학생으로 오해받는 탓에 그런 일을 거의 겪지 않는다고 들었는데, 아스하인 양은 아카츠키 양과 키가 비슷해도 가슴이 장난 아니니까 말이야…….

"그래서 곤란해하고 있을 때, 지나가던 쿠레나이 선배가 도와줬어요. 그때 본 모습이 너무 당당하고, 멋져서……."

나는 그 말을 듣고 마음속으로 고개를 끄덕였다.

키만 본다면, 쿠레나이 회장과 아스하인 양은 그렇게 차이 나지 않는다. 하지만, 쿠레나이 회장은 어째선지 실제 몸집보다 훨씬 커 보인다. 아마 누구 앞에서도 두려움을 느끼지 않으며, 확고한 의지를 지녔기 때문이리라.

"그래서, 학생회에 들어가자고 생각한 거예요. 원래 공부는 잘했으니까, 성적이 좋으면 분명 권유를 받을 수 있을 거라고 생각해서 노력했죠. ……그랬는데……."

"아하하……."

아스하인 양이 원망 섞인 눈길로 노려보자, 나는 어색한 웃음을 흘렸다.

하아, 하고 아스하인 양은 또 한숨을 내쉬었다.

"실은 좀 더 세련되게 인사할 생각이었는데, 너무 당황한 바람에……. 이리도 양, 당신은 어째서 쿠레나이 선배와 평범하게 이야기를 나눌 수 있는 거예요? 좀 익숙해지면 편하게 대할 수 있는 건가요?"

"으음, 그게……. 나도 처음에는 엄청나게 긴장했어."

계기를 꼽자면, ……그 일일까.

나는 집단 가장 뒤편에서 따라오고 있을, 배경 같은 남자를 떠올렸다.

"쿠레나이 회장님은 다른 차원에 있는 사람 같지만……의외로 평범한 구석도 있어."

"평범? 쿠레나이 선배가요?"

"응. ……아마 아스하인 양도 머지않아 알게 될걸?"

아스하인 양은 눈을 가늘게 뜨더니, 미간을 살짝 찌푸렸다.

"……왠지, 업신여겨진 것 같은 느낌이 들어요……."

"뭐?! 아, 아냐! 그럴 생각은 눈곱만큼도 없어!"

하지만, ……아스하인 양한테 연애 같은 건 지뢰일 거야.

괜찮을까. 만약 쿠레나이 회장이 하바 선배를 좋아한다는 걸 알면, 어떻게 될까.

이리도 유메 ◆ 학생회장의 부업

우리가 안내된 환영회 장소는 조용한 골목에 조그마한 간판을 걸어놓고 있는 카페였다.

전세를 낸 건지, 원래 손님이 적은 건지 모르겠지만 다른 손님은 보이지 않아서 우리는 바로 자리로 안내됐다. 어쩌다 보니 1학년끼리 붙어 있게 되면서 내가 아스하인 양의 옆자리에 앉은 순간, 쿠레나이 회장이 말했다.

"다들, 음료수는 뭐로 할 거지?"

모두 다 대답하자, 회장은 고개를 끄덕였다.

"그럼 준비해올 테니 잠시 기다리도록."

준비해온다는 게 무슨 말일까 하고 내가 생각한 순간, 회장은 스태프룸 안으로 쑥 들어갔다.

"여기는 말이지? 스즈링이 아르바이트하는 가게야."

그렇게 말한 사람은 호시베 선배의 옆자리에 앉은 아소 선배였다.

나는 놀라며 물었다.

"아르바이트? 하는 건가요? 학생회 활동도 하면서요?"

"맞아~. 사회 공부를 하는 거래. 정말 자기 자신에게 엄격하다니깐~."

히익……. 무시무시한 활동력이다. 게다가 전교 1등까지 꾸준히 유지하는 것을 보면, 근본적인 스펙에서 차이 난다고 생각할 수밖에 없다.

"……나도 아르바이트할까……."

그렇게 중얼거린 사람은, 신기하다는 듯 가게 내부를 둘러보고 있던 아스하인 양이었다. 그 말을 듣고 나니, 나도 뭐든 해야겠다는 기분이 들었다.

아스하인 양은 작게 중얼거렸지만, 호시베 선배는 그 말을 놓치지 않았다.

“그 녀석 흉내 같은 건 관두는 편이 좋을걸? 저건 스펙이 남아도는 녀석이 걸리는 병이야, 병.”

“……저는 쿠레나이 선배처럼 될 수 없다는 건가요?”

아스하인 양이 불만 어린 목소리로 그렇게 말하자, 호시베 선배는 커다란 손으로 스마트폰을 만지작거리며 대꾸했다.

“적어도, 괜히 무리했다가 몸이 망가지기라도 하면 큰일이겠지. 그런데도 다가서고 싶다면, 하나씩 하나씩 해나가는 게 좋을걸? 이것저것 다 하려고 했다간, 결국 죽도 밥도 안 될 거야.”

“……충고 감사합니다.”

“오, SR 나왔네.”

하는 말은 옳지만, 그걸 게임을 하면서 늘어놓다니……. 아스하인 양도 차가운 눈길로 호시베 선배를 쳐다보고 있다.

이러는 사이, 스태프룸의 문이 열렸다.

“기다리게 했군.”

스태프룸에서 나온 쿠레나이 회장은 웨이트리스 복장을 하고 있었다.

무릎까지 오는 스커트와 흰색 앞치마로 이뤄진 그 모습은 평소의 회장과 전혀 다른 분위기였지만, 체구가 아담하고 여성스러운 회장의 외모와 잘 어울렸다.
나는 오~ 하고 탄성을 터뜨리며 작게 손뼉을 쳤다.
"회장님, 잘 어울려요."
"고맙다. 실은 단골들한테도 호평이지."
회장은 약간 우쭐대는 듯한 느낌으로 그렇게 말했다. 왠지 어린애 같아서 귀엽다.
그러고 보니 기획 프레젠테이션 때의 군복 스타일 고스로리 복장도 참 귀여웠어…….
"선배는……."
"응?"
"혹시, 코스프레를 좋아하세요?"
회장은 훗 하고 자신만만하게 웃었다.
"패션을 즐기는 데 있어, 여성으로 태어났다는 건 특권이지. 그렇게 생각하지 않나?"
"으음…… 아, 뭐, 그렇죠."
좋아하나 보다.
쿠레나이 회장은 쟁반에 놓인 음료를 우리 앞에 뒀다.
"간단한 식사도 주문 가능하니, 사양 말고 시키도록. 오늘은 내가 한턱내지."
"감사해요!"
쿠레나이 회장은 고개를 끄덕인 후, 웨이트리스 차림으로 옆 테이블로 이동했다. 어라? 왜? 하고 생각하며 쳐다보니……

하바 선배가 그쪽에 혼자 앉아있었다. 눈치 못 챘어…….

4인용 박스석인데, 회장은 일부러 하바 선배의 옆에 앉았다. 하바 선배가 몸을 젖히며 거리를 벌리려 하자, 회장은 더욱 붙어 앉았다.

내 옆자리에 앉은 아스하인 양은 내 몸 앞쪽으로 몸을 쑥 내밀며 그 광경을 뚫어지게 쳐다봤다.

"저, 저기…… 아스하인 양?"

내가 말을 건넸지만, 아스하인 양은 미심쩍은 표정으로 나란히 앉은 선배들을 쳐다보며…….

"……쿠레나이 선배와 하바 선배는…… 친한가요?"

핵심을 찌르는 질문을 던졌다.

친한 정도가 아니라, 인적 없는 교실에서 유혹할 정도의 관계지만, 설마 남자를 질색하는 회장 신봉자인 아스하인 양에게 그런 말을 할 수는 없다. 으음, 어떻게 하지. 얼버무리는 편이 좋을까? 아니면 상처가 깊어지기 전에 진실을 이야기해주는 편이……?

"뭐, 1학년 때부터 같은 반이었거든~."

내가 망설이고 있을 때, 아소 선배가 딸기 음료를 빨대로 마시며 말했다.

"죠의 능력을 간파한 것도 스즈링이고, 학생회에 권유한 것도 재니까…… 그런 것치고는 여전히 주목받지 못하니까, 여러모로 신경 써주는 거야."

"아하, 그런 건가요……."

아소 선배가 나에게 눈짓을 보내면서 몰래 윙크했다. 도와줘서 고마워요, 선배! 그리고 윙크 참 잘하네요!

호시베 선배는 여전히 스마트폰을 만지작거리며 말했다.

"신경을 써주는 정도가 아니라, 쿠레나이이는 하바에게 마음이— 커억?!"

"죄송해요, 선~배♪ 실수로 팔꿈치로 찔러버렸어요~♪"

"아, 아니! 방금은 일부러— 꾸엑?!"

"선배 덩치가 큰 게 문제거든요~? 자신의 넓디넓은 히트박스를 원망하세요~♪"

아소 선배가 호시베 선배의 옆구리에 팔꿈치를 퍼억푸욱~ 하고 찔러넣는 가운데, 아스하인 양은 여전히 미심쩍은 표정으로 하바 선배의 뒤통수를 쳐다보고 있었다.

이리도 미즈토 ◆ 나 자신을 넘어선 곳에서 빛나는 것

좁고 조용한 부스 안에서, 종이 넘기는 소리만이 이어졌다.

내 옆에서는 히가시라 이사나가 플랫 시트 위에서 무릎을 끌어안은 자세로 앉아서, 진지한 표정으로 만화를 보고 있었다. 당연히 치맛자락을 누르고 있지도 않았기에 정면에서는 팬티가 그대로 보이겠지만, 옆에 있는 나한테는 보이지 않는 데다 지적해봤자 고치지도 않을 것이기에 그냥 관심을 끄기로 했다.

이사나가 대량으로 가져온 만화책 안에서, 나는 권수가 적은 오래된 작품을 골라서 읽었다. 고전이라 불러야 할 그 작품은 서점에서는 눈에 띄는 일이 적기에, 이럴 때가 아니면 읽을 기회가 없다고 생각했다.

현대까지 남아 있는 고전은 당연히 재미있기에 남겨져 있는 것이며, 장르의 벽을 넘어서 다른 작품에 영향을 끼친 듯한 요소를 찾을 수 있었기에 흥미로웠다. 그리고 다 읽은 후에 책장에 가져다 둔 후, 겸사겸사 드링크바에서 음료를 가져왔다. 오랫동안 책을 독점하는 것은 매너가 좋다고 할 수 없으니 말이다.

그렇게 부스로 돌아와 보니, 이사나가 무릎 위에 태블릿을 펼쳐놓고 있었다.

"뭐 하는 거야?"

그렇게 물으면서 사과주스에 꽂힌 빨대를 이사나의 입가로 가져가자, 그녀는 태블릿에서 눈을 떼지 않으며 음료를 빨아 마셨다.

"푸핫. ……아, 그게요. 괜찮은 구도가 있었거든요……."

"구도?"

이사나의 오른손은 스타일러스 펜을, 왼손으로는 펼쳐놓은 만화를 들고 있었다. 보아하니 이사나는 만화의 한 컷을 태블릿으로 스케치하고 있는 것 같았다.

"만화가분들은 정말 대단하네요. 온갖 구도에서 전부 그릴 수 있어야 하잖아요. 대체 머릿속이 어떻게 되어 있을까요?"

"아니…… 나로서는 갑자기 모사를 시작한 너도 충분히 대단하다 싶거든? 평소에도 자주 이러는 거야?"

"옛날부터 라이트노벨의 일러스트를 모사하며 놀기는 했지만…… 요즘 들어서 더 잘 그리고 싶어졌거든요."

"갑자기 왜 그런 생각을 한 거야?"

"미즈토 씨가 칭찬해줬잖아요."

칭찬? 내가?

"미즈토 씨는 별생각 없이 한 말일지도 모르지만요. 직접 구도를 생각한 것치고는 잘 그렸다고…… 그 말을 들었을 때, 실은 정말 기뻤던 것 같아요. 그 별것 아닌 말을 몇 번이고 떠올렸다니까요……. 그러다 보니, 좀 더 노력해보자는 기분이 들었어요. 저는 참 단순한 애죠?"

이사나는 입가를 씰룩거리면서도 펜을 계속 놀렸다.

"그러다 보니, 그림을 그리는 게 정말 즐겁지 뭐예요."

나도, 기억하지 못한다. 그것은 별생각 없이, 그냥 해본 말이었을 것이다.

하지만 그 한 마디가 이사나의 내면에 존재하는 무언가를 깨어나게 한 걸지도 모른다. 재능이 있는 녀석이라는 것은 알고 있었다. 하지만 그 재능을 옆에서 두 눈으로 목격하자, 나는 말로 형용할 수 없는 충격을 받았다.

솔직하게 놀랐고, 솔직하게 기뻤으며, ……솔직하게, 부러웠다.

이사나는, 자신만의 무언가를 찾아낸 것이다.

얼마 전과는 반대로, 이사나의 옆에 있는 것을 내가 주저할 정도로, 지금의 그녀는 찬란히 빛나 보였다.

……나에게는 이상(理想)이 없다. 되고 싶은 존재가 없다. 그럴지라도 남을 좋아하게 되어도 괜찮다고, 이사나는 말해줬다. 하지만 빈껍데기인 자신이 그 말을 듣고 변할 리가 없다.

하지만. ……이사나가 찬란히 빛날 수 있도록 돕는다면, 다소는 의미가 있을 것이다.

내가 여기에 있을, 의미 말이다.

나는 열심히 그림을 그리는 이사나의 옆에 앉아서, 그녀의 어깨에 살며시 손을 얹었다.

"또 칭찬받고 싶으면 언제든 말해."

"아뇨, 마음에도 없는 칭찬을 받아봤자 의욕이 팍팍 떨어지거든요."

"정말 성가신 녀석이라니깐."

이리도 미즈토 ◆ 인내해야 할 의무는 나에게 있다

『—하, 응…… 아…… 앗—.』

어?

어딘가에서 그런 목소리가 들려오자, 나는 주위를 돌아보았다.

잘못 들은 건가……? 그렇지는, 않지? 방금, 분명, 어딘가에서, 요염한 목소리가…….

『—아…… 꺄아, 흐응!』

"우왓?!"

아까보다 더 또렷하게 목소리가 들려오자, 스케치에 집중하고 있던 이사나도 깜짝 놀라며 등을 꼿꼿이 폈다.

우리는 서로를 쳐다보았다.

"(이봐, 이 목소리…….)"

"(그, 그래요……. 똑똑히 들렸죠?!)"

우리는 자연스레 목소리를 낮췄다.

확인해보지 않고도, 알 수 있었다. 이 목소리의 출처와, 정체를…….

우리는 미리 짜기라도 한 것처럼, 천천히 등 뒤를 돌아보았다.

『—아앙, 안 돼…….』

우리의 등 뒤에 있는 것은, 무기질적인 벽뿐이다.

아니…… 그 너머에, 존재한다.

옆에 있는, 2인 시트 부스가 말이다.

귀를 쫑긋 세워 보니 끼익, 끼익하는 소리가 들리는 것 같았다. 이 상황을 냉철하게 해석해보자면, 벽 너머에서 그렇고 그런 짓이 벌어지고 있다고 여길 수밖에 없었다.

"(우와…… 우와아아……! 여, 여, 옆, 옆방에서……!)"

"(이, 이봐, 진정해.)"

"(하, 하— 하고 있는 거죠?! 트, 틀림없이…… 세, 섹—.)"

"(진정 좀 하란 말이다!)"

"(우으으으읍!)"

나는 허둥지둥 이사나의 입을 손으로 막았다.

"(차분하게 생각해봐……. 확실히 만화 카페에서 그런 짓을 한단 이야기를 들은 적이 없는 건 아니지만, 그렇게 흔하게 접할 수 있는 일이 아닐 거잖아. 분명 AV라도 보는 거야.)"

"(그, 그렇……겠죠. 그런 일이, 흔할 리가—.)"

『—아앙…… 흐윽…… 아아—.』

"(미즈토 씨…… AV라기엔, 억눌린 신음이 너무 리얼한데요.)"

나는 모르겠거든?! 너야말로 어떻게 아는 건데!

이사나 인증의 억눌린 신음이 희미하게 들려오는 가운데, 그녀는 자기 입을 막은 내 손을 슬며시 치우더니 얼굴을 붉힌 채 시선을 사방으로 돌려댔다.

"(미, 미즈토 씨…… 저, 저기…….)"

"(아.)"

정신을 차리고 보니, 너무 몸을 밀착시키고 있었다.

무의식적으로 이사나의 어깨를 움켜잡았으며, 플랫 시트

에 댄 무릎은 이사나의 허벅지 아래로 쑥 들어가 있었다. 아마 내가 이사나의 어깨를 잡은 손에 힘을 조금만 주면, 그녀를 그대로 덮칠 수 있을 것이다.

이런 상황에서 이사나가 어깨를 움츠리며 나를 올려다보자, 분위기가 더욱 위험한 방향으로 흘렀다. 벽 너머에서 들려오는 목소리 탓에 머릿속이 그렇고 그런 방향으로 흘러가면서, 호흡에 맞춰 규칙적으로 흔들리고 있는 가슴에 무의식적으로 시선이 향했다—.

"(……시선…….)"

이사나는 약간 부끄러운 듯 그렇게 중얼거렸다.

"(이렇게 밀착해 있으면 저라도 눈치챈다고요, 미즈토 씨…….)"

"(아니, 저기…… 미안해…….)"

"(유메 씨한테는, 이러면 안 돼요.)"

그리고, 이사나는 앞머리를 만지작거리며 말을 이었다.

"(저한테는…… 해도 되지만요.)"

……때때로, 이 녀석이 일부러 이러는 게 아닐까 하는 생각이 들 때가 있다.

나와 사귈 마음은 이제 없다고 말했지만, 실은 틈만 나면 나를 농락하려 하는 게 아닐까 싶었다.

하지만 그런 흑심이 전혀 없어서 더 문제다.

나는, 평범한 녀석이다. 그저 얼굴에 감정이 잘 드러나지 않을 뿐, 평범한 남자다. 이사나를 친구로 여기고 있지만, 그런 욕구를 갑자기 자극당해 흔들릴 때가 있다.

이 녀석이 이런 녀석인 만큼…… 내가, 책임감을 가지고 자제해야만 한다.

"우왓?!"

나는 이사나의 얼굴을 가슴으로 꼭 끌어안은 후, 그녀의 머리를 거칠게 쓰다듬어줬다.

이러면 대형견과 다를 게 없다. 애완동물 같은 거다. 나는 애완동물 상대로 성적 흥분을 느끼지 않는다. 얘는 애완동물, 애완동물, 애완동물…….

"저, 저기, 미즈토 씨! 가, 갑갑……!"

이사나가 내 품속에서 버둥거리다— 그녀의 발이, 툭 하고 책상에 닿았다.

그리고, 책상에 탑처럼 쌓여 있던 만화책이 그대로 기울어졌다.

"앗—."

나는 반사적으로 손을 뻗어서 만화책으로 된 탑을 지탱하려 했다. 하지만 바로 그때, 앞으로 내민 몸을 지탱하기 위해, 다른 한 손이, 반사적으로 근처에 있던 것을 움켜잡았고…….

"—하앙!"

요염한 목소리가, 벽 너머가 아니라, 근처에서 들려오더니, 만화책 탑이 그대로 허물어졌다.

내 손은 부드러운 물체를 움켜잡고 있었다.

한 손으로 움켜쥘 수 없을 만큼 거대하고, 손가락이 자연스럽게 파고들지만, 그 손가락을 밀어내려는 듯한 탄력을 지녔다. 이 부드러운 물체에서는 와이어로 된 단단한 물체에 감싸여 있는 감촉이 느껴졌다.

"하응…… 앗……."

이사나는 얼굴이 붉어지더니, 얕은 숨을 연이어 내쉬었다.

흩뿌려진 만화를 손으로 짚고, 다른 한 손을 등 뒤로 돌려서 지탱하며, 내 손길을 받아들이고 있었다.

그녀의 가슴 한쪽을 움켜쥐고 있는, 내 손을 말이다.

"……미즈토…… 씨……."

싫어하지도, 떨쳐내지도 않으며, 이사나는 촉촉이 젖은 눈으로 나를 쳐다봤다.

저 눈동자가 벽 너머의 목소리에서 비롯된 환영인지 구별할 수 없게 된 가운데, 나는 갑자기 두려움에 사로잡혔다.

만지고 말았다.

이제까지, 손바닥으로 만진 적은 없었는데— 이렇게 움켜쥐고 말았다.

그리고, 증명되고 말았다.

내가 이런 짓을 해도, 이사나가 싫어하지 않는다는 것이…… 증명되고 말았다.

나는 머뭇거리며, 가슴에서 손을 뗐다.

그러자 이사나는 흐트러진 치맛자락을 가지런하게 고치더니, 옆으로 고개를 돌렸다.

이윽고…….

"……미즈토 씨는…… 일부러, 이러는 거예요……?"

이사나가 불쑥 중얼거렸다.

"미즈토 씨가 좋아하는 사람은 유메 씨니까…… 이래 봬도 두 사람을 배려해서, 여러모로 참고 있는데……! 왜 저를 유혹하는 듯한 짓을 하는 거예요. 제가 이성을 잃기라도 하면 어쩌려는 건데요?!"

……이게, 참고 있는 건가.

대체 안 참으면 어떤 짓이 벌어지는 걸까.

이사나는 몸을 돌리더니, 가라앉은 눈길을 머금으며 엉금엉금 기듯 다가왔다.

"만약 못 참게 되면…… 책임, 져주셔야 해요."

"채, 책임……?"

"바람피워주세요. 저와 함께 비도덕적인 쾌락에 빠져줘야겠어요."

나는 약간 안심했다. 지금 이렇게 농담을 늘어놓는 것을 보면, 실제로 그런 일이 벌어지지는 않을 거란 생각이 들었다.

"제가 야한 만화를 그리게 되면, 자료가 되어줘야겠어요."

"그건 진짜로 언젠가 현실이 될 것 같아서 싫어."

"아무튼! 오해 살 만한 행동을 하지 말라고요!"

내가 할 말이지만, 이런 일은 내가 컨트롤해 나가야 할 테니— 나는 고개를 끄덕일 수밖에 없었다. 애초에, 실수로 만진 건데 그게 오해 살 만한 행동이 맞느냐는 의문이 들지만…….

하아, 하고 이사나는 한숨을 내쉬었다.

"뭐, 이번에는 옆방 분들의 비매너 음란행위 탓이니까. — 어라?"

"왜 그래?"

이사나는 갑자기, 벽을— 에로틱한 목소리가 흘러나오던 옆 부스를 쳐다봤다.

……어, 어라?

"옆방— 조용해진 것 같지 않아요……?"

이사나의 말이 옳았다.

어느새, 벽 너머에서 들려오던 소리가 깨끗하게 사라졌다.

우리에게 들린다는 것을 눈치챈 것일까……? 아니, 그렇다고 해도 이렇게 완벽하게 기척을 지우다니…….

우리는 서로의 얼굴을 쳐다본 후, 누가 먼저랄 것 없이 살금살금 부스에서 나왔다.

그리고, 옆 부스를 몰래 들여다봤다.

아무도 없었다.

아무런 기척도 느껴지지 않았다.

"……미즈토 씨는 아세요?"

"……뭘 말이야?"

"귀신은, 야한 이야기를 하면 도망친다고 해요."

"왜 지금 그 이야기를 하는 거야?"

무슨 상관이 있는데?

이사나는 무표정한 얼굴로 부들부들 떨었다.

"미즈토 씨…… 오늘, 집까지 바래다주세요."

"……그래."

"그리고 다음에 만화 카페에 올 때도 같이 와줬으면 해요."

담이 참 큰 애란 생각이 들었다.

보통 다시는 안 오겠다고 생각할 것 같은데 말이다.

이리도 유메 ◆ 좋아하는 사람이 한집에 있다

해가 기울면서 하늘이 반쯤 어두워졌을 때, 학생회의 환영회는 끝났다.

"그럼 내일부터 본격적으로 활동을 개시하도록 하지. 다들 잘 부탁한다."

"최, 최선을 다할게요!"

"잘 부탁드려요!"

삼삼오오 흩어진 후, 나는 혼자서 집으로 향했다.

길을 걸으면서, 오늘 만난 사람들을 떠올렸다.

나를 라이벌로 여기는 아스하인 양. 과거의 경험과 성실함 탓에 연애에 안티인 그녀는 나와 쿠레나이 회장의 상황을 알면 분노하지 않을까 걱정된다.

선배로서 믿음직해 보이는 아소 선배. 하지만 남자 상대로는 좀 노골적인 면이 있어서, 미즈토에게 다가가게 두고 싶지 않다. 아니면, 호시베 선배 앞에서만 그러는 걸까?

전대 회장인 호시베 선배. 언뜻 보면 매사에 대충인 사람 같지만, 말 한 마디 한 마디에서 사려 깊은 면이 드러난다. 한가해서 학생회실에 놀러 왔다고 말했지만, 실제로는 어떨까.

동아리 활동을 해본 적 없는 나는 선배나 동기가 생기는 게 처음이었다. 잘 지낼 수 있을까. ―중학생 때의 나라면 마음속이 걱정으로 가득 찼을 것이다. 하지만, 지금의 나는 다르다.

세상이 재미있어진 듯한 느낌이 들었다.

기대와 확신에 찬 두근거림으로, 가슴속이 가득 찼다―.

"―아."

그런 생각을 하며 걷고 있을 때, 낯익은 뒷모습이 눈에 들어왔다.

가을이 깊어가면서, 해도 짧아졌다. 밤에 가까운 이 시간에 그가 이런 곳을 걷고 있는 건 신기한 일이다. 히가시라 양과 어디 들렀던 것일까.

그는 뒤편에 있는 나를 전혀 눈치채지 못한 것 같았다. 그래서인지, 나는 마음속에서 장난기가 샘솟았다.

빙긋 웃으면서, 기척을 숨긴 채로 눈에 익은 그의 등에 다가간 후—.

"왓!"

"우와아아아아앗?!"

그는— 미즈토는 흠칫 놀라며 껑충 뛰더니, 튕기듯 나와 거리를 벌렸다.

반응이 너무 격렬했기에, 놀래준 나도 그 자리에서 딱딱하게 굳고 말았다.

"까, 깜짝이야……. 이렇게 놀랄 줄은 몰랐어……."

"아…… 아아, 너구나……."

미즈토는 고개를 돌려서 내 얼굴을 보더니, 멋쩍은 듯이 시선을 피했다.

아, 귀엽다. 부끄러워하네.

미즈토는 여성향 게임의 캐릭터처럼 괜히 목덜미를 매만지며 말했다.

"피치 못할 사정이 있어서 이사나를 집까지 바래다줬거든……. 너는 학생회를 마치고 돌아오는 길이야?"

"응. 회장님이 아르바이트를 하는 가게에서 환영회를 했어."

"아르바이트? 그 사람이? 상상이 안 되는걸……."

으음, 평소보다 말수가 많네.

아무래도 아까 전의 과민 반응을 얼버무리려는 것 같다.

"저기, 그 피치 못할 사정이 뭐야?"

한 걸음 다가선 내가 눈을 응시하며 묻자, 미즈토는 움찔했다.

"……별거 아냐……."

"그 별거 아닌 게 뭔데? 그것보다, 히가시라 양과 뭐하면서 놀았어?"

자연스레 질문이 마음속에서 넘쳐 나왔다.

딱히 질투하는 건 아니다. 미즈토가 히가시라 양과 단둘이서 노는 건 어제오늘 일도 아니니 말이다.

그저— 알고 싶다.

내가 학생회 멤버들과 함께 있는 동안, 미즈토는 무엇을 했을까. 지극히 당연한 일인 것처럼, 본인의 입을 통해 내가 모르는 그에 대해 듣고 싶어졌다.

반대로, 이야기하고 싶다.

오늘 있었던 일. 오늘 만난 사람. 새로운 장소에서 겪은 새로운 일. 네가 모르는 나.

이야기하고, 듣고, 공유하고 싶다. 오늘이라는 기념비적인 날을, 너와 함께 돌이켜보고 싶다.

다행히, 시간은 있다.

왜냐하면, 우리는—.

"……알았어. 이야기해줄게. 어차피 같은 집으로 돌아갈 거잖아."

좋아하는 사람이 한집에 있다는 건, 정말 불편하다.

하지만, 좋아하는 사람이 한집에 있어서, 참 행복하다.

왜냐하면, 잘 가라는 말을 안 해도 된다.

내일 봐, 라고 말하며 반대 방향으로 걸어갈 필요가 없다.

낮에는 다른 장소에 있더라도, 밤이 되면 같은 장소로 돌아와서, 그날 있었던 일을 이야기한다.

내가 알고 싶은 너.

네가 모르는 나.

나와 너의 불가사의한 일을, 하나하나 이야기해줄 수 있다.

"오늘은, 이사나와 만화 카페의 2인 시트를 체험해봤는데—."

아니, 대체 뭘 한 거야?

……이런 질투도, 한집에서 살기에 할 수 있는 사치다. 만화 카페의 2인 시트보다 같은 집에서 사는 게 더 랭크가 높거든!

네 얼굴을 새빨갛게 만들고 싶다

이리도 유메 ◆ 전 여친은 소악마가 되고 싶다

나, 이리도 유메는 이리도 미즈토를 좋아한다.

그런 상황 자체는 약 2년 전, 그와 처음 만났을 때와 다르지 않다. ―다른 점은 내가 현재 어엿한 여성으로 성장했다는 점과, 미즈토와 사귀다 헤어졌다는 점…… 그리고, 의붓남매가 되어서 서로에게 싫은 소리를 마구 해댄 후라는 점이다.

솔직하게 말하겠다.

이제 와서, 좋아한다고 말하는 건 어렵다.

……아니, 저기, 그렇잖아?! 이제까지 그렇게 험악하게 지내왔는데, 갑자기 러브러브 분위기를 뿜기 시작했다간 기분 나쁠 거야! 그리고 단순히 부끄럽거든?!

가능하다면, 노골적으로 호의를 드러내지 않으며 미즈토를 농락하고 싶다.

우리가 사귀었던 중학생 때보다 더 나를 좋아하게 만들어서, 상대방이 고백하게 만들고 싶다.

내가 얼간이라서 이러는 건 아니다. 그래야 평등한 것이다. 왜냐하면, 지난번에는 내가 고백했으니 말이다.

그런고로, 내 목표는 단 하나다.

호의가 있는 건지 없는 건지 알 수 없어 가슴만 애태우게 하는, 소악마 같은 여자!

다행히 기회만이라면 얼마든지 있어서, 기회를 봐서 도전해보고 있는데…….

"미— 미즈토!"

거실 소파에 앉아있는 미즈토를 본 내가 마음을 가다듬고 그의 어깨를 향해 몸을 날렸다.

허물없는 신체 접촉!

남자의 마음을 흔드는 필살기다. ……라고, 아카츠키 양이 말했다.

그리고 나는 미즈토의 얼굴을 옆에서 들여다보며 물었다.

"뭐, 뭐……해?"

개인적 공간에 침입!

남자애는 거리감이 가까운 여자애에게 확 넘어가는 법이다. ……라고, 아카츠키 양이 말했다.

미즈토는 내 얼굴을 힐끔 쳐다보더니, 곧 자기 무릎을 향해 시선을 돌렸다.

"독서 중이야. 보면 알잖아."

"흐음……. 뭐 읽어?"

"영어 단어를 의인화한 히로인이 나오는 암호해독물이야."

그게 뭐야. 정말 이상한 소설을 좋아한다니깐…….

하지만, 이 상황에서 공격을 펼쳐야 소악마다!

"흐음~, 재미있겠다. 다음에 빌려줘."

이해와 흥미!

거리감이 가까운 여자애가 이해와 흥미를 보이면, 남자애는『이 애, 나를 좋아하는 거 아냐?』하고 생각하는 습성을 지녔다! ……라고, 아카츠키 양이 말했다.

자, 가슴을 애태워. 자의식을 가동해! 내가 신경 쓰여서 견딜 수 없게 되는 거야!

"이사나한테 빌린 거니까 안 돼."

미즈토는 페이지를 넘겼다.

…………………….

"그…… 그렇구나."

반성회를 시작하겠습니다.

이번에는 왜 실패한 것일까?

……유심히 생각해 보니, 평소와 별반 다르지 않아서가 아닐까요?

미즈토를 자의식 과잉으로 만드는 건 고사하고 나만 자의식 과잉이 된 데다, 공세를 펼친다고 생각하면서도 실은 평소와 별반 다르지 않은 짓을 하는 게 아닐까요?

앗, 거기! 맞는 말 좀 그만 하세요!

"……."

때때로지만, 잘 될 때도 있어. 진짜야! 1할 정도의 확률로 각성한단 말이야!

하지만, 9할은 이렇다.

뭔가 될 것 같지만, 실은 아무것도 안 된다.

어, 어렵다……. 소악마는 대체 어떻게 되는 거야?

이리도 유메 ◆ 좋아하는 사람이 좋아하는 타입이라고 단정할 수는 없다

학생회실에는 항상 모든 멤버가 모여 있지는 않다. 각자의 사정과 업무 관련으로 한두 명이 빠지는 일도 드물지 않으며, 때로는 혼자 있을 때도 있다.

학생회에 들어오고 얼마 지나지 않아서, 그 출석률에도 법칙이 몇 가지 존재한다는 것을 알았다. 예를 들자면 아스하인 양은 웬만해서는 빠지지 않는다. 하바 선배는 쿠레나이 회장이 있을 때는 웬만하면 있고, 없을 때는 웬만하면 없다. 아소 선배는 이유 없이 빠질 때도 있지만, 호시베 선배가 있을 때는 웬만하면 있다. —등등이다.

오늘은 쿠레나이 회장과 하바 선배만 없는 날이다.

호시베 선배가 응접용 소파에 드러누워서 스마트폰을 만지작거리는 가운데, 나와 아스하인 양과 아소 선배는 회의용 책상에서 노트북 컴퓨터와 마주하고 있었다.

내 작업은 곧 시작될 체육제에 맞춰 홍보 자료를 만드는 것이다. 이런 작업이 서기의 전반적인 업무이며, 나는 학생회에 들어온 후로 타이핑이 꽤 능숙해졌다.

"유메찌는~, 어떤 남자를 좋아해?"

나와 마찬가지로 키보드를 두드리면서, 아소 선배가 전혀 상관없는 이야기를 했다.

아소 선배의 직함인 부회장의 업무는 당연히 회장을 서포트하는 것이다. 하지만 쿠레나이 회장은 너무 완벽한 사람이라 뭐든 혼자 해낼 수 있고, 그렇지 않은 일이 있더라도 하바 선배가 곁에서 도와준다. 그래서 아소 선배는 나와 아스하인 양의 교육 및 보조를 주로 맡고 있었다.

나는 전대 학생회에서 서기였던 아소 선배에게 많은 걸 배웠고, 그러다 보니 『유메찌』라는 별명으로 불리게 됐다. 그래서 아소 선배가 도와줄 때는 일이 술술 풀렸고— 너무 술술 풀리는 탓에, 잡담을 나눌 때가 많았다.

"선배, 다들 일하고 있어요."

성실한 아스하인 양이 그렇게 지적했다. 타이핑 작업을 할 때면 자주 어깨와 목을 푸는데, 아~ 역시 가슴이 너무 크면 고생이구나~ 같은 생각이 들었다. 나도 요즘 들어 신경 쓰일 때가 많아진 만큼, 근력 운동을 시작하는 편이 좋을지도 모른다.

그러고 보니 아소 선배는 옷 위로 드러날 만큼 가슴이 큰데도 불구하고, 어깨가 전혀 결리지 않는 것 같았다. 복부도 쏙 들어간 것을 보면, 뭔가 비전의 트레이닝을 하는 걸지도 모른다.

아스하인 양이 주의를 줬지만, 아소 선배는 손과 입을 멈추지 않았다.

"괜찮잖아. 후배와 교류하는 것도 일이거든~? 참고로 란란은 어때?"

"뭐가요?"

"좋아하는 남자 타입."

"제 눈에 평생 안 들어오는 사람이에요."

단호했다. 아스하인 양의 연애 안티는 정말 확고하기 그지없었다.

어느새 아스하인 양도 『란란』이라고 부르게 된 아소 선배는 어찌 된 건지 히죽 웃으며 말했다.

"이야~, 안심되네. 실은 내 여동생도 남자를 어려워하거든."

"여동생분이 있어요?"

처음 듣는 이야기다. 아소 선배는 표정이 더 밝아지더니…….

"그래! 중학교 1학년! 엄청 귀여워! ……내 여동생도 란란처럼 남자를 어려워하지만, 란란만큼 질색하지는 않는달까…… 그래서 안심이 돼. 내 여동생도 언젠가 이만큼 질색하게 되어서, 남자가 전혀 꼬이지 않게 될 것 같거든."

"……으음, 그 이야기의 어디에 안심한 요소가 있는 거죠?"

"귀여운 여동생에게 나쁜 벌레가 들러붙지 않게 되는 거잖아!"

오히려 이 사람이야말로 불안의 씨앗인 게 아닐까……. 만난 적도 없는 아소 선배의 여동생이 걱정되기 시작했다.

"아무튼, 유메찌는 어떤 타입을 좋아해?"

"……말 안 하면 안 되나요?"

"안 봐줄 거야~. 자, 빨리 실토해!"

좋아하는 타입, 이라는 말을 들어도 지금 내 머릿속에는 특정 인물의 얼굴만 떠올랐다. 하지만 괜히 숨겼다간 수상쩍기만 할 테니…… 약간 추상화해서…….

"지…… 지적인 사람, 일까요."

"호오. 다른 건 없어? 겉모습 말이야."

"겉모습은…… 선이 가는 느낌……."

"쿨한 스타일이구나~. 성격은?"

"……펴, 평소에는 퉁명하지만 때때로 상냥한 타입, 일까요?"

우와, 부끄러워! 내 심금을 울리는 미즈토의 일면을 늘어놓는 것만 같아……!

아소 선배는 싱글벙글 웃으며 말을 이었다.

"아하, 좋네~! 여자애의 이상형 같아! 순정만화 주인공 같은 그런 사람이 현실에 있다면 좋겠어."

"그…… 그, 래요~."

진짜로 있으면 좋겠네요~.

"……한심해."

아스하인 양이 작게 중얼거린 말이, 내 가슴에 비수처럼 꽂혔다.

아, 아냐. 좀 미화해서 말해봤을 뿐이거든?! 그 녀석도 씻은 후에 반라로 집 안을 돌아다니거나, 미닫이문에 새끼발가락을 찧어서 투덜대는 것 같은 꼴사나운 짓도 꽤 해! 그 녀석이 내 눈에 그런 느낌으로 보이는 게 아냐! 중학생 때의 나도 아니고……!

"그, 그러는 아소 선배는 어떤가요?!"

"응? 나~?"

내가 얼버무릴 생각으로 그렇게 묻자, 아소 선배는 기쁜 듯이 답해줬다.

"나는 말이지~, 옛날부터 정해뒀어~. 이런 사람을 꼭 남친으로 삼을 거야! 하고 말이야."

"어떤 사람인가요?"

"나보다 키가 20센티미터는 큰 사람!"

20센티미터…….

아소 선배는 키가 꽤 크잖아……. 남자와 비교해도 그렇게 차이 나지 않아. 170……은 안 되겠지만, 아마 160대 후반 정도는…….

"……그럼 꽤 커야 하지 않나요?"

"맞아. 나도 키가 이렇게 크고 싶진 않았다니깐……."

아소 선배는 진심 어린 한숨을 내쉬었다. 모델 같아서 예쁘다고 생각했는데, 사람마다 제각각의 콤플렉스를 가지고 있는 걸까…….

"선배보다 20센티미터나 커야 한다면 180센티미터는—."

—어, 그렇다면…….

나는 소파에 드러누워 있는, 한가한 3학년 선배를 쳐다봤다.

190센티미터에 육박하는, 고등학생답지 않은 키를 지닌 선배를 말이다.

아소 선배의 남친 조건에 들어맞는 건…… 아마 이 사람 뿐…….

내가 말을 멈추자, 아소 선배는 고양이 요괴처럼 웃으면서 키보드를 두드리던 손을 멈췄다.

그리고 뒤편을— 소파 세트 쪽을 돌아보더니, 큰 목소리로 말했다.

"선~배! 그러고 보니, 선배는 키가 얼마나 돼요~?"

어?! 대놓고 물어보는 거야?!

내가 깜짝 놀란 가운데, 호시베 선배는 스마트폰을 만지작거리면서 대답했다.

"응? 187센티미터야."

그러자 아소 선배는 의자를 뒤로 빼며 몸을 일으키더니…….

"그런가요. 아이사는 168센티미터예요."

어?

……하고 생각한 순간, 아소 선배는 소파 쪽으로 이동해서 등받이 너머로 호시베 선배의 얼굴을 들여다봤다.

그리고, 말했다.

장난스럽게.

소악마처럼.

"—유감이네요♪ 1센티미터, 부족해요."

호시베 선배는 그 말을 듣고 눈을 깜빡이더니, 인상을 쓰면서 돌아누웠다.

"……내 알 바 아냐, 바보야."

동요했다는 것을 감추려는 듯 그렇게 투덜거리자, 아소 선배는 즐거운 듯 웃음을 흘렸다.

…………………….

"……대단해……."

"어?"

내가 무심코 그렇게 중얼거리자, 아스하인 양이 의아한 표정을 지었다.

나는 허둥지둥 컴퓨터 화면을 향해 고개를 돌리면서, 아무 일도 없었던 것처럼 행동했다. 덕분에 아스하인 양도 잘못 들은 거라고 생각한 건지, 하던 일을 계속했다.

저 의미심장한 태도.

남자를 손바닥 위에 올려놓고 가지고 노는 듯한 행동.

저것이야말로……! 저것이야말로……!

내가, 미즈토에게 하고 싶었던 것이다—!!

이리도 유메 ◆ 소악마 입문

타이핑 작업이 일단락되자, 나는 아소 선배와 함께 방금 만든 자료를 인쇄하는 작업을 시작했다.

장수가 많기에, 학생회실에 있는 프린터가 아니라 인쇄실에 있는 대량 인쇄용 기자재를 쓰기로 했다. 인쇄실은 그렇게 넓지 않은 장소에 프린터와 복사기가 놓여 있을 뿐인 폐쇄적인 공간이며, 다른 사람이 오는 일도 없기에 비밀 이야기를 나누기 딱 좋았다.

묵묵히 자료를 뱉어내고 있는 인쇄기를 곁눈질하면서, 나는 머뭇머뭇 입을 열었다.

"저, 저기…… 아소 선배……."

"응? 왜~?"

철제 접이식 의자에 다리를 꼬고 앉아서 스마트폰으로 뭔가를 체크하고 있던 선배는 나를 쳐다보며 고개를 갸웃거렸다.

이런 사소한 행동거지도 여자애 느낌이 물씬 나서 귀여워……. 체형만 보면 귀엽다기보다 아름답다에 가까운 편인데도 말이야.

"저기…… 좀, 상담하고 싶은 게, 있달까요……."

“어?! 뭔데, 뭔데?! 사랑 고민이야?!”

예상보다 훨씬 관심을 보였다.

아소 선배는 머리 양옆에서 툭 튀어나온 머리카락을 휘날리며, 나에게 확 다가섰다.

“털어놔, 털어놔! 전부 털어놔! 나, 최애 이외의 사랑 이야기라면 환장하거든!”

“최애는 안 되나요?”

“당연히 안 되지! 만약 란란한테 다가가려고 하는 남자가 있다면, 나는, 그 녀석을…….”

아소 선배는 가라앉은 눈빛을 머금으며 두 손을 부들부들 떨었다. 아스하인 양이 최애구나……. 정말 아끼는 것 같기는 했다.

“내 이야기는 됐어! 그런데, 상담하고 싶은 게 뭐야?”

“으음…… 벼, 별건 아닌데요!”

“응.”

“아까…… 호시베 선배한테 했던 그런 건, 어떻게 하는 건가요?”

아소 선배는 의아하다는 표정을 지으며 고개를 갸웃거렸다.

“아까? 선배한테? ……으음, 뭐 말이야?”

“『유감이네요♪』 했던…… 그 소악마 무브 말이에요!”

이 말을 듣고도 또 어리둥절한 표정을 지으면 어떻게 하지. 그 플레이는 완전히 자연스러운 행동이며, 아소 선배가 자각조차 못 하고 있다면…… 나는 괴상하기 짝이 없는 질문을 한 후배가 되고 만다!

그런 불안이, 한순간 머릿속을 스쳤다.

"―익히고 싶은 게냐."

이윽고, 선배는 눈을 감은 채 중후한 목소리로 그렇게 말했다.

"나의 비기를, 익히고 싶은 게냐."

"어? ……이, 익히고 싶어요!"

선배가 갑자기 분위기를 싹 바꾼 탓에 놀랐지만, 일단 맞춰주기로 했다.

아소 선배는 천천히 눈을 뜨더니, 가슴을 받치듯 팔짱을 꼈다.

"그럼 일단 앉거라. 긴 이야기가 될 터이니……."

나는 그 말에 따라 근처에 있던 접이식 의자를 가져온 후, 아소 선배의 정면에 앉았다.

아소 선배는 긴 발을 꼬더니, 뜸을 들인 후에 입을 열었다.

"……먼저 말해둘게. 내가 이제부터 하는 말은, 아무한테도 말하면 안 돼."

"아, 네."

"특히 선배한테는! 절대로! 말하면 안 돼!"

"아…… 네……."

위압감이 어마어마했다.

대체 무슨 말을 하려고 이러는 것일까.

"—내 소악마는 말이지."

"네."

"인공 재배, 야."

"……알고 있어요."

"뭐엇?!"

그렇게 뜻밖이란 표정을 짓지 말아줬으면 한다.

나도 한순간 의심했지만, 천연적으로 그런 짓을 하는 여고생이 이 세상에 있을 리가 없잖아.

"후, 후훗. 내 정체를 꿰뚫어 봤구나. 유메찌는 꽤 하네."

아소 선배는 자신만만한 미소를 지었다. 얼버무리려고 하는 게 틀림없었다.

"뭐, 실은 말이야. 나는 옛날부터 오타쿠였어."

"그것도 짐작했던 거긴 한데…… 어떤 오타쿠인데요?"

"으음~, 평범한 오타쿠랄까? 애니나 만화나 게임…… 그리고, 코스프레도……."

코스프레!

회장을 포함해, 이 학생회에는 코스프레가 취미인 사람이 두 명이나 있구나…….

"이것도 말하지 마! 학교에 알려지면 꽤 귀찮아진단 말이야!"

"아, 알겠어요."

"그래서 말이야. 그러니까, 저기…… 동경? 같은 걸 한달까…….”

“어? ……뭘, 말인가요?”

아소 선배는 잠시 입을 다문 후, 시선을 피하며 거북한 투로 말했다.

“……오타쿠 서클의, 공주님…….”

“……아~.”

그 말 자체는 어렴풋이 알고 있다.

기본적으로 남자들이 많기 마련인 오타쿠 취향의 서클 안에서 딱 한 명뿐인 여자, 같은 느낌일 것이다.

“그게, 남들에게 떠받들어지고 싶은걸! 기왕 여자로 태어났잖아! 남들에게 인정받고 싶단 말이야! 아이돌이 될 정도로 노력하고 싶은 건 아니지만, 주위로부터 간단히 떠받들어지며 공주 대접을 받을 수 있다면 그게 최고 아냐?!”

“욕구에 충실하네요…….”

“하지만…… 하지만 말이지……! 오타쿠는 아담한 체구를 좋아해. 찌찌도 커다란 쪽이 트렌드야! 나도 그런 캐릭터에 환장하는걸! 하지만 나는 보다시피 키가 쑥쑥 자라버리지 뭐야! 하늘하늘한 옷 같은 건 안 어울려!”

……어라? 키는 몰라도, 가슴이라면 아소 선배도 큰 편인데……?

“그래서…… 그래서 하다못해, 성격만이라도 어떻게 하고 싶었어……! 오타쿠를 가지고 노는 소악마가 되고 싶었단 말이야……! 꺼~이꺼이꺼이…….”

선배가 가짜 울음을 터뜨리기 시작했다. 어라? 상담을 받는 건 나인데, 왜 내가 위로해줘야 하는 상황에 부닥친 거지?

“괘, 괜찮아요. 선배는 외모도 귀엽다고 생각하거든요. 그 헤어스타일도 참 잘 어울리고요.”

“그렇지~? 유메찌는 뭘 좀 아네~!”

순식간에 부활했다. 같은 오타쿠지만 히가시라 양과는 정반대의 인싸 기질을 지닌 것 같네…….

“뭐랄까, 여러모로 이해됐어요. 그래서 아스하인 양이 마음에 든 거군요.”

“처음 봤을 때는 뚜껑 열릴 뻔했지만 말이야. 뭐 이렇게 이상적인 애가 다 있어! 신은 대체 나를 얼마나 시험해야 직성이 풀리는 건데! 하고 생각했다니깐.”

“그리고 좋아하는 타입에 관해서도요. 확실히 호시베 선배의 옆에 있으면, 선배도 체구가 아담해 보여요.”

“……에, 에이, 선배는 1센티미터 모자란다니까 그러네.”

아소 선배는 갑자기 몸을 꾸물대며 시선을 옆으로 돌렸다.

머리카락도 손가락으로 만지작거리기 시작했다. 어라?

“으음…… 호시베 선배를 좋아하잖아요……?”

“그! 그럴 리가 없잖아~?! 학생회에 남자가 선배뿐이었거든?! 죠한테 찝쩍댔다간 스즈링이 화낸단 말이야! 그래서 다른 선택지가 없었어! 그냥 놀아주는 것뿐이야!”

……아하, 정곡을 찔려 당황한 거구나.

변명하는 선배를 보고 마치 거울 앞에 선 듯한 느낌이 든 나는 정체불명의 안도감을 느꼈다. 뭐, 나는 이 정도는 아니지만 말이다.

"그것보다! 아까 하던 이야기! 소악마 무브의 요령이 궁금한 거구나!"

"아, 네!"

"참고로…… 혹시나 해서 묻는 건데, 누구한테 쓸 거야?"

아, 눈빛에서 경계심이 약간 묻어나네.

상대가 호시베 선배일지도 모른다고 생각하는 걸까.

"적어도, 학생회와 연관 있는 사람은 아니에요. 1학년이고요."

"그…… 그렇구나."

긴장 탓에 굳어 있던 아소 선배의 볼이 풀렸다. 안심한 것 같았다. 회장도 그렇고, 학생회 선배들은 보고 있으면 절로 미소를 짓게 된다.

아소 선배는 분위기를 환기시키려는 것처럼 「에헴」 하고 헛기침을 했다.

"그럼 가르쳐주겠노라! 소악마가 되려면 어찌해야 하는지를!"

"네!"

"그 궁극의 비기는 단 하나!"

아소 선배는 손가락 하나를 세우며 고했다.

"『좋아하는 사람한테만 할 수 있는 일을, 태연한 얼굴로 한다』—이니라!"

나는 그 말을 잠시 되새겼고, 머릿속으로 되풀이한 후—.

내 무릎을 때렸다.

눈이 확 트이는 것만 같았다. 좋아하는 사람한테만 할 수 있는 일을, 태연한 얼굴로— 그래. 그렇게 하면, 상대는 이쪽이 어떤 심정인지 신경 쓰여서 견딜 수가 없을 것이다!

"선배!"

나는 감격한 표정으로 의자에서 일어선 후, 아소 선배의 손을 잡았다.

"스승님이라고…… 스승님이라고 불러도 될까요?!"

아소 선배는 훗 하고 자신만만하게 웃더니…….

"그러거라, 나의 제자여!"

좁고 조용한 인쇄실이, 수상쩍은 웃음소리가 휩싸였다.

미나미 아카츠키 ◆ 좋아하는 사람한테만 할 수 있는 일

"목욕하러 왔어~."

갈아입을 옷을 한 손에 든 나는 신발을 벗으면서, 거실을 향해 그렇게 말했다.

나와 카와나미는 서로의 집에 부모님이 안 계실 때면, 한 사람의 집 욕조에만 물을 받고 차례대로 몸을 씻는다고 하는 습관을 이제까지 이어오고 있다. 뭐, 그러는 편이 편하고

저렴하며 옛날에도 그렇게 했다. 그래서 예전으로 되돌아갔을 뿐이다.

결코 유메가 학생회 때문에 바빠져서 나한테 소홀해졌기 때문에, 쓸쓸해서 이러는 건 아니다. 결단코 아니다.

결국 항상 같이 다니는 네 사람 중에서 귀가부는 나 혼자뿐이네~. 혼자서도 시간을 때울 방법이라면 얼마든지 있지만, 왠지 홀로 남겨진 느낌이다.

"……나도 아르바이트나 할까……."

이제까지도 단기 아르바이트를 자주 하기는 했지만……. 그래도 용돈이 부족하지는 않거든~. 우리 부모님도 카와나미의 부모님과 마찬가지로, 자식을 내버려 두는 대신에 용돈을 왕창 주는 타입이다.

그런 생각을 하면서 거실을 보니, 아무도 없었다.

"……어라?"

고개를 갸웃거리며 거실을 돌아다니다 보니, 물소리가 들려왔다.

아, 욕실에 있구나. 이미 씻고 있는 거네.

탈의실을 보니, 불투명 유리 너머에 있는 누군가가 보였다. 오늘은 빨리 씻는걸. 운동이라도 하고 온 것일까.

"……."

불투명 유리 너머에서 움직이는 이를 쳐다보고 있으니, 어떤 마음이 가슴속에서 부풀어 올랐다.

이런 것을 두고 마가 낀다고 하는 것일까. 유메 성분 결핍에 따른 심심함이, 내 안에서 어떤 발상으로 이어졌다.

좀 놀래주자.

나는 갈아입을 옷을 세탁기 위에 둔 후, 셔츠를 벗고, 치마를 벗고, 브래지어를 벗고, 팬티도 벗고, 항상 비치되어 있는 내 전용 목욕수건으로 알몸을 가렸다.

그리고, 태연하게 욕실 문을 열었다.

"……어?"

샴푸로 머리를 감고 있던 카와나미가 한쪽 눈을 감은 채, 나를 돌아보았다.

그리고 내 섹시한 모습을 보고, 입을 쩍 벌리더니…….

"—우왓?!"

"아~, 씻고 있었구나~. 몰랐어~."

"거짓말 마!!"

나는 등 뒤로 손을 돌려서 욕실 문을 닫았다.

"옷 다시 입는 것도 귀찮으니까, 그냥 같이 씻어야지~♪ 겸사겸사 등도 씻겨줄게♪"

"으으, 불쾌해……."

카와나미는 진심으로 질색하는 듯한 표정을 짓더니, 수건으로 사타구니를 가렸다.

"이제 와서 가릴 필요 있어?"

"너한테 보여줄 의리 같은 건 이제 없다고. 너야말로 가릴 필요 있냐?"

"아, 그것도 그러네."

"잠깐만, 이 바보야!"

등 뒤로 손을 돌려서 목욕수건의 매듭을 풀자, 카와나미는 허둥지둥 눈을 감았다.

나는 히히히 하고 웃으면서 카와나미의 훤히 드러난 등에 밀착한 후, 그의 귓가에서 속삭였다.

"어라~? 왜 당황하는 거야~? 내 알몸 좀 봤다고 이럴 건 없잖아~. ……아. 혹시, 내 알몸을 보면 곤란해지기라도 하는 걸까~?"

"……음담패설 좀 하지 마."

"응~? 뭐가 음담패설인데~?"

"으~ 짜증 나!"

내 몸 같은 건 음란한 눈길로 못 본다고 항상 말하면서 말이야. 꼴사납네.

도가 지나치면 예의 알레르기가 발동해서 두드러기가 날 것이다. 일단 이쯤에서 멈추기로 한 나는 샴푸가 묻은 카와나미의 머리를 감겨주기 시작했다.

"가려운 곳은 없으신가요~?"

"여기저기가 다 가려워. 감겨주는 사람 손이 너무 작아서 말이야~."

"정말 죄송합니다~."

“아얏! 잡아당기지 마! 벗겨져, 벗겨진다고!”

머리카락 전체를 감겨준 후, 샤워기의 물줄기로 거품을 씻어냈다. 새하얀 거품 속에서, 날라리처럼 힘 좀 준 머리카락이 아니라 단정한 머리카락이 모습을 드러냈다.

“너 말이야. 괜히 머리카락에 힘 안 주는 편이 더 어울리지 않아?”

“시끄러워. 어울려서 그러는 게 아니라, 마음에 들어서 그러는 거야. 여자애가 남자들이 안 좋아하는 매니큐어를 바르는 거와 마찬가지라고.”

“흐음~.”

단정한 편이 쿨해서 멋지다고 생각하는데…….

“자. 머리 감았으니까 몸 씻자.”

“이미 씻었어.”

“거짓말. 너는 머리부터 감는 타입이잖아.”

“대체 언제까지 그런 걸 기억할 거냐고…….”

……그야, 한때는 네 머리끝부터 발끝까지 씻겨줬는걸.

“걱정하지 마. 등만 씻겨줄 거야.”

“……응.”

수건에 보디샴푸를 묻혀서 거품을 낸 후, 예전보다 훨씬 커진 그의 등에 문질렀다.

아~, 역시 관둘 걸 그랬어. 이러고 있으니, 과거에 사고쳤던 기억이 머릿속에서 되살아났다.

예전의 나는 코~의 피부, 근육, 모공 하나하나까지 다 좋아했고, 그것밖에 눈에 들어오지 않았으며, 마치 자기 것처럼 여겼다. 이렇게 헌신한다면 코~도 기뻐할 거라 생각하며, 본인의 얼굴을 확인하려 하지 않았다.

미숙하고 어리석은, 어린애의 오만이다. 흑역사라고 부르기에는, 그 상처는 너무 거대했다.

반성했고, 고치려고도 했다. 하지만, 아직 완전히 낫지는 않았다. 아마 나는 태어날 때부터 그런 인간이었으며, 앞으로도 또 비슷한 짓을 저지르리라.

그렇다면, 하다못해. 가장 큰 피해자인 이 녀석한테는, ……조금이라도 좋으니 책임을 져주고 싶다…….

"……저기."

웬일로 기특한 생각이 든 나는 눈앞에 있는 등을 쳐다보며 말했다.

"역시, 네가 해줘."

"뭐? 네가 해준다면서 시작해놓고—."

"그게 아니라…… 나를, 네가 씻겨줘."

"……뭐?"

카와나미는 눈을 동그랗게 뜨며 나를 돌아보았다. 나는 샤워기로 카와나미의 몸에 묻은 거품을 씻어낸 후, 나를 돌아보려 하는 그의 얼굴을 잡고 정면 쪽으로 돌렸다.

"잠시 고개 돌리고 있어."

욕실에 하나 더 있는 의자를 가져온 후, 카와나미와 등을 마주하며 돌아앉았다. 그 후, 몸을 가린 목욕수건을 벗어서 끌어안듯이 몸 앞쪽만 가렸다.

"됐어."

뒤를 돌아보는 기척이 느껴졌다. 이어서, 잠시 침묵이 이어지더니…….

"……무슨 속셈이야?"

"내가 너를 씻겨준 적이라면, 얼마든지 있잖아. 질렸으니까, 이번에는 반대로 해보자."

"질렸다니……."

재활 훈련이다. 지긋지긋할 정도로 당한 짓을, 이번에는 자기가 갚아준다. 그러면, 이 녀석의 상처도 조금은 아물 것이다. ……그럴지도 모른다.

나는 푼 머리카락을 어깨를 통해 앞쪽으로 쓸어 넘겨서, 목덜미를 드러냈다.

"자, 빨리 해."

카와나미는 아직 주저하고 있지만, 내가 거품을 낸 수건을 떠넘기자 땅이 꺼지게 한숨을 내쉬며 말했다.

"……알았어."

보디샴푸를 묻힌 수건이 내 등에 닿았다.

미끌미끌한 거품의 감촉이 천의 감촉과 함께 느껴졌다. 거기에 약간 투박한 손가락의 감촉이 섞였다.

천천히 등이 씻겨지는 감촉이, 약간 간지러웠다. 카와나미가 내 등을 만진 적이라면 얼마든지 있지만, 지금은 그의 손길이 왠지 상냥하게 느껴졌다.

수건은 등을 지나 허리로 이동했다. 당연한 거겠지만, 이 상황에서는 엉덩이가 훤히 보일 거야. 하지만, 이제 와서는 딱히 신경 쓸 일이 아니다. 내가 이 녀석의 모든 것을 알고 있듯이, 이 녀석도 내 모든 것을 알고 있다. 소꿉친구란 그런 사이다.

"……이제 됐냐?"

등과 허리를 얼추 씻겨준 후, 카와나미는 말했다.

벌써 끝……? 이 정도로?

왠지 허무했고, 달성감이 느껴지지 않았기에, 나는—.

"—아직이야."

조금만, 뒤편으로 몸을 기울이면서…….

조금만, 가슴을 가리고 있던 목욕수건을 치운 후…….

"앞."

어깨 너머로 돌아보며, 말했다.

"이번에는…… 앞을 씻겨줘."

카와나미가 눈을 치켜뜨더니, 그의 귀까지 새빨개지는 게 보였다. 어쩌면 목욕하면서 체온을 상승한 탓일지도 모르지만, 그렇다면 치켜뜬 채 흔들리는 눈길로 살짝 내린 목욕수건 사이의 틈새를 쳐다보지 않을 것이다.

카와나미의 손이 부르르 떨렸다.

그 직후…….

—도돌, 도돌.

카와나미의 팔에, 두드러기가 생기기 시작했다.

"으윽…… 미, 미안해. 나 먼저 나갈게!"

수건으로 사타구니를 가린 카와나미는 허둥지둥 욕실에서 나갔다.

남겨진 나는 잠시 얼이 나간 후— 곧 물방울이 맺힌 천장을 올려다봤다.

"……바로 사고 쳤어……."

나는 정말, 이것밖에 안 되는 인간이라니깐.

나는 한숨을 내쉬면서 몸을 씻고 욕조에 몸을 담근 후에 욕실을 나섰다.

생각을 좀 해 보니, 저 녀석은 자의식 과잉인 거 아닐까? 내 몸 좀 씻겨달라고 했을 뿐인데, 괜히 의식하고 말이야. 옛날의 나는 더 엄청난 곳도 씻겨줬거든~?

지금의 나는 그 녀석한테 별 감정 없어. 그저 내가 저지른 짓을 수습해야 한다고 생각할 뿐이랄까? 가해자로서의 책임을 다하려는 것일 뿐, 애정 같은 건 눈곱만큼도 없단 말이야. 알겠어?

"……어? 뭔가 와있네."

그렇게 중얼거리면서 몸을 닦던 나는 스마트폰에 알림 표시가 떠 있다는 것을 눈치챘다.

확인해 보니 LINE이었다. ……앗, 유메한테서 온 거잖아!

서둘러 확인해 보니, 유메한테서 이런 메시지가 와있었다.

〈좀 뜬금없는 질문인데, 좋아하는 사람한테만 할 수 있는 일이라면 어떤 게 있을까?〉

정말 뜬금없는 질문이다. 갑자기 왜 이런 걸 묻는 거지?

하지만 다름 아닌 유메의 부탁이다. 나는 진지하게 고심한 후, 이런 답장을 보냈다.

〈글쎄……. 함께 목욕하는 건, 좋아하는 사람이 아니면 무리일지도 몰라〉

이리도 미즈토 ◆ 사나이라면, 참고 견뎌야만 한다

『잘 들어, 이리도……. 남자는 유혹에 넘어가면 지는 거야.』

나는 들어 올린 허리를 부들거리면서, 통화 중인 카와나미의 목소리를 들었다.

『차려놓은 밥상을 안 먹는 건 남자에게 수치라고 하지만, 수치를 참을 줄 알아야 진정한 사나이인 거야. 먼 옛날의 사무라이도 아니고, 체면 좀 구겼다고 죽을 것도 아니잖아. 인내 너머에야말로 진정한 긍지가 있어. 안이하게 유혹에 넘어갔다간 자신과 상대의 가치도 떨어져 버려. 알겠어?』
『후우…… 흐윽……!』
카와나미의 강의와 함께 들려오는 신음은, 이 통화에 참여하고 있는 히가시라 이사나가 내는 소리다. 이사나도 나와 마찬가지로 침대에서 팔꿈치를 세운 채로 허리를 든 자세—플랭크를 하며 버티고 있었다.
『견뎌, 견디는 거야! 남자의 근육은 단련하지 않으면 생기지 않지만, 여자애의 가슴과 엉덩이는 어느 정도 선까지는 저절로 커져. 그런 손쉬운 무기에 흔들리지 마! 강철 같은 육체와 강철 같은 정신을 손에 넣어서, 얄팍한 공격이나 펼치는 녀석들을 박살 내주는 거야!』
『푸핫~!』
털썩하고 이사나가 침대에 쓰러지는 소리가 들렸다.
그로부터 몇 초 후, 나도 복근에 한계가 찾아온 탓에 안면부터 침대에 처박았다.
나와 이사나가 하아하아 하고 거친 숨을 내쉬고 있을 때, 카와나미는 태연한 어조로 말했다.
『1분인가. 뭐, 처음에 비하면 좀 나아졌는걸.』
우리는 카와나미의 제안으로, 통화를 연결한 채 근력 운동을 하고 있다.
그의 말에 따르면, 내 몸은 여자애를 꼬시기에는 너무 빈약한 편이라고 한다.

그 말에 반론할 수 있을 만큼 몸에 근육이 있는 건 아니지만, 솔직히 말해 땀을 흘리는 것을 좋아하지는 않는다. 내가 난색을 보이자, 카와나미는 이렇게 말했다.

—이봐, 이리도. 여자애는 밤낮으로 보습이나 스트레칭 같은 걸 하며 미용에 힘써. 그렇다면 남자도 최소한의 근육이 몸에 붙도록 노력해야 하지 않겠어?

카와나미는 때때로 진리에 가까운 말을 한다. 여자애가 미용에 힘쓰듯, 남자도 몸에 근육을 달아야 하는 건가. 확실히 배배 꼬인 내가 납득할 정도의 정론이기는 했다.

하지만…….

"하아…… 카와나미…… 허억…… 너…… 이걸 시작할 때 했던 말, 좀 달라진 거 아냐……?"

『응? 뭐가 말이야?』

『맞는 말이에요! ……뭐, 「여자애의 가슴과 엉덩이는 어느 정도 선까지는 저절로 커져」라고요?! 하아…… 가슴과 엉덩이를 유지하는 게 얼마나 힘든데요!』

각고의 노력을 하는 것치고, 이사나는 체력이 너무 없는 것 같은데…….

참고로 이사나가 같이 근력 운동을 하고 있는 건, 그녀의 어머니인 나토라 씨가 지령을 내렸기 때문이다.

『화, 화내지 말라고. 「어느 정도」까지라고 말했잖아?』

『아뇨…… 오늘 당신에게서는, 여자를 향한 증오가 느껴져요. 미나미 양과 무슨 일 있었던 거죠?』

『뭐? 아무 일 없었거든? 무슨 근거로 그런 소리를 하는 건데? 아앙?』

『거봐요, 발끈하잖아요! 아무 일도 없었던 사람이라면 발끈할 리가 없다고요!』

평소 긍정적인 카와나미의 멘탈이 흔들리면, 그건 대부분 미나미 양과 얽힌 일 때문이다. 발언 내용으로 유추해볼 때, 오늘은 그녀에게 어떤 식으로 유혹에 가까운 놀림을 당한 것 같다.

『……아무튼, 내가 하고 싶은 말은! 간단히 흑심을 드러내는 건 좋지 않다는 거라고! 얄팍한 애라고 여겨지며 평가가 하락하거든! 그래서야 상대를 꼬시는 건 꿈이란 말이다! 안 그래, 히가시라?!』

『어~? 저는 미즈토 씨가 저를 음란한 눈길로 봐줬으면 하고, 저도 미즈토 씨를 음란한 눈길로 보고 있는데요~.』

『이런 녀석은 완전 틀렸다고! 알겠냐, 이리도!』

『반면교사로 삼지 말아 주세요!』

카와나미의 여성을 향한 증오는 제쳐두더라도, 그의 말 자체는 이해가 됐다. 남자가 흑심을 드러내는 것을 보고 기뻐하는 여자는 흔치 않을 것이다. 이사나도 나와 친하니까 저런 소리를 하는 것뿐이다.

『잘 들어……. 만약 이리도 양이 너를 유혹하더라도, 강철 같은 의지로 참고 견뎌내. 절대로 반응하지 마……. 그게 바로 사나이의 싸움이야.』

유혹, 이라……. 그 여자가 그런 대담한 짓을 할 수 있을 것 같지는 않은데 말이다.

『미안한데, 화장실 좀 갔다 올게. 그사이에 너는 팔굽혀펴기라도 하고 있어.』

『손 깨끗이 씻어요~.』

카와나미는 이사나의 재미없는 헛소리를 무시했다. 통화 상태가 음소거 상태로 됐다.

『하아…… 그럼 해볼까요…….』

이사나가 기지개를 켜는 소리가 들렸다. 바로 그 순간이었다.

베갯머리에 둔 통화 상태의 스마트폰에, 갑자기 영상이 표시됐다.

"어?"

나는 상황을 바로 이해하지 못했다.

하지만 스마트폰에 나오는 것이 일전에 봤던 티셔츠 차림의 이사나라는 것을 깨달은 순간, 나는 사태를 파악했다.

영상 통화다.

이사나는 팔굽혀펴기를 하기 위해, 양손으로 침대를 짚었다. 카메라는 그 모습을 머리 쪽에서 찍고 있었다. 잠옷인 티셔츠는 옷깃 부분이 중력에 의해 늘어뜨려져 있었고, 마찬가지로 중력에 의해 늘어뜨려진 두 개의 열매를 비추고―.

『그럼 시작할게요~. 하나~.』

찌부러졌다.

늘어뜨려졌다.

찌부러졌다.

늘어뜨려졌다.

"……이사나."

『네~?』

"그 팔굽혀펴기, 의미 있어?"

『네? ……우햐아아앗~?!』

비명이 들린 직후, 영상이 꺼졌다.

……아하.

카와나미의 말대로, 참아야 할 필요는 확실히 있는 것 같다.

이리도 미즈토 ◆ 사나이의 싸움

근력 운동을 얼추 마치고 통화에서 해방된 나는 땀을 씻기 위해 목욕을 하기로 했다.

알몸이 되어서 욕실에 들어간 나는 복근에 힘을 주며 손가락으로 살짝 눌러봤다. 단단……해진 것처럼도, 그렇지 않은 것처럼도 느껴졌다. 근력 운동을 시작한 지 얼마 안 된 만큼, 눈에 띄는 변화가 있을 리 없나.

물을 뿌려서 땀을 씻어낸 후, 온수가 담긴 욕조 안에 들어갔다. 목까지 물에 담그며, 근육의 피로가 풀리는 것을 느끼고 있을 때, 탈의실 쪽에서 인기척이 느껴졌다. 누군가가 세면대를 이용하는 것이리라.

2분 만에 욕조에서 나온 후, 몸을 씻기로 했다. 나는 목욕을 오래 즐기는 타입이 아니다. 목욕을 최대한 빨리 끝내려는 편이다.

하지만…….

오늘, 이날만은, 그럴 수도 없었다.

왜냐하면, 내가 비누를 쥐려던 순간— 드르륵, 하면서 욕실의 문이 열린 것이다.

"—어?"

뒤를 돌아본 내 눈에 들어온 건, 알몸 위에 목욕수건만 걸친 동거인이었다.

이리도 유메였다.

어? 아? 엥? 왜? 혼란에 빠진 나는 마침 손에 들고 있던 수건으로 사타구니를 숨긴 후, 비정상적인 사태에 처했는데도 불구하고 태연한 표정을 짓고 있는 의붓동생에게 말했다.

"잠깐만…… 아, 아직 내가 씻고 있거든?"

"알아."

드르륵, 탁.

유메는 등 뒤로 손을 돌려서 문을 닫았다.

그것은 우발적인 침입이 아니었다. 의도적인 침입이었다.

"아니…… 뭐, 뭐 하는 거야?"

"응? 그냥 네 등이라도 좀 씻겨줄까 해서 말이야."

유메는 옅은 미소를 머금으며 말했다.

"이런 것도 괜찮지 않아? 우리는 가족인걸."

내 머릿속에 떠오른 건, 동거가 시작된 직후에 정했던 『남매 룰』이다.

남매답지 않은 언동을 한 사람은 동생이 된다. —동거 생활에도 익숙해지면서 존재 자체를 잊어가고 있었지만, 설마 이제 와서 그걸 이용해 공격하려는 건가?

—잘 들어, 이리도……. 남자는 유혹에 넘어가면 지는 거야.

게다가, 카와나미가 한 말이 머릿속에 떠올랐다. 절대로 흑심을 드러내지 마라. 강철 같은 의지로 참고 견뎌내라. 익숙하지 않은 근력 운동과 함께 새겨진 그 말들이, 온몸에 퍼져나갔다.

목욕수건 위로도 드러나는 가슴과 허리의 곡선. 팔과 어깨, 찬란히 빛나는 듯한 허벅지의 윤기. 눈에 들어오는 그것들을 의식 밖으로 쫓아냈다.

그렇다. 굴하지 마라. 여자로 태어나면서부터 가지고 있던 것들에 말이다. 내 머릿속에서 이사나가 화냈지만, 그것도 일단 밖으로 쫓아냈다. 그리고…….

"흐음……."

나는 말했다.

"뭐, 때로는 괜찮겠지. 가족 사이니까 말이야."

유메의 볼이 희미하게 떨린 듯한 느낌이 들었다.

반응하지 않는다. 나는 절대로 반응하지 않는다. 네가 기대하는 반응은 절대 보이지 않겠다.

이것이 사나이의 싸움이다.

이리도 미즈토 ◆ 네 얼굴을 새빨갛게 만들고 싶다

"이 정도면 돼?"

"좀 더 힘을 주는 편이 좋을 것 같아."

"응. 오케이."

유메가 내 등을 씻겨주고 있다.

그녀의 부드러운 손이, 보디샴푸를 묻힌 수건으로, 내 등을 씻겨줬다.

이 비현실적인 상황을, 정면에 있는 거울이 현실이라는 듯 똑똑히 비춰주고 있다. 나는 수건으로 사타구니를 가린 채, 고양이처럼 몸을 앞으로 굽히며 의자에 앉아있었다. 그 뒤편에서 무릎을 꿇은 목욕수건 차림의 유메가, 손에 쥔 수건으로 내 등을 씻겨주고 있었다.

그것만으로도 머릿속이 이상해질 것 같은데, 유메는 나를 더욱 몰아붙이고 있었다.

"……후후. 상상했던 것보다 근육이 꽤 있네. 뼈만 앙상할 줄 알았거든."

아니, 그렇지 않다. 그렇게 금방 근력 운동의 성과가 드러날 리가 없다.

머릿속으로는 알고 있지만— 간지러운 듯한 감촉이, 내 심장을 휘감고 있었다.

진정해. 진정해. 반응하지 마. 냉정해지는 거야.

"그래? 그냥 뼈뿐일 것 같은데 말이야."

"그렇지 않아. 견갑골 쪽이라든가—."

으윽~?! 직접 만지지 마!

"허리 쪽도, 여자보다 근육이 있어."

"가…… 간지럽다고."

"아, 미안해. 무심코…… 만져보고 싶었거든."

젠장, 표정을 바꾸면 안 돼! 거울 너머로 보고 있다고!

"크크큭……."

"후후훗……."

웃음을 흘려서 위기를 모면하고 있을 때, 드디어 유메가 샤워기를 손에 쥐었다. 그리고 내 등에 묻은 거품을 샤워 물줄기로 씻어냈다.

그 틈을 이용해, 나는 즉시 말했다.

"앞쪽은 내가 씻겠어."

"그럴래? 사양 안 해도 되는데 말이야."

살았다. 터치 이상의 공격은 하지 않았다. 만약 만화나 라이브노벨에서의 그런 장면처럼, 손 이외의…… 신체 부위를 이용해 공격해왔다면, 아무리 나라도 태연한 척을 하는 건 어려웠을지도 모른다.

유메한테서 보디샴푸를 묻힌 수건을 넘겨받으면서 일단 마음을 진정시킨 나는, 무심코, 한순간, 방심하고 말았다.

그리고 유메는 그 방심한 순간을 놓치지 않았다.

"그럼, 머리를 감겨줄게."

"어?"

"남이 머리를 감겨주면 기분 좋잖아? 자, 이쪽으로 돌아 앉아."

"아니, 잠깐—."

"돌·아·앉·아!"

몸이 180도 회전되더니, 목욕수건 차림의 유메와 마주 보게 됐다.

유메는 내 얼굴을 보며 빙긋 웃더니…….

"자, 눈 감아."

"우왓?!"

샤워 물줄기로 내 머리에 물을 뿌렸다.

그렇게 머리카락을 충분히 적신 후…….

"샴푸 짤 거니까, 좀 비켜줘."

감고 있던 눈을 희미하게 떴다.

그러자, 유메는 내 몸의 왼편을 지나치듯 몸을 쑥 내밀었다.

“영차…….”

몸을 오른편으로 기울여서 접촉을 피한 나는, 샴푸 통을 향해 손을 뻗은 유메의 등과 엉덩이를 훤히 볼 수 있었다. 게다가 내 왼쪽 다리는 유메의 복부 아래— 즉, 가슴과 허벅지 사이에 위치해 있었다. 만약 유메가 조금이라도 균형을 잃으면, 바로 닿아버릴 상황이다.

반응하지 마. 반응하지 마.

목욕수건 너머로도 알 수 있을 만큼 잘록한 허리와 동그란 엉덩이 같은 건 아무래도 상관없다. 내 왼쪽 다리에 닿을락 말락 하는 곳에 늘어뜨려져 있는 지방 덩어리 같은 건 아무래도 상관없다. 최대한 몸을 경직시켜, 석상이 되는 것으로 이 궁지를 극복하는 것이다!

“아, 짰어. 자, 머리 숙여~.”

샴푸를 손에 짠 유메가 몸을 빼더니, 내 머리를 숙이게 한 후에 감겨주기 시작했다.

원래 남이 머리를 감겨주면 기분이 좋으면서 안도감 같은 것이 느껴지는 법이지만, 이때의 나는 안도감 같은 건 전혀 느끼지 못했다.

그도 그럴 것이, 고개를 숙이면서 늘어뜨려진 내 앞머리 사이로 보이는 것은 바로…….

“간지러운 곳은 없으신가요~?”

눈치챈 것일까. 알면서 이러는 것일까.

내가, 안구를 조금만 움직이기만 해도― 목욕수건 밖으로 비어져 나온 가슴이 보인다는 사실을, 알고 있는 것일까.

……거대하다.

항상 이사나와 함께 다니는 탓에, 감각이 이상해졌던 걸지도 모른다.

이렇게 밀접한 상태에서 보니, 눈앞에 있는 것 또한 꽤나 큰 부류에 속한다는 것을 알 수 있다.

두 가슴 사이에 골짜기가 생긴 데다, 목욕수건에 졸리고 있는데도, 팔을 움직일 때마다 희미하게…… 출렁, 하며 흔들리는 듯한, 느낌이 들었다.

게다가 형태도 아름다웠다. 브래지어가 받쳐주고 있는 것도 아닌데도, 앞쪽으로 쑥 튀어나온 로켓 형태― 어?

브래지어가 받쳐주고 있지 않다? ……정말 그럴까?

전에 있었던 일을, 떠올려보자. 오늘처럼 목욕수건을 걸치고 나를 놀렸는데, 실은 그 안에 속옷을 걸치고 있었던 적이 있었다.

오늘은 그렇지 않을 거라고 어떻게 단언할 수 있지?

이 녀석의 목적은 아마 나를 놀리는 것이리라. 그렇다면 그런 결말을 준비해뒀을 가능성은 존재한다. 『알몸도 아닌데 뭘 그렇게 의식하는 거야? 푸풉~』이라는 결말 말이다.

간파했다.

그렇다면, 아무것도 두려워할 필요 없다. 속옷이나 수영복을 입었더라도 지금 눈앞에 유메의 가슴이 존재한다는 사실에는 변함이 없지만, 아무것도 두려워할 필요 없다. 없는 것이다.

태연을 가장—하는 게 아니다.

나는 태연해졌다.

"내가 머리를 감겨주니 느낌이 어때?"

약간 의기양양한 듯한 분위기를 나타내는 유메가 그렇게 말하자, 나는 물방울이 떨어지는 앞머리를 쓸어 올리며 대답했다.

"뭐, 때로는 나쁘지 않은걸. 팔을 움직이지 않아도 되니 편해."

"……그게 다야?"

"그게 다인데, 뭐 이상해? ……그것보다, 너도 슬슬 물에 몸을 담그는 게 어때? 욕실 안이라고는 해도 그런 차림으로 물 밖에 계속 있으면 추울 거야."

"어."

나는 득의만만한 웃음을 흘렸다.

"혹시나 해서 말해두겠는데, **천**을 물에 담그지 마. 위생적으로 문제 되는 행동이라고."

천.

목욕수건은 물론이고, 속옷과 수영복도 포함된다.

"나중에 다시 목욕하러 오는 것도 귀찮잖아? 이렇게 됐으니 너도 씻는 게 어때?"

못 한다. 왜냐하면 저 목욕수건 안에는 속옷 혹은 수영복이 있는 것이다. 그 사실을 밝히고 싶지 않다면, 너는 맥없이 욕실에서 퇴장할 수밖에 없다.

당황한 듯한 유메를 본 나는 체크메이트라는 것을 눈치챘다. 아무래도 내가 한 수 위인 것 같군. 뭐, 더 정진하도록! 와하하하하!

"……맞아……."

내가 승리를 확신하고 있을 때, 유메는 머뭇거리면서 목욕수건의 매듭에 손을 댔다.

"확실히, 그건 귀찮을 것 같으니까…… 나도 씻을래."

어? ……뭐라고?

얼이 나간 나를 곁눈질한 유메는 몸을 일으키더니, 욕조에 두 발을 넣으면서 가장자리에 걸터앉았다.

설마, 겨우 그 정도로 「물에 몸을 담갔다」고 주장하려는 건 아니겠지?

그런 내 예상은, 또 빗나갔다.

욕조 가장자리에 걸터앉으며, 나에게 등을 보인 유메가—스르륵, 하고 목욕수건을 좌우로 확 펼친 것이다.

내 쪽에서는 보이지 않는다.

펼친 목욕수건에 가려진 탓에, 아무것도 눈에 들어오지 않았다.

그저 검은 머리카락 사이로 보이는, 새빨개진 유메의 귀만 보일 뿐—.

"……너무, 쳐다보지 마……."

그 가녀린 목소리를 듣고 정신이 퍼뜩 든 나는 허둥지둥 고개를 돌렸다.

설마…… 목욕수건 안에, 아무것도 안 입은 건가?

우리는 지금, 서로가 알몸인 상태에서, 이 좁은 밀실에 같이 있는 건가?

이제 와서 직면하게 된 그 의문에, 뇌수가 마비됐다.

욕조 가장자리에 붙어 앉으면, 가슴 아랫부분을 대부분 가릴 수 있을 것이다. 하지만, 그렇다 해도 완전하지는 않았다. 내가 몸을 일으켜서 위에서 욕조를 내려다보기만 해도, 실오라기 하나 걸치지 않은 유메의 몸을 볼 수 있다. 만약…… 만약 그런 일이 벌어진다면—.

철퍽, 하며 목욕수건이 바닥에 떨어지는 소리가 들렸다.

첨벙……하며, 몸을 물에 담그는 소리가 들려왔다.

그리고—.

—후드득! 하고 가루 같은 게 대량으로 뿌려지는 소리가 들려왔다.

"어?"

고개를 들어보니, 유메는 목까지 물에 담그고 있었다.

"후유……."

그렇다. —목까지 말이다.

진한 우윳빛으로 변한 물에 목까지 집어넣은 것이다.

"기분 좋아라~. 이걸 사놓은 엄마에게 감사해야겠네……."

이— 입욕제!

창가에 뒀던 녀석! 그걸 물에 넣은 거냐! 이래서야 유메가 물에 몸을 담그고 있는 동안에는, 그녀의 피부가 노출될 일은 없다. —목욕수건보다 훨씬 견고한 방벽이다!

"어라? 왜 그래? 미즈토?"

유메는 욕조 가장자리에 두 팔을 얹더니, 그 위에 턱을 올려놓으며 장난스레 웃었다.

"왠지…… 기대한 대로 안 되어서 실망한 표정 같네?"

……크윽, 이 여자가……!

"아…… 입욕제는 쓴 적이 거의 없거든. 신기해서 쳐다본 것뿐이야."

"그래? 그럼—."

유메는 고개를 살짝 갸웃거리더니…….

"—너도 들어올래?"

……우쭐대기는……!

"아, 아니…… 그건, 좀……."

"그래? 아쉽네. 기회였는데 말이야."

태연한 어조로 그렇게 말한 유메는 자신의 어깨를 우윳빛 물에 담갔다.

그 후, 첨벙하는 소리를 내며 발끝을 물 밖으로 꺼내더니…….

"아아~. 아쉽겠네~. 느긋~하게 내 알몸을 감상할 기회였는데~."

첨벙, 첨벙, 첨벙.

온천에서 장난치는 어린애처럼, 유메는 천천히 물장구를 쳤다.

"뭐, 만약 진짜로 보고 싶다면…… 다음에는, 자기 힘으로 볼 수 있도록 노력해봐~."

……이 대사, 미리 준비한 게 분명해.

자기 힘이 대체 뭔데. 네 옷이라도 홀랑 벗기라는 거냐? 사람을 얕보지 말라고……!

유메는 빙긋 웃더니, 우쭐한 표정으로 물장구를 계속 쳤다.

"뭐, 너도 사춘기잖아? 여자애의 알몸에 흥미가 있긴 하지? 하지만 그렇게 쉽게 볼 수 있는 건 아니거든~. 좋은 걸 배운 것 같지 않아?"

젠장, 기사회생의 작전이라고 생각했는데……. 애초에 여기까지 예상했던 건가. 이번에는 사전 준비에 따라 승패가 갈렸다. ―분하지만, 이번에는 패배를 인정할 수밖에 없다.

"미리 말해두겠는데, 나는 히가시라 양처럼 무방비하지 않아. 오늘은 특별히 기회를 줬지만, 평소에는 속옷조차도―."

―쑤욱.

……어?

방금…… 뭔가가 빠지는 소리가…….

“그건 그렇고, 얌전하게 생겨서 참 밝힌다니깐. 평소에는 여자애에게 전혀 흥미 없어요~ 하고 말하는 듯한 표정을 지으면서, 기회만 잡았다 싶으면 이렇잖아—.”

유메는 우쭐대며 수다를 떠느라, 눈치채지 못했다.

눈치채지, 못했지만— 틀림없이…….

유메의 몸을 가리고 있는, 우윳빛 물이— 줄고 있다!

“이, 이봐! 물!”

“어?”

다급히 지적했을 때는, 유메의 가슴 윗부분이 드러나 있었다.

지, 진짜로 아무것도 안 입었어…….

“앗?! 어, 어째서…… 앗, 마개가……!”

가슴골의 꼭대기가 보이기 직전, 유메는 허둥지둥 한 손으로 그 부분을 가리면서 다른 한 손으로 욕조 바닥을 뒤지기 시작했다.

아마 물속에서 물장구를 치던 도중, 발이나 손이 배수구 마개의 사슬 부분에 걸려서 그대로 뽑아버린 것이다.

마개를 배수구에 꽂으면 물이 더는 줄지 않을 것이다. 하지만…….

“아, 안 보여……. 마개…… 마개는 어디 있는 거야?!”

자기가 뿌린 입욕제로 물이 뿌옇게 된 탓에, 마개를 찾지 못하는 것 같았다.

그러는 사이에도 수위는 내려가고 있었다. 잘록한 허리와 조그마한 배꼽이 드러나더니, 이대로 가다간 더 아랫부분—사타구니와 엉덩이가 보이는 것도 시간문제였다.

냉정하게 생각해 보면…….

이 시점에서, 내가 욕실 밖으로 나가면 됐을 것이다. 내 시선만 사라지면, 물이 다 빠지더라도 아무 문제없다.

하지만, 나도 정신이 나가고 말았다.

머릿속이 멍해진 것이다.

마치 현기증이라도 난 것처럼 말이다.

"바보야! 사슬을 잡고 따라가면 되잖아!"

그래서 무심코, 몸을 일으켰다.

욕조 안쪽으로 손을 뻗어서, 벽면에 붙어 있는 사슬을 잡았다.

몸을 내밀어서…….

자기 사타구니에, 수건을 올려뒀다는 것도 잊은 채…….

"—어엇?"

그 순간, 유메가 눈을 동그랗게 떴다.

동시에, 하반신에 서늘해진 것을 눈치챘다.

그리고, 시간이 멈췄다.

"……."

"……."

슈우우우욱, 하며 우윳빛 물이 배수구로 빠져나갔다.

유메의 가슴은 그녀의 손바닥과 팔로 가리고 있으며— 훤히 드러난 허리 아랫부분 또한 오므린 허벅지로 치명적인 부분을 사수했다.

하지만, 의자에서 일어난 내 허리 아랫부분은…….

"……!!"

유메는 눈을 돌릴 생각도 못 한 채, 치켜뜬 눈으로 뚫어지게 쳐다보더니, 삶은 새우처럼 얼굴을 새빨갛게 붉혔다.

반대로 얼굴에서 핏기가 사라진 내가 취할 수 있는 행동은, 단 하나뿐이었다.

떨어진 수건을 주워서…….

그것으로 사타구니를 가린 후…….

……등을 굽힌 채, 서둘러 욕실에서 탈출하는 것뿐이다.

물이 다 빠진 욕조와, 알몸인 유메만 남겨둔 채, 나는 욕실의 문을 닫았다.

그리고 기계적으로 몸을 수건으로 닦으면서, 별 이유 없이 천장의 환기구를 올려다봤다.

—그런 내가 떠올린 것은, 아까 본 유메의 모습이었다.

부드러운 피부를 누르고 있는, 가느다란 손가락. 가슴을 옥죄듯 가리고 있던, 팔의 틈새. 그리고, 꾹 오므리고 있던,

허벅지 틈새의 어둠—.

그런 기억을 세밀히 살펴보고, 살펴보고, 또 살펴본…….

결과.

보이지—.

—않았다.

……나는, 다 보여줬는데 말이다.

"……보통은, 반대잖아……."

만화에서처럼 비명을 지르는 게 어렵다는 것을, 나는 처음으로 알았다.

이리도 유메 ◆ 인류 총변태

"……봤어……."

욕실에서 나와, 잠옷으로 갈아입은 후, 자기 방으로 돌아가서…….

침대에 몸을 던지고, 베개를 꼭 끌어안으며, 나는 떠올렸다.

눈에 새겨진 광경.

펄럭이며 떨어진 수건 너머로 드러난, 미즈토의—.

"봤어, 봤어, 봤어, 봤어, 봤어, 봤어, 봤어, 봤어, 봤어, 봤어, 봤어, 봤어, 봤어, 봤어, 봤어, 봤어봤어봤어봤어봤어봤어봤어봤어봤어봤어봤어봤어봤어봤어봤어봤어봤어봤어봤어……!!!"

그게……그게, 미즈토의…….

그렇게 귀엽게 생겼으면서, 그렇게 얌전하게 생겼으면서, 그렇게 쿨한 척을 하면서, 그런…… 그런……!

침대 위에서 데굴데굴 굴러다니며, 발을 버둥거렸다.

뭐랄까…… 엄청, 대단했다. 세상이 변한 듯한 느낌이 들었다. 그것도, 그럴게, 나는, 엄마와 단둘이 살아왔는걸. 아빠와 목욕을 같이 한 기억도 없어. 진짜로…… 진짜로 처음이었단 말이야. 태어나서 처음으로 본 게, 미즈토의 것이라니…….

"……우헤. 우헤헤."

아, 큰일 났다. 큰일 났어. 나, 지금 엄청 징그럽게 굴고 있어. 히가시라 양 빰치는 수준이야.

그래. 미즈토의 거기는 그렇게 생겼구나. 어~? 나, 괜찮을까? 진짜로 그렇고 그런 짓을 하게 됐을 때, 제대로 할 수 있을까? 어, 어? 그러고 보니 사귀던 시절에 딱 한 번 할 뻔한 적이 있는데…… 그 녀석, 중학생인 나한테 그런 걸, 저기, 그러니까, 그렇게 할 생각이었던 거야? 무서워! 너무 무서워!

"……하아~."

뜨거운 숨결을 토하면서, 지금의 엄청난 기분을 돌이켜봤다.

아카츠키 양도 엄청 음란한 편이고, 히가시라 양은 말할 것도 없지만…… 나도 의외로 꽤 밝히는 애인 것 같다.

그렇다. 남자만 밝히는 게 아니다. 여자애도 밝힌다. 에로틱한 망상도 하고, 야한 걸 보면 의욕이 상승한다.

인류는 전부 변태다.

아스하인 양은 이해 못 하겠지만 말이다.

"(……미즈토는 변태. 색골.)"

베개에 입을 댄 채 그렇게 중얼거린 후, 혼자서 에헤헤 하고 히죽거렸다.

변태. 색골. 나와 마찬가지.

앞으로 네가 아무리 태연한 척을 해도…… 나한테는, 안 통하거든?

이리도 유메 ◆ 1년 먼저 태어난 것 정도로는 우쭐댈 수 없다

"정말 고마워요, 선배!"

다음 날. 나는 히죽히죽 웃으면서 아소 선배에게 승리 보고를 했다.

"오, 잘 풀렸나 보네! 축하해~, 유메찌!"

"네! 선배 덕분이에요!"

학생회실에서 단둘이 있을 때였다. 아소 선배는 팔짱을 끼며 고개를 끄덕이며 말했다.

"내가 가르침을 내려줬으니 당연한 결과야! 그런데, 어떤 식으로 했어? 나만큼 공격적이지는 않았을 거라고 생각하지만, 아랫사람한테서도 적극적으로 가르침을 얻는 게 내 장점이거든! 가능하면 자세하게 가르쳐줬으면 해!"

새 엄마가 데려온 딸이 전 여친이었다
7권 발매 기념 초판 한정 특전

"으음, 그게 말이죠……."

에헤헤, 하고 배시시 웃은 나는 적절한 조언 해준 선배에게 경의를 표하면서, 솔직하게 보고하기로 했다.

"실은…… 그 애가 욕실에 있을 때, 확 돌격해서……."

"……욕실?"

"물론 목욕수건은 걸쳤거든요? 그 애도 처음에는 태연한 척했지만, 선배가 가르쳐준 대로 공세를 펼치니까 점점 허점을 보이지 뭐예요! 그게 너무 귀여워서 우쭐대다가 실수를 하긴 했는데, 최종적으로는 만사 오케이라고나 할까요!"

나는 순식간에 말을 쏟아냈다. 그도 그럴 것이, 내 인생에서 이렇게 일이 잘 풀린 건 처음이란 말이야! 항상 내가 실수를 범해서 손해만 보며 끝났는걸!

"……흐음~, 그랬구나. 대단하네."

어, 어라?

"서, 선배……? 갑자기 교과서 읽는 말투가 됐는데요……."

"그렇지 않아."

"맞거든요?! 발 연기 배우 같아졌다고요!"

내가 말을 너무 많이 했나? 오타쿠 특유의 속사포 발언을 한 걸까? 그래도 왜 선배는 눈이 죽어버린 거예요?!

내가 허둥대고 있을 때, 아소 선배는 가라앉은 목소리로 말했다.

"……참고로……."

"네?"

"유메찌는…… 혹시, 연애 경험, 꽤 있어……?"

"아. ……죄송해요. 말 안 했네요."

연애 상담에서 필요한 정보일 테니, 나는 솔직하게 밝혔다.

"중학생 때, 남친이—."

"불순해~!!"

"네엣?!"

아소 선배는 갑자기 절규를 터뜨리더니, 그대로 학생회실을 뛰쳐나갔다.

"요즘 젊은것들은 불순해……."

목소리가 점점 멀어져갔다.

남겨진 나는 그저 얼이 나간 채 멍하니 서 있었다.

그, 그렇게 이상한 걸까? 중학생 때 남친이 있었다는 게……. 아카츠키 양도 중학생 때는 있었던 것 같으니까, 딱히 불순한 건 아니라고 생각하는데…….

그리고 잠시 후, 학생회실에 들어온 쿠레나이 회장은 아소 선배가 뛰어간 방향을 쳐다보면서 나에게 말했다.

"무슨 일이지? 아이사가 울면서 도망가던데 말이다."

"아니, 그게…… 뭘 좀 상담했을 뿐인데……."

"……아하. 혹시 연애 상담을 한 거려나?"

웬일인지 하바 선배와 따로 나타난 쿠레나이 회장은 어깨를 으쓱하면서 말했다.

"괜히 거들먹거리니까 저렇게 따끔한 맛을 보는 거야. 자기는 회장님— 호시베 선배한테 1년 동안 공을 들였으면서, 아무 소득도 없었으면서 말이지."

"네? ……1년이나요?"

"그래. 아이사가 학생회에 들어온 후부터 계속됐거든. 호시베 선배가 학생회장을 은퇴할 때 이리저리 서둘렀는데도 결국 얼간이라서 실패했지. 지금은 졸업 전에 어떻게 좀 해보라고 재촉하는 중이다."

"……참고로, 아소 선배는 그 전에 남친은……?"

"그런 것과는 전혀 인연이 없었던 것 같아. 이제까지는 애니나 게임 같은 취미에만 흥미가 있었던 것 같거든."

……혹시…….

내 사랑의 조언자는 하나같이 문제가 있는 거 아냐……?

"정말, 후배한테 추월 좀 당했다고 도망칠 것까지는 없을 텐데 말이다. 어른스럽지 못한 저 애를 대신해 내가 사과하마. 그런데, 아이사에게 무슨 말을 한 거지?"

"중학생 때, 남친이 있었다고 말했더니—."

"불순해."

"왜요?!"

이 학생회에는 연애 초보자가 너무 많아~! 도와줘, 아카츠키 양!

네가 보고 있는 나

이리도 유메 ◆ 고지식 소녀가 품고 있는 어둠과 동경

"으음……『가족』, 은 어때?"

내가 고민 끝에 그런 의견을 내놓자, 아스하인 양이 가라앉은 표정으로 말했다.

"가족이 없는 사람이 걸리면 어쩔 거죠?"

"뭐? 그렇게까지 생각해야 해? ……으음, 하지만 확률이 없지는 않을 거야……."

"애초에, 사람을 빌리는 건 문제 아닐까요? 물건 취급하는 거잖아요."

"하지만 그런 게 있어야 물건 빌려오기 경주가 좀 재미있지 않겠어?"

"어렵네요……."

방과 후의 학생회실에서 1학년 두 사람이 머리를 쥐어짜며 생각하고 있는 건, 체육제에서 할 물건 빌려오기 경주의 아이디어였다.

우리 학교의 물건 빌려오기 경주는 좀 특수해서,『체인지』

가 가능하다. 빌려오기 어려운 물건이 적힌 제비를 뽑았다고 생각하면, 다른 제비가 들어있는 상자가 있는 곳으로 뛰어가서 다시 뽑을 수 있다. 그리고 출발선 부근의 상자일수록 어려운 제비가 들어 있기에, 체인지를 되풀이할수록 쉬워진다—라고 하는, 꽤 독특한 룰을 지녔다.

간단히 수행 가능한 제비를 뽑으려 하면 시간이 걸리지만, 그렇다고 처음 뽑은 제비에 적힌 물건을 빌려오는 건 어렵다.

게임으로서는 밸런스가 잘 잡혀있지만, 난이도에 맞춘 제비를 준비해야만 하기에 준비하는 이들— 즉, 우리는 고생이 많다.

지금도, 최고 난이도의 제비를 짜느라 골치를 썩이고 있다.

"아무리 어려운 제비일지라도, 누가 뽑든 클리어할 수 있기는 해야 공평하지 않을까요?"

"그럼 정석인 『좋아하는 사람』 같은 것도 안 돼? 이성으로 좋아하는 게 아니라, 친구를 데려오는 것도 괜찮은데……."

"친구도 없는 사람이면 어쩔 거죠?"

"으, 으음…… 체인지도 가능하니까, 그렇게까지 신경 쓰지는 않아도 될 것 같은데……."

말은 그렇게 했지만, 중학생 시절의 내가 그걸 뽑았다면 참 우울했을지도 모른다. 1학년 때는 좋아하는 사람도, 친구도 없었으니까…….

"단순히 신기한 걸로 하는 건 어떨까요? 『한자 검정 시험 1급을 딴 사람』 같은 거 말이에요."

"아, 그런 자격증이라면 괜찮을지도 모르겠네. 하지만 분위기를 띄우려면 좀 더 사적인 내용이……."

"……이리도 양은 꼭 연애와 관련된 내용을 넣고 싶은 건가요?"

아스하인 양이 도끼눈으로 나를 쳐다봤다.

그러자 나는 무심코 어설픈 미소를 머금었다.

"꼬, 꼭 넣고 싶은 건 아니지만…… 그런 쪽이 학생들도 재미있어할 것 같거든."

"……저는 이해가 안 돼요."

아스하인 양은 삐친 듯한 투로 중얼거렸다.

"호불호라든가, 남친 여친이라든가, 그런 게 그렇게 재미있나요?"

"……으음~. 뭐, 사람에 따라 다르겠지만……."

아스하인 양은 과거에 이름으로 놀림을 받았던 경험 탓에, 연애 관련으로 거부감을 가지고 있는 것 같았다. 그런 사람이 있다는 것은 잘 알고 있으며, 나 또한 미즈토와 만나지 않았다면 그녀와 비슷했을지도 모른다.

"그럼 아스하인 양은 어떤 게 재미있다고 생각해?"

"네? ……글쎄요……."

아스하인 양은 자신의 예쁜 입술에 손가락을 댄 채, 잠시 생각에 잠겼다.

“……저보다 몸집이 큰 남자들이 성적 순위표에서 저보다 밑에 있는 걸 볼 때면, 정말 재미있다고 생각할지도 몰라요.”

“그…… 그렇구나…….”

아스하인 양이 가라앉은 미소를 머금으며 그렇게 말하자, 나는 표정이 살짝 질렸다. 이 애, 참 깊은 어둠을 품고 있는 것 같지 않아?

“당신도 일찌감치 각오해두세요. 저는 이미, 중간고사에 대비해 준비를 시작했으니까요.”

“뭐? 벌써? 빠르네…….”

중간고사는 10월 하순— 체육제 이후로 예정되어 있다.

나도 염두하고 있기는 하지만, 학생회 일에 익숙해지는데 바빠서 아직 본격적으로 준비를 시작하지 못했다.

……게다가 이번에는 중간고사 이후에, 더 중요한 이벤트가 있으니까…….

그런 이야기를 나누고 있을 때, 학생회실의 문이 열렸다.

“다녀왔다. 준비는 잘 되고 있지?”

“아, 회장님. 수고하셨어요.”

“수, 수고 많으세요!”

들어온 이는 쿠레나이 회장이었다. 뒤편에는 하바 선배가 있었다.

하바 선배가 아무 말 없이 자기 자리에 앉아서 컴퓨터를 켜는 사이, 회장은 우리가 생각한 빌려올 물건 메모를 쳐다보며 말했다.

"고전하고 있나 보군."

"네……. 어려우면서도 공평하게 정하고 싶어서요."

"그래. 공평하게라……."

회장은 턱을 손으로 집으며 으음, 하고 신음을 흘린 후…….

"죠, 좋은 아이디어 없어?"

회장이 말을 걸자, 하바 선배는 키보드를 두드리던 손을 멈췄다.

"……빌려온 물건의 성공 여부를 결정하는 건 심판이죠. 그러니, 일부러 모호한 내용으로 정하는 것도 방법이 아닐까 싶네요."

"흠. 내용에 해석의 여지가 존재한다면, 클리어 불가가 될 가능성은 확실히 낮아지겠지. 대신 심판의 판단에 따라 통과 못 할 여지가 있으니, 난이도 면에서도 적당해지려나. 예를 들어 『○○ 같은 사람』 식으로 말이야."

"물론 험담이 되지 않도록 배려할 필요가 있겠죠."

아하……. 그런 식으로 어렵게 할 수도 있구나. 선수의 개성도 드러날 테니, 적당히 분위기가 달아오를지도 모른다.

"그렇다면…… 그래. 나도 아이디어를 하나 내도록 하지."

그렇게 말한 쿠레나이 선배는 제비용 종이에 펜으로 글자를 적더니, 곱게 접어서 상자에 넣었다.

"뭐라고 적었나요?"

"그건 뽑았을 때의 즐거움으로 남겨뒀으면 좋겠는걸."

회장은 그렇게 말하며 윙크를 했다. 발언은 멋지고, 겉모습은 귀엽다. 정말 부러운 사람이라니깐.

"하아앙……!"

아스하인 양은 얼굴을 새빨갛게 붉히며 가슴을 꼭 끌어안았다. 연애 안티지만, 가슴이 두근거릴 때는 있는 것 같았다.

쿠레나이 회장은 자신의 전용석에 앉으면서 이렇게 말했다.

"두 사람 다 하던 작업은 멈추고, 아이사한테 가 봐주지 않겠어? 이제부터 응원단과 회의를 하기로 되어 있거든. 혼자서는 버거울지도 몰라."

회장은 그렇게 말하면서 하바 선배를 힐끔 쳐다봤다.

어? 하고 생각했을 때, 회장은 나를 힐끔 쳐다보며 눈짓을 보냈다. 뭔가를 호소하는 듯한 그 한순간의 눈짓을 본 순간, 나는 눈치챘다.

하바 선배와 단둘이 있고 싶은 것 같았다.

"어? 하지만 하던 일을 도중에 멈추는 건—."

"아스하인 양."

어쩔 수 없네, 하고 나는 생각하면서 자리에서 일어났다.

"아이디어는 다른 데서도 생각할 수 있잖아. 아직 시간이 있으니까, 지금은 아소 선배를 도우러 가자."

"……그럴, 까요."

머뭇거리면서 자리에서 일어난 아스하인 양을 학생회실 밖으로 데려갔다. 그런 와중에 그녀가 미련 어린 눈길로 돌아본 것은 물건 빌려오기 경주용 도구가 아니라, 쿠레나이 회장의 얼굴이었다.

복도로 나와서 문을 닫은 후, 나는 아스하인 양에게 말했다.

"……회장님과 더 같이 있고 싶었어?"

"네?!"

아스하인 양은 흠칫한 것처럼 어깨를 떨더니, 고개를 휙 돌리면서 입술을 삐죽 내밀었다.

"그…… 그럴 리가 없잖아요. 어린애도 아니고……."

이 상황에서 내가 떠올린 것은 문화제 때, 빈 교실에서 쿠레나이 회장과 하바 선배가 나눈 대화였다.

이제부터 이 학생회실에서, 회장이 뭘 할지— 만약 아스하인 양이 알게 된다면 졸도할 것이다.

그렇게 생각하니 아스하인 양의 순수한 동경이 얼마나 덧없고 사랑스러운지 느껴졌기에, 나는 자연스럽게 그녀의 머리를 향해 손을 뻗었다.

"그래그래."

"바보 취급하는 건가요?!"

아스하인 양이 화를 냈다.

하지만 그녀를 귀여워하는 아소 선배의 심정을, 조금이지만 이해할 수 있었다.

이리도 유메 ◆ 가슴 크기로 우정을 다지다

회장의 지시대로 체육제에서의 응원단과 회의를 하기로 한 장소로 가 보니, 그곳에서 뜻밖의 인물과 마주쳤다.

"유~메!"

"어?! 아카츠키 양?!"

회의 장소인 회의실에 들어선 순간, 조그마한 누군가가 내 품에 안겨들었다. 익숙한 그 얼굴을 본 나는 눈을 깜빡였다.

"왜 여기 있는 거야……?"

"응~? 그야 응원단이라서야. ……하아~, 유메의 체취~. 킁킁."

"기분 나빠~!"

아카츠키 양이 내 목덜미에 코를 대고 냄새를 맡자, 나는 억지로 그녀를 떼어냈다.

아카츠키 양은 「아앙~! 조금만 더~!」 하고 비명을 질렀지만, 이 정도는 평소 치는 장난의 범주에 들어간다.

아카츠키 양은 일부러 볼을 부풀리더니…….

"조금은 이래도 괜찮잖아! 방과 후에 이렇게 만나는 건 오래간만인걸!"

"설마, 그래서 응원단에……?"

"어이쿠, 내 깊은 애정에 반하지 말라고~!"

"걱정하지 마. 살짝 질렀을 뿐이야."

"너무해!"

그러고 보니 학생회에 들어간 후로는 아카츠키 양과 방과 후에 노는 일이 적어졌다. 내가 속한 그룹의 다른 멤버— 나스카 양과 마키 양도 동아리 활동을 하니까, 아카츠키 양만 딱히 할 일이 없어 쓸쓸할 것 같다는 생각에 조금 가슴이 아프긴 했지만…… 설마 이런 식으로 나를 쫓아올 줄이야. 아카츠키 양을 좀 얕봤던 것 같다.

뭐, 말은 저렇게 하지만 우연히 권유를 받고 한가해서 응했을 뿐일 것이다. 예전에도 운동부 도우미를 자주 했으니 말이다.

"……저기."

뒤편에 있던 아스하인 양이 내 교복 자락을 잡아당겼다.

"아는 분인가요?"

"아. 미안해, 아스하인 양. 나와 같은 반인 미나미 아카츠키 양이야. 스킨십이 좀 격렬하긴 해도, 나쁜 애는 아냐."

몸의 절반을 내 등 뒤에 숨긴 아스하인 양의 모습은 왠지 히가시라 양을 방불케 했다.

히가시라 양도 아카츠키 양과 처음 만났을 때, 미즈토의 등 뒤에 숨었지…….

아스하인 양은 초면인 사람을 어려워하는 타입이 아니라고 생각했는데, 아카츠키 양에게서 본능적인 두려움을 느낀 것일까.

"엉?"

낯선 인물이 이 자리에 있다는 것을 아카츠키 양도 눈치챘다. 그녀는 자기와 눈높이가 비슷한 아스하인 양의 얼굴을 들여다보며…….

"이 애가 전에 말했던, 그 학생회 멤버야?"

"응. 우리와 같은 1학년인, 아스하인 란—."

"아스하인이라고 해요."

내 말을 끊으며, 아스하인 양이 직접 자기 이름을 밝혔다. ……그러고 보니, 자신의 풀네임을 싫어한다던가.

퉁명한 자기소개였지만, 아카츠키 양은 붙임성 좋은 미소를 머금으며 아스하인 양에게 쑥 다가갔다.

"잘 부탁해~! 키가 비슷한 것 같네! 왠지 마음이 편해~! 꼬맹이 친구야, 꼬맹이 친—구……?"

아카츠키 양의 눈길이 자석에 끌어당겨지듯, 아스하인 양의 얼굴에서 아래편으로 빨려 들어갔다.

그곳에는, 불룩 튀어나온 교복이 있었다.

블라우스와 블레이저라는 이중 방벽 위로도 확연히 드러나는 산맥과, 그 능선을 강처럼 흐르고 있는 넥타이가 존재했다.

아, 큰일 났다.

내가 실수를 깨달았을 때, 아카츠키 양의 눈에서는 이미 빛이 사라졌다.

"……이 찌찌는 뭐야……!!"

나락에서 솟구치는 듯한 원한에 찬 목소리와 함께, 아카츠키 양의 양손이 아스하인 양의 산맥을 움켜잡았다.

"……어? 어어?"

아스하인 양이 사태 파악을 못 하는 사이, 아카츠키 양이 풍만한 두 가슴을 떡처럼 주물러댔다.

"진짜배기……! 진짜배기야……! 이 키에 어떻게 이런 게……! 신이시여, 대체 왜 이런 피조물을 창조하신 것이나이까……!!"

"잠깐……! 다, 당신! 가, 갑자기 뭐 하는 거예요!"

"불평등해~! 신께서는 불평등하단 말이야~!"

"히익, 으응……!"

"자, 진정해. 진정하는 거야, 아카츠키 양."

날뛰는 야생마를 진정시키듯이 그렇게 말한 나는 아카츠키 양을 아스하인 양에게서 억지로 떼어냈다. 얼굴이 새빨개진 아스하인 양은 가슴을 두 손으로 감싸면서…….

"이, 이게 무슨 짓이에요! 초, 초면인 사람의 가슴을 주무르다니, 대체 무슨 속셈이죠?!"

"이 세상이 얼마나 부조리한지 확인한 것이니라! 신의 설계도에, 이렇게나 거대한 오류가 존재할 줄이야!"

"으음~, 번역을 하자면 말이야. 키는 나와 비슷한데 몸매

가 끝내줘서 참 부러워, 라고 하네."

아스하인 양은 입을 꼭 다물더니, 양손으로 감싼 자신의 가슴을 내려다봤다.

"……이런 건 부러워할 만한 게 못 돼요. 어깨는 결리고, 달리면 아픈 데다, 발치는 안 보일 뿐더러, 남자들이 힐끔힐끔 쳐다보기까지…… 오히려 당신 같은 몸매가 더 부러워요."

"흐음~. 확 죽여버린다?"

아카츠키 양은 빙긋 웃으며 말했다. 번역해줄까 했지만, 어떤 식으로 번역하든 말 그대로의 의미를 벗어나지 못할 것 같았다.

"—푸핫! 아하하!"

어떻게 상황을 수습할지 생각하고 있을 때, 스승님— 아소 선배가 배를 감싸 쥐고 웃으며 다가왔다.

"유메찌, 이 애 정말 재미있네~! 글래머를 향해 숨김없이 살의를 뿜어대!"

"죄, 죄송해요, 선배……. 회의 전에 소동을 일으켰어요……."

"괜찮아, 괜찮아. 아직 시간이 좀 있거든. 그리고 나도 란란을 처음 만났을 때 주물러봤어."

아스하인 양이 이번에는 아소 선배를 향해 경계심 어린 눈길을 보내며 한 걸음 물러섰다. 내 주위에는 초면에 남의 가슴을 주무르는 사람이 너무 많은 것 같다.

아소 선배는 몸을 숙여서 내가 잡고 있는 아카츠키 양과 눈높이를 맞추며 말했다.

“나는 2학년인 아소 아이사. 학생회 부회장이야! 잘 부탁해. 으음…… 미나미 양이었지?”

“미나미 아카츠키예요! 잘 부탁―.”

아카츠키 양의 눈길이 또 아래편으로 향했다.

아소 선배와 아카츠키 양의 키는 20센티미터 정도 차이 난다. 그러니 몸을 숙인 것은 이해가 되지만…… 그 결과, 아스하인 양만큼은 아니지만 꽤 큰 편인 아소 선배의 가슴이 강조되고 말았다. 큰일 났다! 아카츠키 양이 또 질투심에 사로잡힌 짐승이 될 거야!

아카츠키 양은 가늘게 뜬 눈으로 몇 초 동안 아소 선배의 가슴을 관찰하더니…….

“―잘 부탁해요, 선배!”

아무 일도 없었다는 듯 그렇게 말했다.

방긋 웃으면서, 한 치의 적의도 드러내지 않으면서 말이다.

이번에는 아소 선배의 미소가 딱딱하게 굳었다.

“……어머머? 미나미 양? 왜 내 찌찌는 질투하지 않는 거야~?”

“어? 말해도 되나요?”

아카츠키 양은 고개를 갸웃거렸다. 무슨 이야기를 하는 걸까? 아스하인 양을 쳐다보니, 그녀는 어처구니없다는 듯 한숨을 내쉬고 있었다. 어라? 나만 모르는 거야?

"……잠깐 집합."

아소 선배는 나한테서 아카츠키 양을 억지로 떼어내더니, 복도로 끌고 가서 소곤소곤 밀담을 나누기 시작했다.

그 밀담은 10초 만에 끝나더니, 두 사람은 어깨동무를 하고 되돌아왔다.

"유메찌! 앗키~는 말이 통하는 애네!"

"유메! 좋은 선배가 생겼네!"

와하하, 하고 두 사람은 수상쩍은 웃음을 터뜨렸다.

친구와 선배가 친해졌다…… 좋은 일이지만, 나는 왠지 불길한 느낌에 사로잡히고 말았다.

이리도 유메 ◆ 학생회장의 명예를 지켜라

"어? 아무도 없네."

응원단과의 회의를 마친 내가 아스하인 양, 아소 선배와 함께 학생회실에 돌아와 보니, 안에는 아무도 없었다.

아스하인 양은 약간 아쉬운 표정으로 실내를 둘러보며 말했다.

"이상하네요. 회장님과 하바 선배가 있어야 하는데……."

"무슨 볼일이라도 생긴 것 아닐까?"

나는 그렇게 말하면서 회의용 책상으로 향했다.

하바 선배의 자리에 놓인 노트북 컴퓨터는 켜져 있었다. 화면을 보니, 액셀의 셀 안에서 커서가 깜빡이고 있었다. 업무 도중에 어디에 간 것일까?

"아! 물건 빌려오기 경주의 아이디어를 생각하고 있었구나~?"

아소 선배가 책상 위에 놓인 제비용 상자를 쳐다보며 말했다.

"고전하고 있나 보네. 그러면 작년까지의 제비를 참고해도 돼. 어려우면 몇 개 정도는 가져다 써."

"그런 게 있나요?"

"아마 있을 거야. 자료실에 있지 않을까~?"

"그럼 찾아볼게요."

나는 호시베 선배가 자주 낮잠을 자는 자료실로 향했다.

출입구의 문과는 별개의 또 하나의 문손잡이를 움켜쥐었을 때…….

『……으세요. 다들……, 돌아…… 왔…….』

『……용히 해…… 들키…… 아.』

어? 목소리가 들린 것 같은데…… 뭐, 괜찮겠지.

나는 문을 열었다. 어둑어둑한 자료실 안에서, 쿠레나이 회장이 하바 선배를 덮치고 있었다.

"아."

두 사람이 나를 쳐다보았다.

""아.""

한순간, 시간이 정지됐다.

나는 정지된 시간 속에서, 쿠레나이 회장의 블라우스 단추가 풀렸고, 섹시한 검은색 브래지어까지 드러나 있으며, 한편으로 하바 선배는 대부분의 단추를 철저하게 여미고 있다는 것을 인식한 끝에, 상황을 얼추 파악했다.

파악한 후, 나는 천천히 문을 닫았다.

"잠깐—."

도움을 갈구하는 듯한 하바 선배의 눈길이, 문이 닫히면서 차단됐다.

……쿠레나이 회장은, 정말 대담하네.

저 대담한 회장을 1년 넘게 거부하고 있는 하바 선배는 진짜 난공불락이야.

아소 선배한테만이 아니라, 쿠레나이 회장에게서도 저 대담함을 본받아야 하지 않을까. 하지만 1년 넘게 성과가 없다잖아……. 학생회 남성 멤버들은 방어력이 엄청나.

일단 지금은 쿠레나이 회장을 응원하는 의미에서 못 본 척하기로 했다. 나는 자료실의 문으로부터 슬며시 거리를 뒀다. 자료실에 들어갈 일은 거의 없을 테니, 한동안 공방전을 이어갈 시간 정도는 있을 것이다—.

"앗!"

달그락! 하며 뭔가가 쓰러지는 소리가 들렸다.

고개를 돌려보니, 하바 선배의 노트북 컴퓨터 옆에 놓여 있던 머그잔이 엎어졌다.

그리고 그 옆에는 흰색 블라우스의 앞부분이 검은색 액체로 더러워진 아스하인 양이 있었다.

"죄, 죄송해요! 빈 머그잔인 줄 알고……!"

"란란, 괜찮아?! 화상 입지는 않았어?!"

"네……. 식었던 것 같아요."

"그렇구나. 다행이야~."

아소 선배가 안도의 한숨을 내쉬었다. 하바 선배가 마시고 남은 것일까. 아스하인 양은 가슴이 워낙 크니, 눈대중이 틀리는 경우가 분명 많을 것이다. 문에도 자주 부딪치지 않을까.

방관자로서 그런 생각을 하던 나는 다음 순간, 당사자로 변하고 말았다.

"아~. 일단 벗는 편이 좋겠네. 란란, 갈아입을 옷 있어?"

"오늘 체육을 해서……. 옆방에서 갈아입고 올게요."

"그래~."

아스하인 양이 체육복이 들어있는 주머니를 손에 들었다. 옆방에 가서 갈아입기 위해서 말이다.

옆방. ……옆방?

자료실을 말하는 걸까?

"잠깐—! 스톱!!"

"……?!"

내가 허둥지둥 자료실로 이어지는 문을 가로막고 서자, 아스하인 양이 깜짝 놀라며 걸음을 멈췄다.

"왜, 왜 그래요? 비켜주세요, 이리도 양."

"자…… 자료실에 들어가면, 안 돼."

"네? 왜요?"

"으음…… 그, 그게, 먼지가 말이지? 맞아! 먼지가 많아서 더럽거든! 머리카락이나 몸이 더러워질지도 몰라!"

"그건 평소와 마찬가지잖아요……."

아스하인 양은 도끼눈으로 나를 노려봤다. 하아, 정말. 뭐라고 둘러대지…….

"유메찌, 갑자기 왜 그래?"

……아, 맞다! 아소 선배라면……!

"……!!"

"어, 뭐야? 왜 그렇게 눈에 힘을 주고……. 어? 노트북 컴퓨터? 그리고, 자료실—"

내 필사적인 눈짓은 성공을 거뒀다. 아소 선배는 「앗」 하며 입을 살짝 벌리더니, 이어서 다급한 표정을 지었다. 역시 스승님! 눈치가 빨라!

"저기…… 란란. 유메찌의 말이 맞아. 자료실에서 옷을 갈아입는 건 위생적으로 좋지 않을 거야!"

"어? 그런가요?"

“그, 그래! 다행히 여기에는 여자밖에 없으니까, 빨리 갈아입어! 응?!”

아소 선배가 거들어준 덕분에 내 주장에 설득력이 생긴 건지, 아스하인 양은 당혹스러워하면서도 「알겠어요……」 하고 말하며 블레이저의 단추를 향해 손을 뻗었다.

아스하인 양의 신경이 자기 옷을 향한 사이, 아소 선배가 나에게 슬며시 다가왔다.

“(……저 안은 어떤 상황이었어?)”

“(……회장님이 육탄공세를 마구 펼치고 있었어요…….)”

“(와우~. 그런 짓은 자기 집에서나 해, 이 천재 색마야…….)”

동감이다. 호기롭고 과감한 것도 정도라는 게 있다.

“(잘 숨었을지도 모르지만, 죠가 있는 데서 옷을 갈아입게 할 수도 없잖아…….)”

“(네. 아스하인 양의 신경이 자료실로 향하지 않게 해야…….)”

회장의 그런 모습을 그녀가 목격한다면, 거품을 물며 졸도할 것이다.

“(좋아! 이 스승한테 맡겨!)”

아소 선배는 믿음직하게 엄지를 세우더니, 블라우스의 단추를 풀고 있는 아스하인 양에게 통통 튀는 듯한 발걸음으로 다가갔다.

“란란은 말이야~. 화장도 안 하면서 브래지어는 참 귀여운 걸 입네~.”

"……이건 엄마가 사 온 거예요. 안 입으면 아깝잖아요."
"아, 혹시 나를 유혹하는 거야?! 미안해! 나, 여자애한테는 남들 정도의 흥미밖에 없어!"
"제 말 듣기는 한 거예요?! 그것보다 흥미가 있긴 한 거예요?!"
좋았어. 아소 선배에게 놀림을 당한 아스하인 양은 자료실을 까맣게 잊은 것 같았고, 서둘러 옷을 갈아입으려 할 게 틀림없다. 남은 건, 더러워진 블라우스를 빨기 위해 아스하인 양이 밖으로 나가면, 그 틈에 회장과 하바 선배를 자료실에서 탈출—.
덜컹.
문이 열렸다.
자료실이 아니라, 복도 쪽 문이었다.
"여어~. 다들 일은 잘되고 있냐~."
호시베 선배의 목소리다!
"히익—."
아스하인 양이 놀란 듯이 신음을 흘린 순간, 아소 선배는 출입구를 향해 엄청난 속도로 뛰어갔다.
그리고, 그 기세와 정반대되는 간드러진 목소리로 이렇게 말했다.
"선~배! 기다리고 있었어요~♪"
"어? 아소, 나한테 무슨 볼일이라도 있어?"

"볼일이 없으면 만나면 안 되나요~? 선배, 어차피 한가하죠? 아이사와 학교 데이트해요! 학교 데이트!"

"뭐어~? 너, 일은 어쩌고—."

"잔·말·말·고·요!"

덜컹.

문이 닫혔다.

호시베 선배의 불평과 아소 선배의 귀여운 척하는 목소리가 점점 멀어져가더니 사라졌다.

반사적으로 저런 식의 대처를 선보이다니, 역시 스승님은 대단하다. ……하지만, 호시베 선배에게 아스하인 양이 옷 갈아입는 중이라고 말하면 되지 않았을까?

"……정말 차분함과는 거리가 먼 사람들이네요……."

반라 상태의 아스하인 양이 그렇게 중얼거렸다.

동감이야.

……참고로 아스하인 양의 풍만한 두 열매를 감싼 브래지어는, 세세하게 자수가 되어 있는 정말 귀여운 녀석이었다.

이리도 미즈토 ◆ 체육제에서 공 던져 넣기만 하고 대충 때우는 모임

『선수 선서! 우리 선수 일동은—.』

기온이 선선해진 10월 중순. 기분 좋은 가을 하늘 아래에서, 우리 학교의 체육제가 시작됐다. 전교생이 함께 땀을 흘리며 유대를 쌓는 스포츠 축제. 정정당당한 스포츠맨십과 팀워크를 기르는 청춘의 이벤트—.

—인 것 같지만, 개회식이 끝난 후에 내가 향한 곳은 교정 옆에 있는 테니스 코트 구석이었다.

"아, 미즈토 씨가 왔어요~."

"여어, 이리도."

높이 쳐진 그물 옆에 설치된 벤치에는 히가시라 이사나와 카와나미 코구레가 느긋하게 앉아있었다. 나는 두 사람에게 다가가며 말했다.

"두 사람 다 빨리 왔네. 나는 인파를 헤치며 여기까지 오느라 꽤 시간이 걸렸는데 말이야."

"화장실 가는 척 빠져나오니 식은 죽 먹기였어."

"존재감이 없어서 식은 죽 먹기였어요."

이사나가 카와나미와 자기 사이의 공간을 손바닥으로 두드리자, 나는 두 사람 사이에 앉았다. 딱히 편한 자리는 아니지만, 지면에 엉덩이를 대고 앉는 것에 비하면 몇 배는 쾌적했다.

『제1경기, 100미터 달리기에 출전할 선수는—.』

방송부의 안내 방송이 멀리서 들려왔다. 지금쯤 교정에 설치된 의자 쪽에서는 클래스메이트들이 허둥지둥 뛰어다니고 있겠지만, 여기까지는 그 소란이 전해지지 않았다. 마치 다른 세상인 것 같았다.

“여기 괜찮지~? 체육제 때는 이 코트를 안 쓰거든. 교사한테 들킬 일도 없는 자리야.”

“오늘만은 칭찬해줄게요, 경박남 씨. 미즈토 씨와 제가 사랑의 밀회를 즐길 장소를 제공해줘서 고마워요.”

“시끄러워~. 너는 부른 적 없다고! 이리도가 체육제를 지겨워할 것 같아서 가르쳐줬을 뿐이거든?!”

“아, 네~. 츤데레군요.”

“짜증 나아아아앗!”

나는 어느새 익숙해진 두 사람의 이런 대화를 한 귀로 흘러 들으면서, 체육복 호주머니에서 검은색 커버를 씌운 문고 서적을 꺼냈다.

“미즈토 씨는 어느 경기에 나가나요?”

이사나가 카와나미를 놀리려는 듯 나와 붙어 앉으며 어깨를 맞댔다. 나는 페이지를 넘기며 대답했다.

“공 던져 넣기.”

“그것만인가요?”

“그것만이야.”

“저는 줄다리기만이에요~!”

“뭘 그렇게 기뻐하는 거야, 이 뿌요뿌요야.”

카와나미가 어이없다는 투로 말했다.

“너의 그 뿌요뿌요 같은 팔로 줄을 제대로 쥘 수 있긴 한 거야? 네 지방 네 개를 나란히 배치해서 없앤 후에 자신만만해하라고."

"어쩔 수 없잖아요! 저는 선택지가 없었단 말이에요!"

"뭐? 왜?"

"당신은 모를 거예요. ……미즈토 씨는 알죠?"

이사나는 씨익 웃으면서 나와 몸을 더욱 밀착시켰다. 체육복 위로 드러난 가슴이 내 팔꿈치에 닿으려 하자, 나는 어쩔 수 없이 몸을 반대편으로 뺐다.

"(미즈토 씨는 알잖아요~? 팔보다 훨씬 뿌요뿌요한 게 있다는 걸, 미즈토 씨만은 알잖아요~?)"

"인마, 다 들린다고~! 건방지게 이리도를 유혹하려고 하지 말라고, 이 얼간아!"

카와나미, 네가 있으니 내가 태클을 덜 날려도 되어서 좋네.

뭐, 실은 달리거나 뛰거나 하면 가슴이 흔들려서 아프니 싫다는 이유겠지만— 여자에게 있어서는 매우 중요한 문제다.

"경박남 씨는 어느 경기에 나가나요? 미즈토 씨는 제가 상대할 테니, 마음 놓고 출전하러 가보세요."

"결심했어. 빠질래. 너를 감시하기 위해서 말이지……!"

"어차피 미나미 양한테 잡혀갈 테니 관둬. 겸사겸사 우리도 들킬 거야."

"맞아요. 아무리 경박해도 함부로 빠지면 안 된다고요."

"네가 할 소리냐!"

올해 체육제는 평화롭게 끝날 것 같다. 양옆에 있는 두 사람이 조금만 얌전히 있어 준다면 말이다.

이리도 유메 ◆ 심오한 이해

“안녕~. 유메, 지금 시간 있어~?”

오전 프로그램이 진행되는 가운데, 운영 텐트에서 바쁘게 뛰어다니는 나를 아카츠키 양이 찾아왔다.

아카츠키 양은 나와 친하기에, 응원단과 학생회의 연락 창구 역할을 맡고 있었다.

“아, 응. 괜찮아. 무슨 일이야?”

“실은 말이야. 가쿠란[#2]을 가져오는 걸 깜빡한 애가 있거든~. 혹시 남는 거 있을까?”

“아~ 걱정하지 마. 그런 일이 있을 것 같아서 미리 준비해 뒀어. 으음~ 아마 탈의실의 종이 상자 안에 있을 거야.”

“고마워~!”

볼일을 마친 김에, 겸사겸사 물어보기로 했다.

“우리 반의 분위기는 어때?”

“응~? 평범해. 즐거워하는 애도 있고, 안 그런 애도 있어. 원래 체육제는 그런 거잖아.”

“응…….”

#2 가쿠란(学らん) 목닫이 남학생용 교복의 속칭. 학생 응원단이 입는 옷깃이 길고 바지가 헐렁한 학생복을 가리킨다.

나도 학생회 소속이 아니었다면 즐거워하지 않는 애에 속했을 것이다.

"미즈토도 즐거워하지 않는 쪽이겠네?"

"그게 말이야, 안 보여. 카와나미도 그래! 히가시라 양과 같이 있나 싶어서 보러 갔는데, 걔도 없더라니깐! 그 세 사람, 어딘가에 숨어서 농땡이 치고 있는 거야."

미즈토와 카와나미와 히가시라 양이……? 그러고 보니 요즘 들어 셋이서 같이 다니는 모습을 때때로 봤다. 카와나미와 히가시라 양은 사이가 나쁜데도 말이다. 참 알다가도 모를 일이다.

"으음……."

나는 잠시 생각에 잠긴 후…….

"뭐, 괜찮지 않아? 하릴없어서 심심해하는 것보다는 그편이 나을 거야."

남들과 얽히는 것을 꺼리는 사람에게 그런 것을 강요해선 안 된다. 미즈토에게는 미즈토만의, 이벤트를 즐기는 법이 있다. 그것을 일방적으로 부정할 수 있을 만큼, 우리는 잘난 사람이 아니다.

으음~ 하고 신음을 흘린 아카츠키 양은 굳은 얼굴을 갸웃거리며 말했다.

"학생회 임원께서 그리 말씀하신다면 내버려 두도록 할까요~."

"그러지 좀 마~."

"아하하! 만약 경기에도 참가 안 하면 말해! 금방 찾아줄게!"

아카츠키 양이라면 금방 찾을 수 있을 것이다. 이미 경기에 한 번 참가했는데도, 전혀 지친 것 같지 않았다. 장애물 경주에서 완전 날아다니는 것 같았어…….

"이리도 양! 잠깐 이쪽에— 아."

아스하인 양이 종종걸음으로 다가오더니, 아카츠키 양의 얼굴을 보자마자 움직임을 멈췄다.

아카츠키 양은 아스하인 양의 얼굴을 쳐다보지도 않으며, 빵빵하기 그지없는 그녀의 가슴 쪽만 뚫어지게 살펴보더니…….

"……뭐야. 오늘은 스포츠 브래지어잖아."

"어, 어떻게 안 거예요?!"

"체육제 날이니까 당연하잖아……."

얼굴을 붉히며 몸을 뒤로 뺀 아스하인 양에게 그렇게 말한 나는 아카츠키 양의 머리를 손날로 살짝 때렸다.

이리도 미즈토 ◆ 성장이 멎지 않는 여사친

"그럼 다녀올게~."

자기 차례가 된 카와나미가 귀찮은 듯이 운동장으로 향하자, 테니스 코트 구석에는 나와 이사나만이 남겨졌다.

나는 여전히 책을 읽고 있었지만, 스마트폰으로 게임을 하던 이사나는 문뜩 뭔가가 생각난 것처럼 입을 열었다.

"미즈토 씨, 미즈토 씨."

"왜?"

"요즘 게임은 심사를 통과하기 위해 여자애의 노출도를 낮추기도 하나 봐요."

"응."

"그럴 때는 스타킹 같은 건 신기나 봐요. 어떻게 생각해요?"

"……아니, 대체 나한테 어떤 코멘트를 바라는 건데?"

"그게, 거꾸로 더 에로틱하지 않나요?"

"동의하기를 바라는 거야? 미리 말해두겠는데, 나는 그런 이야기에 동의할 수 없다고."

"네?! 맨발이 에로틱하다고 생각하는 거예요?! 제 양말을 벗겨줄 때마다, 실은 제 맨발을 보며 몰래 흥분했던 건가요?!"

"이야기를 복잡하게 만들지 마. ……내 주위에는 스타킹이나 타이츠 같은 걸 애용하는 애가 한 명 있어. 그래서 그걸 음란하게 여긴다고는 입이 찢어져도 말 못 한다는 소리야."

"어? 아…… 그러고 보니, 처음 만났을 적의 유메 양은 타이츠를 신고 있었죠."

"맨발을 드러내는 것에 거부감을 느끼나 봐. 그래도 여름에는 벗는 것 같지만 말이지."

"그럼 요즘 들어 부활했다는 거잖아요! 한동안 안 만난 사이에…… 우헤헤."

“내면의 변태 영감탱이를 드러내지 마. 징그럽다고.”

“에이, 유메 양의 발을 음란하게 여기는 건 괜찮지 않아요? 좋아한다는 건 그런 거 아니에요?”

“아니거든?”

“그럼 유메 양을 음란한 눈길로 본 적이 없는 거예요?”

“……그렇고 그런 건, 따로 여기고 싶은 거야.”

“남자 마음은 참 복잡하네요. 저는 완전 뒤죽박죽인데 말이죠.”

“나는 너만큼 본능을 긍정하진 못해.”

“그럼 제가 스타킹을 신으면, 음란한 눈길로 볼 수 있지 않나요?”

“그런 식으로 보기 시작하면 우리 사이는 끝이잖아.”

“으음……. 저는 숨김없이 드러내는 편이 건전하다고 생각하는데요.”

“그것보다, 타이츠와 스타킹은 다른 거야?”

“네. 데니어가 달라요.”

“데니어?”

“간단히 말해 실의 굵기예요. 두꺼운 게 타이츠죠.”

“흐음……. 타이츠가 색이 더 진한 거구나.”

“어느 쪽을 좋아하나요? 저는 스타킹이에요!”

“……굳이 따지자면 타이츠일 것 같네.”

“흐음~? 흐으으음~?”

"히죽거리지 마. 별다른 의미는 없어."

"저는 아무 말도 안 했는데요~?"

그런 잡담을, 체육제의 실황과 소음 속에서 나눴다.

그러는 사이에 경기 하나가 끝났는지, 경기 출전자 소집 안내 방송이 들려왔다.

『여자부 줄다리기에 출전하는 학생은—.』

나는 그 말을 듣고 이사나의 팔뚝을 팔꿈치로 살짝 찔렀다.

"이봐. 줄다리기에 나간다고 안 했어?"

"네? ……앗! 맞아요!"

역시 까맣게 잊고 있었나. 큰일 날 뻔했다.

"하아~, 귀찮네요. 뭐, 후딱 끝내고 올게요~."

그렇게 말한 이사나가 가슴을 펴려는 것처럼 둥글게 말고 있던 등을 쭉 편 순간—.

—투둑!

뭔가가 끊어지는 소리가 들렸다.

이사나는 등을 편 자세 그대로 얼어붙었다.

"……이봐, 왜 그래? 방금 이상한 소리가 들렸는데……."

"아니…… 저기…… 그게……."

약간 초조한 표정으로 천천히 가슴 한가운데에 손을 댄 이사나의 얼굴이 서서히 파랗게 질렸다.

"……망가졌어요……."

"어? 뭐가 말이야?"

"……브래지어의, 후크가요……."

뭐어?

후크……? 후크라면, 그거지? 고정해주는 부분 말이야.

"……망가져? 방금?"

"네, 방금요……. 가슴을 편 순간, 후크가……."

손으로 두 가슴을 누른 건, 흘러내리려고 하는 브래지어를 받치기 위해서일까.

"너…… 평범한 브래지어를 한 거야……? 잘은 모르지만, 운동용 브래지어가 따로 있지 않아? 그런 건……."

"무의식적으로 평범한 브래지어를 찼는데, 스포츠 브래지어를 찾는 게 귀찮아서 그냥 이거하고 가자~ 하고 생각했어요! 주, 줄다리기만 할 거니까 괜찮을 거라고 생각했는데……!"

정말 매사에 허술한 애다. 그리고 운도 참 없는 애다. 하필 이 타이밍에 브래지어가 망가지다니 말이다.

이사나는 등을 굽힌 채 분하다는 듯이 눈을 감으며 말했다.

"정말……! 요즘 괜찮은 것 같아서 방심했어요……!"

"애초에, 브래지어는 이렇게 자주 망가지는 거야……?"

"중학생 때는 툭하면 망가졌어요. 사이즈가 자주 바뀌었거든요……."

아…… 그랬구나…….

어? 그럼…… 혹시, 사이즈가 요즘에도 바뀐 걸까?

"고등학교에 들어온 후로는 괜찮았는데……! 미즈토 씨 탓이에요!"

"어? 왜 내 탓인데?"

"미즈토 씨가 저의 여성 호르몬을 너무 자극한단 말이에요! 얼마 전에는 아예 주물렀잖아요!"

"주무르지는 않았는데…… 혹시, 저기…… 진짜로, 사이즈가 달라진 거야?"

"……."

이사나는 입을 다물더니, 양손으로 누르고 있는 자신의 가슴을 내려다봤다.

"……좀 갑갑하다고, 느끼긴 했어요……."

"그랬, 구나……. 뭐, 그래. 아직 고등학교 1학년이니까, 그럴 수도 있을 거야……."

"미즈토 씨가……."

이사나는 호소하는 듯한 눈길로 나를 올려다보며 말했다.

"미즈토 씨가…… 저를, 엣찌로 만들었거든요?"

"……."

엣찌. H. 에이치. ABCDEFGH.

"……발음 좀 신경 써."

"에헤헤. 이중 의미예요."

이사나는 배시시 웃으면서 가슴을 확인하듯 손으로 주물러 보더니…….

"뭐, 단계 조절 가능한 녀석이라면 G로도 어찌어찌 될 것 같지만…… 엄마한테 이야기해서 새것을 사는 편이 무난하겠죠?"

"……나한테 묻지 마."

"어떤 게 좋을까요?"

"나한테 묻지 말라고."

가지고 노는 거지? 가슴 관련으로는 진짜 자신만만하다니깐.

나는 고개를 돌리면서 말을 이었다.

"아무튼 어떻게 좀 해봐. 이러다 집합 시간에 늦을 거야."

"으음, 어쩔 수 없네요……. 고칠 시간도 없으니, 일단— 영차."

체육복 안의 몸을 꼬물거리던 이사나는 목덜미 쪽을 통해 안으로 손을 집어넣더니— 스르륵, 하고 얇은 분홍색 브래지어를 끄집어냈다.

"이봐?!"

"이거 좀 가지고 있어 줄래요?"

그리고 그것을 내 무릎 위에 뒀다. 사람의 체온이 남아있는 그것을, 나는 아연실색한 눈길로 내려다봤다.

"아, 아니, 잠깐만 있어 봐. 이건 좀……!"

"미리 말해두겠는데, 저도 부끄럽다고요!"

이사나는 볼을 살짝 붉히면서, 노려보듯 나를 바라봤다.

"하지만, 줄다리기 도중에 흘러내리는 것보다는 훨씬 훨씬 나아요……! 금방 돌아올게요! 체육복 안에 넣어서 숨겨놔 주세요! 부탁할게요!"

이사나는 그렇게 말하며 자리에서 일어났다.

몸매가 드러나지 않는 체육복을 입고 있는 만큼, 속옷을 걸치지 않았다는 것이 드러나지는 않았다. 줄다리기는 달리거나 점프할 일이 없으니, 들키지 않을 것이다. 하지만 진실을 알고 있는 내 눈에는—.

"……다녀올게요."

이사나가 각오를 다지며 그렇게 말하자, 나는 아무 말도 할 수가 없었다.

그저, 그녀의 등을 쳐다보며— 무릎 위에 놓인, 손바닥보다 컵이 거대하고, 아직 온기가 어려 있는 브래지어를, 죄라도 지은 듯한 심정으로, 내 체육복 안에 숨길 수밖에 없었다.

이리도 미즈토 ◆ 소악마에게 어울려줄 수 있는 건 마음에 여유가 있을 때뿐

『자, 여자부 줄다리기를 시작하겠습니다! 인의 없는 여자들의 싸움에서 눈을 떼지 마시길~!!』

기운이 하늘을 찌르는 듯한 안내 방송을 들으면서, 나는 교정 한가운데를 쳐다봤다.

중간 부분에 테이프가 말려 있는 줄 세 개가 지면에 놓여 있었는데, 이사나는 그중 두 번째 줄을 양손으로 안아 쥐었다. 키 순서로 선 것인지, 위치는 한가운데에서 약간 뒤편이었다. 다행히 그다지 눈에 띄지 않는 포지션이다.

나는 오다 노부나가의 짚신을 품에 넣고 데우던 심복처럼 가슴 속에 품고 있는 브래지어를 떠올리며, 단짝 친구를 지켜봤다.

신호총이 발사되자, 줄이 팽팽해졌다. 구호에 맞춰 줄은 좌우로 왔다 갔다 했다. 보아하니 양측의 실력이 대등한 것 같았다.

이사나도 할 때는 하는 건지, 얼굴을 붉힌 채 온 힘을 다해 줄을 당기고 있었다. 약간 자세가 엉거주춤해 보였지만, 그 정도는 애교다.

괜찮은 것 같은걸. 누구도 저 녀석이 지금 노브라라는 것을 눈치채지 못했다. 진실을 아는 나조차도 차이를 알 수 없을 정도였다.

십여 초 동안 팽팽한 접전을 벌인 후, 줄은 상대측으로 확 끌려갔다. 이사나 쪽은 단숨에 균형을 잃으면서 끌려가듯 앞으로 몸을 기울였고—.

"……아."

주르륵, 하면서 이사나가 앞쪽으로 쓰러졌다. 팀 전체가 마찬가지인 것처럼 보이지만, 진실을 아는 나만은 그 상황이 얼마나 위험한지 눈치챘다.

살짝, 쓸렸다.

쓰러지면서, 가슴이 지면에 쓸리고 만 것이다.

……괜찮을까?

브래지어를 하지 않았다는 것은 지탱해주는 것이 없어 잘 흔들리는 것 이전에, 가슴을 지켜주는 갑옷이 하나 줄어들었다는 의미이기도 하니까—.

으으~! 하고 팀메이트가 아쉬움 어린 탄성을 지르는 가운데, 이사나만은 아무 말 없이 체육복 위로 두 가슴을 누르고 있었다.

약간 울먹거리는 것 같았다.

좀 안타깝지만, 준비를 게을리한 자기 탓이잖아…….

뭐, 위로해주러 갈까. 빨리 이것도 돌려주고 싶으니 말이야. 그렇게 생각하며, 선수들이 빠져나오는 방향으로 걸음을 옮길 때였다.

"어? 미즈토?"

익숙한 목소리가 들렸다.

순간적으로 머릿속이 새하얗게 되더니, 다음 순간에는 식은땀이 배어 나왔다.

"여기 있었구나. 뭐 하는 거야?"

아무것도 모르는 그 애가 성큼성큼 다가왔다.

그 애— 이리도 유메가 말이다.

내 체육복 안에 이사나의 브래지어가 들어 있다는 것을 알지도 못한 채, 종종걸음으로 나에게 다가왔다.

체육복 차림인 유메는 왼팔의 팔뚝에 체육제 운영위원 완장을 차고 있었다. 운영 측이니까, 같은 반 학생들과는 따로 행동하는 것이다. 방심했어……!

"어…… 어어."

이대로 뛰어서 도망칠 수도 없다. 나는 의미 없는 신음을 대답 대신 토했다.

유메는 가볍게 고개를 갸웃거리더니, 손만 뻗으면 내 몸을 만질 수 있는 거리에서 멈춰 섰다. 나는 두세 걸음 물러서고 싶었지만, 용기를 쥐어짜 내서 버텼다.

"들었어. 반 애들과 같이 행동하지 않는다며? 어디서 농땡이를 부리고 있는 거야?"

"그…… 글쎄. 운영 측의 끄나풀에게 가르쳐줄 건 없어."

"끄나풀이라니……."

유메는 후훗 하고 웃었다. 온화하게 담소를 나눌 때냐! 바쁘면 빨리 일하러 가라고!

"그럼 너는 레지스탕스구나. 체육제에 흥미가 없으면서, 이런 데서 뭐 하는 건데?"

"그…… 그냥, 돌아다니고 있을 뿐—."

"아, 혹시—."

유메는 빙긋 웃더니, 나를 올려다보았다.

"—혹시, 나를 만나러 와준 거야?"

……끄아아아아아!!

지금은 네 소악마 놀이에 어울려줄 상태가 아니라고!

"아냐! 그런 게 아냐! 너를 만날 생각은 눈곱만큼도 없었단 말이야!"

"어—."

"아, 아무튼, 나는 다른 볼일이 있거든?! 그럼 나중에 봐!"

"잠깐만, 기다려—."

나는 억지로 대화를 끊은 후, 그 자리에서 도망쳤다.

젠장, 이사나! 이 빚은 비싸게 매길 줄 알아!!

이리도 유메 ◆ 공격을 펼칠 때는 방어가 약해진다

"유~메찌! 밥 먹자~ 어, 오웃?!"

점심시간이 되어서 운영 텐트에 온 아소 선배는 내 얼굴을 보더니, 해마 같은 소리를 냈다.

나는 흐느적거리듯 고개를 들었다.

"……왜 그래요……?"

"내가 할 말이거든?! 유메찌, 무슨 일이야?! 레이스가 끝난 경마장에서 나온 사람 같은 분위기를 뿜고 있네!"

"아무것도…… 아니에요……. 이제 와서, 이제 와서, 이 정도로…… 아하하……."

아소 선배가 내 어깨를 흔들어댔다. 진짜로 괜찮아요……. 만날 가치도 없는 나 같은 여자는 신경 쓰지 마세요…….

"증상이 심각하군."

쿠레나이 회장이 아소 선배의 뒤편에서 얼굴을 쏙 내밀었다.
"아이사, 네가 호시베 선배에게 고백 삼아 한 말이 헛발질로 끝났을 때와 똑같은걸."
"캐주얼하게 남의 트라우마를 후벼 파지 말아 줄래?!"
"소악마 행세를 하며 빙빙 돌려서 애정 표현을 하니까 그렇게 되는 거다, 하고 당시에는 생각하며 즐거워했었지."
"이 천재는 성격이 참 더럽다니깐!"
……소악마 행세…… 빙빙 돌려서…….
"……회장님 말이 전부 맞아요……."
"유메찌?!"
"츤데레와 마찬가지야……. 현실에서 하면 짜증스러울 뿐이야……. 소악마 무브 같은 걸, 우쭐대며 몇 번이나 하는 게 아니었어……."
"아니, 유메찌?! 네 말에 내 가슴이 후벼 파이고 있거든?! 그만해~!! 나는 이제 돌이킬 수 없단 말이다~!!"

이리도 유메 ◆ 좋아하는 사람의 자기평가가 너무 낮으면

내가 곧 마음을 진정시키자, 일단 밥이라도 먹으면서 이야기를 계속 나누기로 했다.
"배가 고파서 그래! 배가 고프니 부정적인 생각만 하게 되는 거야, 유메찌!"

"그럴까요……."

"맞아! 나도 배고프면 괜한 생각을 하거든! 스즈링도 그렇지?!"

"아니, 나는 딱히 그렇진……."

"말 좀 맞추라고!"

아소 선배는 자기 가방을 뒤지더니…….

"두 사람 다 도시락 챙겨왔어? 나는 만들어 왔는데— 아."

선배가 그렇게 말하면서 꺼낸 것은, 손수건에 쌓여 있는 도시락이었다.

그것도, 두 개였다.

크기로 볼 때, 2인분 같은데……?

"어…… 으음……."

아소 선배는 거북한 표정을 지으며, 나를 힐끔힐끔 쳐다봤다.

"유, 유메찌, 저기……. 이 상황에서 이런 소리를 하려니 미안한데……."

선배는 도시락 통 하나를 품에 안으며 말했다.

"……선배한테, 도시락 전해주고 와도 돼?"

나는 숨을 멈췄다.

"……잘되고 있는 것 같아 다행이에요……."

"눈이! 눈이 죽었어!"

눈부셔……. 새콤달콤한 청춘이 눈부셔……. 이상하네. 내가 더 어린데 말이야. 왜 저쪽이 더 순진무구하게 느껴지는 걸까.

쿠레나이 회장이 크큭 하고 웃었다.

"마침 잘 됐군. 아이사의 눈 뜨고 보기 힘든 대시를 구경할 겸, 학생회실로 이동할까. 여기는 흙먼지가 많이 날리니 말이야."

"누가 눈 뜨고 보기 힘들다는 거야? 이 선머슴아!"

회장이 그 말을 깔끔하게 무시하며 운영 텐트 밖으로 나가자, 나와 아소 선배도 그 뒤를 따랐다.

나는 회장의 옆에 섰다.

"회장님은…… 무슨 일, 없나요?"

"무슨 일이라니?"

"아니, 그러니까…… 하바 선배와 말이에요."

내가 그렇게 말하자, 이 학교에서 손꼽히는 우등생인 쿠레나이 스즈리 학생회장은 어린애처럼 입술을 삐죽 내밀었다.

"……도망쳤다."

"네?"

"『저와 같이 점심을 먹었다간 당신 평판에 흠집이 생겨요』 하고 말하면서…… 너무한 것 아니냐?!"

"우와~. 죠는 진짜 자기평가가 낮다니깐."

아소 선배는 어처구니없다는 투로 그렇게 말했다.

회장은 걷는 속도를 높이며 말을 이었다.

“낮기만 한 정도가 아니지. 그 정도면 병이다. 자기를 낮추면 낮출수록, 그를 선택해 곁에 두고 있는 내 판단도 부정하는 게 된다는 걸 눈치채지 못한 거야.”

“애가 타겠네요……. 하지만 그의 우수함은 자기만 알고 있다, 같은 것도 좀 심금을 울리지 않나요?”

“…….”

쿠레나이 회장은 삐친 표정을 지은 내 나를 곁눈질했다.

“……유메 양. 너는 악마의 속삭임 같은 말을 하는걸.”

“네?! 그, 그런가요……?”

“죠를 독점하고 싶어~! 하지만 얼마나 대단한지도 자랑하고 싶어~! 스즈링은 남들 못지않게 욕망이 넘쳐흐른다니깐.”

“시끄러워.”

쿠레나이 회장은 고개를 돌리더니, 머리카락을 쓸어 올리는 척하면서 자기 귀를 가렸다.

“나는 그저 남들보다 머리가 좋을 뿐인…… 평범한 여자다.”

“그걸 죠가 가르쳐줬다는 거구나?”

“정말 시끄럽구나!”

“아얏!”

회장은 아소 선배의 발등을 힘껏 밟았다.

천재답지 않은 그 단순한 폭력을 본 나는 풉 하고 웃음을 흘렸다.

이리도 유메 ◆ 민감한 곳이 거칠게 자극된 후

"선~배♪ 도시락 전달하러 왔어요~!"

"아, 수고 많네."

"정말 후배를 거칠게 부려먹는 선배라니까요. 아침 일찍 일어나서 도시락을 싸는 건, 참 힘들거든요?"

"네가 만들겠다고 했잖아. ……뭐, 솔직히 고맙기는 해. 네 요리는 맛있거든."

"그야 선배에 비하면—."

"매일 먹고 싶을 정도야."

"—헉!"

"아니, 됐어. 그랬다간 너의 치근덕거림을 매일 받아줘야 하잖아……. 역시 이 정도로 충분해."

"아아…… 으윽……! 나, 나중에 도시락 통을 받으러 올게요! 그럼 이만 가볼게요!"

얼굴이 새빨개진 아소 선배는 호시베 선배의 반 학생이 모여 있는 구역에서 퇴각했다.

멀리서 그 모습을 본 나는 같이 보고 있던 쿠레나이 회장에게 말했다.

"저렇게 귀찮게 구는데 왜 상대방은 짜증을 내지 않는 걸까요……?"

"그야 상대가 저 호시베 선배라서지."

"그렇겠죠……."

아까도 여유로운 발언으로 아소 선배를 격퇴했다. 저런 호시베 선배니까, 아소 선배의 기세에 밀리지 않는 것이다.

옆에서 보면서 느낀 거지만, 저 공세에 대한 대처법은 착각에 빠지거나 거리를 두는 것뿐이다……. 호시베 선배의 클래스메이트, 특히 여학생들은 경멸하는 듯한 눈길로 아소 선배를 쳐다봤었다. 의외로 동성에게 미움받는 타입이구나…….

우리의 곁으로 돌아온 아소 선배는 아직 얼굴이 빨갰지만, 그래도 억지로 우쭐대는 표정을 지으며 가슴을 폈다.

"유메찌, 봤지?! 이 스승의 멋진 모습 말이야!"

"네. 선배도 고생이 많네요."

"……어머나? 왜 그러느냐, 제자여. 시선이 약간 건방지구나."

"『네 요리는 맛있거든』이라는 말에 반응하지 않은 건 대단하다고 생각해요."

"품평하지 마~!"

아무튼 아소 선배의 볼일이 끝났으니, 우리는 학생회실로 이동했다.

교정을 지나서, 건물 쪽으로 향했다. 그 도중에—.

"호오?"

쿠레나이 회장이 가장 먼저, 그 두 사람을 발견했다.

나에게 있어서는 익숙한 뒷모습이었다. 한 사람은 내 의붓동생이자 전 남친인, 이리도 미즈토. 그리고 다른 한 사람은 그의 단짝 친구이자 내 친구이기도 한, 히가시라 이사나였다. 히가시라 양은 아까 줄다리기에 참가했던 건지, 체육복에 흙이 묻어 있었다.

그뿐이라면, 딱히 신경 쓸 일은 아니다.

저 두 사람이 함께 있는 건, 책이 수축되는 것처럼 당연한 일이다.

단— 딱 하나, 묘한 점이 있었다.

히가시라 양이, 이상하게 비틀거리고 있었다.

"으으…… 아직도 얼얼해요……."

"격렬했으니까 말이야……. 보건실 갈래?"

"그, 그건 좀 부끄러워요……."

히가시라 양은 가슴을 감싸듯이 몸을 웅크리고 있었으며, 허벅지 또한 오므리고 있었다.

그리고— 때때로 흠칫 하며 몸을 부르르 떨었다.

"히익."

"왜 그래?"

"조, 좀 민감해져서…… 약간, 쓸렸거든요……."

"아…… 응, 그래……."

저 분위기, 뭐야?

거북한 것 같으면서 배려하는, 저 독특한 분위기는 뭐지?

내 감정이 차갑게 식는 가운데, 아소 선배는 「호오」 하고 뭔가 눈치챘다는 듯한 표정을 지었다.

"아무래도…… 했나 보네."

쿠레나이 회장이 고개를 끄덕였다.

"거사를 치른 후가 틀림없는 것 같군."

초조함이 급속도로 가슴 깊은 곳에서 샘솟아 나오더니, 나는 이유도 없이 손을 버둥거렸다.

"아니, 하지만, 설마, 체육제 때……."

"체육제 동안에는 건물 안에 아무도 없잖아? 최고의 환경 아냐?"

"참 문란하군. 남들을 잘 속였다고 생각하나 본데, 우리의 눈까지 속일 수는 없어."

"얼얼하다, 라."

"민감, 이라."

"아, 아직 모르는 일이잖아요! 어쩌면 줄다리기를 하다 쓰러져서 젖꼭지가 쓸려서 민감해진 것일 뿐일지도 모른다고요!"

"그럴 리가 없잖아. 브래지어도 안 했다는 거야?"

"격렬한 운동을 할 걸 뻔히 아는 체육제에, 노브라로 오는 여자애가 있을 리 없지."

"윽…… 으으……!"

반론을……! 반론을 할 수 없어……!

저 두 사람이니까……! 이상한 착각일 게 뻔한데~!

"뭐, 유메찌는 아직 이해가 안 될 거야."

"언젠가 유메 양도 알게 되는 날이 오겠지. 남녀 간의 세세한 기색을 말이야."

"……키스도 해본 적 없으면서……."

""아앙?""

하마터면 싸움이 날 뻔했다.

이리도 유메 ◆ 정론이 가장 효과적

"해본 적 없다고 말한 적 없거든?! 확실히 선배하고는 아직……이지만 말이야. 평생 한 번도 안 해봤다고 말한 적은 없어!"

"논리의 오류라는 거군. 연인이 없다고 해서, 그런 경험이 전혀 없을 거라고는 단정할 수 없을 텐데? 학생회 서기로서, 발언에 주의를 기울이도록."

"아, 네. 죄송해요."

삐친 선배들의 무한 변명을 대충 흘려 넘긴 나는 겨우겨우 학생회실에 도착했다.

왠지 참 머나먼 여정이었던 것 같은 느낌이 든다……. 점심을 먹으려는 것뿐인데, 왜 이렇게 지쳐야만 하는 것일까.

"아, 그러고 보니 아스하인 양은 괜찮나요?"

"응~? 같은 반 애들과 밥 먹고 있는 거 아닐까?"

"일단 연락을 해볼까."

"하지만 그 애는 이런 이야기를 싫어하거든~."

확실히 이제부터 하려는 건 일종의 사랑 이야기다. 연애 안티인 아스하인 양이라면 싫어할지도 모른다……. 게다가 쿠레나이 회장과 하바 선배의 관계를 들켜선 안 되는 것이다.

"뭐, 그래도 일단 연락이라도—."

아소 선배는 그렇게 말하면서 학생회실의 문을 열었다.

그리고 나는, 회의용 책상에 홀로 앉아서 도시락을 먹고 있는 아스하인 양을 봤다.

"아."

"아."

아스하인 양이 우리를 돌아보더니, 젓가락으로 쥐고 있던 계란말이를 놓쳤다.

학생회실에는 불이 켜져 있지 않았다. 창문으로 스며드는 햇살에 비친 어둑어둑한 방 안에서, 아담한 체구의 소녀가 혼자서 도시락을 먹고 있었던 것이다.

쿠레나이 회장이 실내를 쳐다보더니, 아스하인 양을 발견했다.

"뭐야, 여기 있었나. 마침 잘 됐군."

어? ……회장은 눈치 못 챈 거야? 우리, 지금 꽤 거북한 상황에 마주친 거 맞잖아?

쿠레나이 회장은 불을 켜더니, 학생회실 안으로 들어갔다.

"우리도 이제부터 점심을 먹으려던 참인데, 같이 먹어도 될까?"

"아…… 네……."

아스하인 양이 약간 서먹하게 대답하는 가운데, 나는 아소 선배에게 다가가서 낮은 목소리로 물었다.

"(아스하인 양은 반에 친구가 없나요……?)"

"(그, 글쎄……? 반에서 어떤지는 나도 몰라…….)"

남자를 싫어할 뿐, 동성 친구와는 평범하게 잘 지낼 거라고 생각했는데……. 불을 켜지 않았다는 건, 여기 숨어 있었다는 거지……?

혹시 자기들 마음대로 행동한 바람에 반 안에서 고립된 미즈토나 히가시라 양과는 다른 식으로, 단순하게 반에 녹아들지 못하는 타입의 외톨이인 걸까……? 예전의 내가 생각난 탓에, 가슴이 갑갑해졌다.

일단 우리도 안에 들어가서, 자리에 앉았다. 쿠레나이 회장만은 평소의 상석이 아니라, 내 대각선 앞자리 — 아스하인 양의 옆이자 아소 선배의 정면 — 에 도시락을 뒀다.

"란 양은 6반이었지? 반 분위기는 좀 어때?"

"글……쎄요. 평범하지 않을까요……."

왜 아스하인 양의 반을 화제 삼는 거야!

본인이 자기 입으로 말한 적도 있다시피…… 쿠레나이 회장은 사람 마음을 잘 모르는 것 같았다. 하다못해 하바 선배가 이 자리에 있다면……!

"아…… 그것보다 말이야!"

분위기를 환기하려는 것처럼, 아소 선배가 밝은 목소리로 말했다.

“유메찌, 상담할 게 있다고 했지?! 그러려고 모인 거잖아!”

“아, 으음…… 맞아요.”

사실이지만! 솔직히, 이 상황에서 그 이야기를 꺼내지 말아줬으면 했어!

아스하인 양은 태연한 표정으로 나를 쳐다보며 말했다.

“저는 신경 쓰지 마세요. 못 들은 걸로 할게요.”

으, 으윽…… 슬퍼……. 자기 이외의 사람들만 즐거워하는 상황에 익숙해질 대로 익숙해진 인간이 할 법한 대사야…….

“아냐! ……기왕이면 아스하인 양도 들어줬으면, 해.”

“……하아. 제가 도움이 될지 모르겠네요…….”

나는 따돌리지 않아……! 모처럼 같은 학생회에 소속되어 있는걸! 억지로라도 이야기에 끌어들이고 말겠어! 미즈토 때처럼, 본인이 싫어한다면…… 그건 그때 가서 생각하자.

“……이건 친구 이야기인데…….”

푸웁, 하고 아소 선배가 웃음을 터뜨렸다. 그래요, 제 이야기예요! 웃지 마!

다행히 아스하인 양은 의문을 품지 않은 것 같았기에, 나는 그대로 아까 미즈토와 있었던 일을 이야기했다. 놀리면서 마음이 있는 척했더니, 그가 딱 잘라 부정하며 도망쳤던 일을…….

“요즘 좀 분위기가 괜찮아졌다고 생각했—다는 것 같은

데, 그러다 이런 일을 겪은 탓에 저—의 친구도, 혼란스러운 것 같아요…….”

으음, 하고 아소 선배가 신음을 흘렸다.

“무슨 사정이 있는 거 아냐? 급한 볼일 같은 거 말이야.”

“그럴까요…….”

이어서 쿠레나이 회장이 흥 하고 코웃음을 흘렸다.

“그렇게 재미있는 애정 표현에 그런 식으로 반응하다니, 참 둔감한 사람이군. 그런 상대에게는 먹힐 때까지 계속 시도해보는 수밖에 없지 않을까?”

“역시 그럴까요?”

미즈토는 눈치가 좋은 편이라고 생각하지만, 이상한 착각에서 빠져나오지 못할 때도 있으니까 말이야……. 그걸 돌파하기 위해서는, 결국 계속 공격하는 수밖에 없을지도 모른다. 1년 넘게 시도하고도 전혀 반응이 없는 사람을 두 명이나 보니, 약간 불안해지기는 하지만…….

그리고 마지막 한 사람— 아스하인 양이 고개를 갸웃거렸다.

“저기…… 애초에, 남을 놀리는 건 실례 아닌가요?”

그 말을 듣자마자 우리의 몸이 얼어붙었다.

“상대방의 의사를 무시하며 자신의 소망만 강요할 뿐이니까요. 실례지만 그 친구란 사람은 참 비상식적인 분이 아닐까 싶어요.”

얼어붙은 우리의 몸에 금이 갔다.

"호의를 품은 상대를 왜 휘어잡고 흔들려고 하는 거죠? 그러면 미움받는 게 당연하다고 생각해요."

우리의 마음이 산산이 부서졌다.

"……실례……."

"……비상식……."

"……미움받는 게 당연……."

그래?

그런 거야?

나…… 그저 미움받고 있을 뿐이었어?

"저기, 제 말이 틀렸나요?"

아스하인 양은 의아하다는 듯 고개를 갸웃거렸다.

틀리지는…… 않았다. 맞는 말이라고 생각한다. 정론. 지당하기 그지없는 정론이다. 그저 그 강력한 정론에, 우리의 마음이 버텨내지 못했을 뿐…….

"……훗."

그 정론 펀치의 여운에서 가장 먼저 벗어난 건, 역시 쿠레나이 회장이었다.

"매우 냉정하고 논리적인 시점이군. 지극히 란 양다운 생각이야."

"가, 감사합니다!"

"그것을 소중히 여기도록. 결코 한때의 감정으로— 크윽— 객관적인 견해를, 잃지는 마."

자기가 한 말에 대미지를 받고 있어!

한편, 아스하인 양은 동경하는 회장에서 칭찬을 받고 눈을 반짝이더니…….

"네! 학생회에 누가 되지 않도록, 자기가 남에게 어떻게 보일지 항상 생각하면서 행동하겠어요!"

"……크으윽……."

얼마 전, 이 방 옆의 자료실에서 한때의 감정에 휘말려 학생회에 누가 되는 행동을 취했던 학생회장은 조용히 녹아웃되고 말았다.

"……차, 참고로……."

나는 정신적 대미지를 숨긴 후, 용기를 쥐어짜 내서 아스하인 양에게 물었다.

"아스하인 양의 생각에는…… 어떻게 하면, 좋았을 거라고 생각해? 저기, 내 친구가 말이야."

"네? 글쎄요……. 연애에 흥미가 없어서, 일반적인 대답밖에 못 할 것 같은데……."

"괜찮아."

"자기 생각을, 솔직하게 전하는 편이 좋지 않을까요?"

철푸덕~! 아소 선배가 무너지듯 책상에 엎드렸다.

그럴 수 있다면 누가 고생하겠어! 라는 목소리가 들려오는 것만 같았다.

"……일단, 그렇게 전해둘게."

"아, 아뇨. 저기, 저도 그게 어렵다는 건 알거든요? 하지만, 때로는, 말과 행동으로 표현해야만, 전해지는 것이 있다고…… 생각할, 뿐이에요."

때로는, 인가.

그래. ……항상 마음 있는 척 떠보기만 해선, 안 되는 거야.

"……잘난 척해서 죄송해요."

아스하인 양은 고개를 숙이더니, 가녀린 목소리로 그렇게 말했다.

"뭐? 아, 그렇게 생각하진 않는데……."

"설득력이 없다는 건 알아요. 어차피, 전부 어디서 주워들은 것에 지나지 않으니까요. ―그냥 못 들은 걸로 해도 돼요."

그렇게 말한 후, 아스하인 양은 식사에 집중하기 시작했다.

그 자기 완결적인 모습을 보며, 나는 얼마 전까지의 히가시라 양을 떠올렸다.

이리도 미즈토 ◆ 보이지 않는 곳에서

세게 넘어지면서 젖꼭지에 부상을 입은 이사나를 간호하면서 테니스 코트에 돌아가 보니, 카와나미 말고도 초대받지 않은 손님이 한 명 더 있었다.

"아, 이제야 돌아왔네~!"

가쿠란 위에 치마를 걸친 미나미 아카츠키는 카와나미 코구레의 목덜미를 움켜잡고 질질 끌고 가고 있었다.

나는 그 모습을 힐끔 쳐다보며 말했다.

"미나미 양, 왜 그런 옷차림을 한 거야?"

"나는 응원단이거든?! 그 정도는 알고 있으란 말이야! 대체 클래스메이트에게 얼마나 흥미가 없는 건데?!"

"아하……."

그러고 보니, 응원전을 한댔지. 오후 파트가 시작되기 전에 하던가.

"두 사람을 기다렸어! 유메가 학생회에 간 것 같으니까—."

미나미 양은 갑자기 말을 끊더니, 내 뒤편에 있는 이사나를 쳐다봤다.

"……히가시라 양, 왜 몸을 앞쪽으로 숙이고 있는 거야?"

"어! 아뇨! 원래 이랬어요! 신경 쓰지 마세요!"

"신경 쓰이네~."

미나미 양의 도끼눈에 겁먹은 듯한 이사나는 내 등 뒤에 숨었다. 그녀의 말에 따르면, 젖꼭지가 옷에 닿기 때문에 몸을 앞으로 숙여서 가능한 한 닿지 않게 하는 것 같았다. 망가진 브래지어는 이미 반환했고, 이사나는 교실에 가져다 두고 온 것 같은데…… 아무래도 망가진 브래지어라도 착용하게 하는 편이 좋았을지도 모르겠는걸.

"뭐, 좋아. 두 사람 다, 아직 점심 안 먹었지? 유메가 없으니까~, 같이 먹을까 해서 온 거야!"

"그건 괜찮지만, 이제 그만 물어봐도 될까? 카와나미는 왜 그 꼬락서니인 거야?"

목덜미를 잡힌 채, 축 늘어져 있는데…….

"아, 이 녀석? 괜찮으니까 신경 쓰지 마. 곧 깨어날 거야."

"아니, 무슨 일이 있었던 건지 물어보는 건데."

"괜찮아, 괜찮아!"

무서워. 한사코 이야기를 해주지 않으려고 해.

"그럼 빨리 가자~! 나, 응원전에 나가야 하니까 점심시간이 짧아~."

미나미 양은 아무렇지 않은 듯이, 카와나미를 질질 끌고 갔다.

체육복 소매 아래로 보이는 카와나미의 손목에는 왠지 두드러기가 난 것처럼 보였다.

이리도 미즈토 ◆ 고도로 발달한 우정은 연애 관계와 구별이 되지 않는다

유메가 학생회 멤버와 같이 다니느라 같이 점심을 먹을 친구가 없어졌다. —그래서 우리에게 불똥이 튀었다고 생각했지만, 그것은 착각이었다.

"짜잔~! 이쪽이 히가시라 이사나 양이에요~!"

"오오~."

"오오~! ……오오오오~~~~?"

이사나의 가슴을 뚫어지게 쳐다보며 박수를 치기 시작한 사람은 유메, 미나미 양과 자주 어울려다니는 두 여자애였다.

한 사람은 보브컷 헤어스타일에 멍한 분위기를 지녔다. 다른 한 사람은 키가 크며, 딱 봐도 운동부 타입의 쾌활한 인상이었다.

이사나가 불안한 표정으로, 내 체육복 팔꿈치 부분을 꾹 잡아당겼다.

"(모, 모르는 사람이……! 모르는 사람이 있는데요!)"

낯가림이 심한 데다 방구석 여포인 이사나는 사자 앞의 다람쥐처럼 흠칫거리며 겁먹었다. 정말…… 미나미 양이 무슨 속셈인지는 모르겠지만, 이 상황에서는 내가 중간 다리를 역할을 할 수밖에 없나.

"으음……."

내가 두 사람을 쳐다보며 고개를 갸웃거리자, 미나미 양은 「맞다」 하며 손뼉을 쳤다.

"의욕 없어 보이는 애가 카나이 나스카, 그리고 시끄러워 보이는 애가 사카미즈 마키야!"

"어?! 우리 이름을 몰랐던 거야?! 같은 반이거든?! 그것보다 시끄러워 보인다는 건 너무하잖아, 앗키~!"

"내도 얽힌 적 없는 사람의 이름은 기억 못한데이. 만나서 반갑다~. 잘 봐도~."

"어? 내가 소수파야?!"

확실히 시끄러워 보이는 애다. 사카미즈, 사카미즈, 사카미즈인가. 의욕 없어 보이는 쪽은 말이 좀 통하겠는걸. 카나이, 카나이, 카나이…… 좋아, 기억했어. 일단 오늘은 말이지. 내일도 기억할지는 모르겠다.

"만나서 반갑기는 한데, 왜 우리를 부른 거야? 미리 말해두겠는데, 이 녀석한테 초면인 인간이 있는 환경은 민물고기에게의 바다 같은 거라고."

"그럼 죽잖아. 이야, 유메가 빠져서 세 명이 되니까 좀 적적하지 뭐야~. 그러다 전에 히가시라 양을 소개해주겠단 이야기를 했던 게 생각나서, 확 데려오기로 한 거야."

"허락부터 받으라고. 본인한테 말이야."

"아, 그것도 그러네. 히가시라 양! 같이 밥 먹자."

미나미 양이 얼굴을 들여다보며 그렇게 말하자, 이사나는 사카미즈와 카나이를 힐끔힐끔 쳐다본 후…….

"아니…… 뭐…… 괜찮, 지만요……."

"『좋아요』라네~!"

"으윽……."

미나미 양이 지나치게 확대해석해서 자기 말을 번역하자, 이사나는 더욱 위축됐다. 이런이런. 분위기를 환기시키려는 걸지도 모르지만, 남의 말을 왜곡해서 전달하지 말라고.

미나미 양은 질질 끌고 온 카와나미는 옆에 내팽개치더니,

의자를 두 개 가져와서 사카미즈와 카나이의 옆에 뒀다. 그 중 하나에 자기가 앉더니…….

"히가시라 양은 이 의자 써~. 미리 허락을 받아뒀어."

"아, 네……."

그렇게 대답하는 이사나가 불안해 보였기에, 나도 의자를 가져왔다.

그사이에 사카미즈와 카나이는 내다 버려진 카와나미를 내려다보며 「불쌍해라……」, 「낚인 참치 같데이」 하고 말했다.

자기 의자를 이사나의 옆에 두며 앉자, 그제야 그녀도 의자에 엉덩이를 대며 앉았다.

그 모습을 본 사카미즈와 카나이가 중얼거렸다.

"큼직해."

"큼직해."

"흔들려."

"흔들려."

"거기 둘~. 어휘력, 어휘력~."

……지금은 노브라거든. 만약 만져보고 싶단 말을 한다면, 그때는 내가 지켜줘야 할 것이다.

나는 긴장한 것 같은 이사나에게 옆에서 말을 건넸다.

"이사나. 도시락은 있어?"

"아, 네. 있어요. 어? 제 무릎 위에 놓인 이걸 대체 뭐라고 생각한 거예요?"

“아니, 그 사람— 나토라 씨는 도시락은 안 싸줄 것 같아서…….”

“오늘은 아빠가 만들었나 봐요.”

“아하…….”

아직 만난 적 없는 이사나의 아버지는 마구 부려지고 있는 것 같네. 그저 집안일을 분담하고 있을 뿐일지도 모르지만, 나토라 씨의 인상 탓에…….

“미즈토 씨의 도시락은 그분이 만들어주신 건가요?”

“그래. 유니 씨는 이런 날 도시락을 엄청 신경 써서 싸주는 타입이거든.”

“상냥한 어머니시네요. 교환하고 싶어요.”

나는 나토라 씨를 내 어머니로 삼기 싫어.

“으음~.”

“오호라~.”

대화를 나누는 우리를 보고 있던 카나이와 사카미즈가 의미심장한 신음을 흘리자, 어찌 된 건지 미나미 양이 씨익 웃었다.

“여러분께서 보시기엔 어떠신지요?”

“아직 단정하기엔 이르데이.”

“하지만 방금 가족 이야기가 나오지 않았어? 서로의 가족과도 교류가 있다는 거 아냐~?”

무슨 소리지.

미나미 양 일행도 각자의 도시락을 꺼냈다. 미나미 양은 편의점에서 사온 듯한 빵이며, 다른 두 사람은 도시락을 싸 온 것 같았다.

“그런데~, 나스카찌는 여기 있어도 되는 거야~?”

사카미즈 마키는 우리보다 커다란 도시락 통을 열면서 그렇게 말했다.

“연상 남친과 같이 점심 먹으러 안 가봐도 돼~? 글래머 구경할 때가 아닌 거 아냐~?”

“오늘 정도는 괜찮데이. 이리도에게 차인 미나미가 불쌍하다 아이가.”

“누가~ 차였다는 거야! 대체 누가!”

흠. 확실히 유메는 학생회에 들어간 후로 미나미 양과 함께 지내는 시간이 줄었을 것이다. 이제까지의 인상을 생각하면, 미나미 양이 더 거친 반응을 보여도 이상할 게 없다.

그런 미나미 양은 빵의 포장을 뜯더니, 우걱우걱 먹으며 말했다.

“나는 성장했어! 소중한 친구의 새 출발을 순수하게 축하해줄 수 있는 어른이 됐단 말이야!”

“호오~.”

“성장 한번 참 빠르데이. 일주일 전만 해도 쓸쓸하다며 우리한테 우는 소리를 늘어놨제?”

“그, 그건…… 성장 이벤트야, 성장 이벤트!”

가능하면 고등학교에 들어간 시점에 그렇게 되어줬으면 좋았을 텐데 말이다. 그랬으면 내가 괜히 청혼을 받는 일도 없었을 것이다. —요즘 들어 그녀가 얌전한 것은 카와나미 덕분이라고 생각했는데, 유메 이외의 친구가 생긴 것도 좋은 영향을 끼쳤을지도 모른다.

"저기…… 미즈토 씨, 미즈토 씨."

그런 생각을 하면서 도시락을 먹고 있을 때, 옆에 있던 이사나가 내 도시락을 쳐다보며 말했다.

"반찬 교환해요~. 이리도가의 닭튀김, 좋아하거든요."

"아, 그랬지. 그럼 입 벌려."

"아~."

이사나가 병아리처럼 입을 벌리자, 나는 젓가락으로 잡은 닭튀김을 그녀의 입에 넣어줬다.

그러자 볼이 다람쥐처럼 볼록해진 이사나가 우물거리며 말했다.

"마시써요~."

"그런 이 고구마맛탕을 가져가겠어."

"우읍?!"

나는 이사나의 도시락에서 고구마맛탕 한 개를 입에 넣었다.

이사나는 입 안의 닭튀김을 삼킨 후에 내 어깨를 움켜잡았다.

"그거, 제가 좋아하는 반찬이라고요!"

"알아."

"일부러 그런 거예요?!"

"좋아하는 것과 좋아하는 것으로 등가교환한 거잖아?"

"그럴 거면 미즈토 씨가 좋아하는 걸 골라야 하잖아요!"

"그게 나는 딱히 좋아하거나 싫어하는 게 없거든."

음식은 먹을 수 있기만 하면 된다. 옛날부터 그렇게 생각하며 살아왔다.

이사나는 입술을 삐죽 내밀었다.

"미즈토 씨는 요리를 해주는 보람이 없는 사람이네요."

"만들어줄 예정이라도 있었어?"

"공략법이 하나 줄어들었다고 생각했을 뿐이에요."

"그런 건 너한테 이제 필요 없잖아?"

"그렇지 않아요~. 어떻게 하면 더 어리광을 부릴 수 있을지, 밤낮으로 연구하고 있거든요."

"참 높은 뜻을 품고 있네."

"야한 그림이라도 그려줄까요?"

"그건 또 무슨 소리야?"

"식욕이 안 되면 성욕을 노려볼까 해서요."

"……내버려뒀다간 성가셔질 것 같으니까, 어리광 좀 받아주지. 자, 닭튀김 줄게."

"와아~! 우물우물."

두 개째 닭튀김을 어미 새가 된 심정으로 먹여주고 있을 때, 일련의 사태를 지켜보고 있던 여자애들이 수군거리기 시작했다.

"(저 정도면 사귀는 거 아냐?)"

"(아~를 거리낌 없이 한다 아이가. 무시무시하데이.)"

"(하지만 놀랍게도, 그냥 친구 사이예요.)"

"(거짓말! 거짓말이 틀림없어! 휴일이면 문란한 생활을 보내는 사이가 분명해!)"

"(저래서는 이리도도 신경 좀 쓰일 수밖에 없겠데이.)"

바로 그때였다.

지면에 쓰러져서 침묵을 지키고 있던 카와나미 코구레가 갑자기 벌떡! 몸을 일으켰다.

"히익?!"

이사나가 화들짝 놀라며 내 어깨에 들러붙었다. ……이봐. 너, 지금 노브라라고.

내가 무시무시할 정도로 부드러운 감촉으로부터 은근슬쩍 어깨를 대피시키고 있을 때, 카와나미는 흙이 묻은 얼굴을 미나미 양 일행 쪽으로 돌리며 말했다.

"방금…… 왠지, 어마어마하게 불쾌한 대화가 들린 것 같다만……?"

"기분 탓일 거야. 자, 먹어."

미나미 양은 지옥에서 흘러나온 듯한 카와나미의 목소리를 깔끔하게 무시하더니, 옆에 뒀던 빵을 던져줬다.

“점심이야. 겸사겸사 사뒀어. 자, 감사의 눈물을 흘려!”
“어~?”
카와나미는 뒤통수에 묻은 흙을 털더니, 넘겨받은 빵을 쳐다보며 인상을 찡그렸다.
“……카레빵이 좋은데 말이야.”
“그렇게 말할 줄 알고, 그것도 사뒀어. 받아.”
“어? 땡큐~.”
미나미 양이 빵을 하나 더 던져주자, 카와나미의 얼굴이 확 펴졌다.
그 모습을 본 사카미즈와 카나이가 또 수군거리기 시작했다.
“(이야, 이쪽도 완전 사귀는 사이네.)”
“(이 정도면 실은 결혼한 거 아이가?)”
“……역시, 엄청 불쾌한 이야기가 어디선가 들려오는걸.”
“그건 기분 탓이 아닐지도 몰라.”
하아. 이 녀석들은 차분하게 식사도 못 하는 거냐.
“(히익! ……죄, 죄송해요. 또 젓꼭지가…….)”
……너도 포함해서 말이지.

이리도 유메 ◆ 후방 전 남친 행세

“어? 이리도 동생?”
“아까까지 같이 밥먹었는디, 다 먹고 나서 다른 데로 가버렸데이."

"맞아! 히가시라 양과 함께 말이야! 그 두 사람, 사귀는 사이가 틀림없어."

"언제까지 그런 소리 할 기고."

점심 식사를 마치고 클래스메이트가 모여 있는 곳으로 돌아가 봤지만, 미즈토는 없었다.

마키 양과 나스카 양과 함께 점심을 먹은 것도 놀라운 일이지만, 아무래도 아카츠키 양이 억지로 그런 상황을 만든 것 같았다. 「히가시라와 연락처 교환했데이」 하고 나스카 양이 말한 것을 보면, 의외로 분위기는 나쁘지 않았던 것 같다.

참고로 아카츠키 양은 곧 열릴 응원전에 참가하기 때문에 없었다. 그리고 카와나미도 보이지 않는 것은 미즈토, 히가시라 양과 같이 있기 때문일까.

다시 일을 하러 가기 전에, 미즈토와 잠시 이야기를 나누고 싶었는데 말이야…….

운영 텐트로 돌아가고 있을 때, 응원전이 시작됐다.

"플레이! 플레이! 홍·팀!"

북소리에 맞춰, 남녀 혼성으로 구성된 응원단이 힘찬 구호를 외쳤다.

그 사이에서 남들보다 덩치가 작은 이가 바로 아카츠키 양이었다. 하지만 그 당당한 태도와 절도 있는 움직임에서는 주위에 있는 이들에게 전혀 밀리지 않는 박력이 느껴졌다.

그런 그녀를 지켜보는 이가, 남들의 눈에 띄지 않는 건물 옆쪽에 있었다.

"어? 카와나미."

"아."

내가 말을 건 순간, 카와나미는 겸연쩍은 표정을 지었다.

다른 사람에게 들키고 싶지 않았던 걸까? 아카츠키 양을 지켜보고 있다는 것을 말이다.

왠지 훈훈한 기분이 든 나는 빙긋 웃었다.

"박력 있지? 아카츠키 양, 엄청 연습했어."

"으응, 뭐…… 땅딸보치고는 열심히 한다 싶네."

카와나미는 얼버무리듯 머리를 긁적이며 그렇게 말했다. 두 사람 다 솔직하지 못하다니깐.

"……말하지 마, 이리도 양. 들켰다간 저 녀석이 『후방 남친 행세하냐~』 하고 말하며 우쭐댈 거야."

"응. 알았어."

그렇게 말한 후, 문뜩 생각났다.

"그 대신, 가르쳐줄래?"

"응?"

"미즈토와 히가시라 양은 어디 있어?"

카와나미는 그 말을 듣더니, 심술궂은 미소를 머금었다.

"뭐야. 혹시 신경 쓰여?"

"……으음. 뭐, 나는 학생회 소속이잖아. 농땡이 치는 학생의 행적을 파악해두고 싶거든."

"뭐, 그런 걸로 해둘까. 간단히 가르쳐주는 건 재미없지만…… 아~. 걔한테 이미 들통났으니 됐나."

그렇게 중얼거린 카와나미는 교정 옆을 손가락으로 가리켰다.

"테니스 코트 구석. 조용해서 좋아."

"그렇구나. ……고마워."

그 남자는 정말…… 타고난 사회 부적합자라니깐.

지금은 맡은 일이 있어서 못 가지만, 짬을 내서 어쩌고 있나 보러 가야겠다.

이리도 미즈토 ◆ 첫 젖꼭지

오후 프로그램이 시작됐을 무렵, 나와 이사나는 테니스 코트로 돌아왔다.

"하아…… 겨우 진정됐어요……."

그도 그럴 것이, 노브라인 애가 있으니 말이다. 사람들 눈길을 끄는 장소에 오래 머물 수는 없다.

"그 속옷, 고칠 방법은 없는 거야?"

"어~? 글쎄요……. 스테이플러로 찍으면 될까요?"

"내가 어떻게 알아. 테이프 같은 걸로 붙이면 어떨까?"

"테이프를 안 가져왔어요~. 오늘은 수업이 없는 날이잖아요."

"선생님한테 빌리면 되잖아?"

"……으~."

"싫은가 보네."

"그게…… 이 정도 일로 그러는 건 좀…… 선생님에게 말을 거는 건 최후의 수단으로 삼고 싶달까……."

"뭐, 심정은 이해해."

남에게 의지한다는 것은 최종수단이다. 우리 같은 사람에게는 말이다.

"미즈토 씨 말고는 아는 사람이 없으니까 됐어요. 가슴이 갑갑하지 않아서 좋기도 하고요. 체육복을 입고 있어서 젖꼭지가 드러나지도 않잖아요."

"그런 소리 좀 하지 말라고."

"아얏. 에헤헤."

내가 손날로 머리를 살짝 때려주자, 이사나는 기쁜 듯 배시시 웃었다.

그 후, 체육복 지퍼를 약간 내린 이사나는 턱을 당기듯이 안쪽을 쳐다봤다.

"이야, 깜짝 놀랐어요. 체육복 내의는 이렇게 얇았군요. 꽤 확연하게 형태가 드러나네요."

"잡담하듯 그런 소리 하지 마."

"자, 봐요. 진짜 볼록하게……."

"보여주지 마!"

"에헤헤. 장난이에요~. 미즈토 씨는 풋풋해서 참 귀엽네요!"
"……너, 요즘 너무 기어오르는 거 아냐?"
"네?"
"자신감이 생긴 건 좋은 일이지만…… 이제 그만 깨닫게 해줘야겠는걸. 상하관계라는 것을 말이지……."
"어? 어? 잠깐, 그 주먹으로 뭘—."
내가 주먹으로 이사나의 관자놀이를 조준한 바로 그때였다.
코트 밖에서, 낮은 목소리가 들려왔다.
"……저기. 진짜로 아무도 안 오는 거야?"
"괜찮다니까 그러네……."
"으응……!"
나와 이사나는 얼굴을 마주한 후, 숨을 죽이며 등 뒤를 돌아봤다.
그물 건너편. 건물 그림자에 가려진 비상계단 근처에, 낯선 남녀가 있었다.
체육복을 입은 남자와 여자는 포옹을 한 채— 입술을 포개고 있었다.
"(우왓……! 앗, 우오오……!)"
옆에서 이사나가 거친 콧김을 내뿜었다.
우리 말고도 체육제에 성실하게 임하지 않는 사람이 있는 건가……. 게다가 연인 사이라면, 저러는 것도 당연—.
그렇게 여유를 부리고 있을 때였다.

"앗……! 아, 안 돼……!"
"미안해. 금방 끝낼 테니까……."
"누, 누가 오기 전에 끝낼 거지……?"
남자가 여자의 체육복 자락을 스르륵 걷어 올렸다.
느닷없이 모르는 여자애의 브래지어가 눈에 들어오자, 나는 그대로 얼어붙었다.
"(어……? 거짓말…… 여, 여기서? —잠깐만, 미즈토 씨!)"
"(우왓!)"
남자의 손가락이 브래지어 안으로 미끄러져 들어간 순간, 옆에 있던 이사나가 그대로 몸을 날리면서 나를 벤치에 쓰러뜨렸다.
내 가슴팍에 부드러운 물체가 닿았다. 고개를 내려보니, 내 얼굴을 올려다보는 이사나의 얼굴과 함께 체육복 옷깃 사이로 보이는 가슴이 눈에 들어왔다. 그리고 체육복 너머로 느껴지는, 물풍선 같은 부드러운 사이에 섞인, 작지만 단단한 감촉—.
"(……안 돼요.)"
숨소리에 가까울 만큼 작은 목소리로, 이사나가 말했다.
"(미즈토 씨의 첫 젖꼭지는…… 유메 양 아니면 제 것이어야만 해요!)"
……딱히, 본 적 없다고 말한 적은 없는데 말이다.
그리고, 애초에, 본다, 는 것으로 한정 짓지만 않는다면,

바로 지금—.

"(……자기도 포함하는 걸 보면, 너는 참 정직한 애구나.)"

"(앗. ……무무무, 물론, 처음은 유메 양에게, 야야야, 양보할 생각이거든요?)"

이미 늦었어, 바보야.

이리도 유메 ◆ 뽑았을 때의 즐거움

학생회 멤버로서 체육제 운영에 참여하느라 출전하는 경기가 미즈토에 버금갈 정도로 적은 나에게, 드디어 차례가 찾아왔다.

『자, 드디어 이 시간이 찾아왔습니다! 라쿠로 명물, 체인지 물건 빌려오기 경주 시간입니다!』

애초에 나는 운동을 잘하는 편이 아니다. 그러니 평범한 달리기 경주처럼 운동능력으로 승부하는 경기에서는 팀에 공헌하지 못할 거라고 생각했다. 그래서 맡게 된 것이 바로 물건 빌려오기 경주였다.

설마 내가 만든 경기에 내가 참가하게 될 줄은 생각도 못 했다.

체인지하지 않을 경우의 미션이 얼마나 어려운지 아는 만큼, 식은땀이 삐질삐질 났다. 고집을 부리지 않고 체인지를 할 준비를 해둬야겠다.

“하아, 긴장돼~.”, “어려운 제비를 뽑으면 어쩌지~.”

다른 경기 참가자와 다르게, 어딘가 불안에 사로잡힌 듯한 선수들과 함께 출발 지점에 입장했다.

교정에서 떨어진 곳에 책상이 세 개 설치되어 있으며, 그 위에는 주자 숫자만큼의 제비가 들어있는 상자가 놓여 있다.

우선 출발 지점에서 가장 가까운 책상으로 뛰어가서, 상자 중 하나에서 제비를 뽑아야 한다. 다른 책상으로 뛰어가는 건 체인지를 하기로 결심했을 때다. 그러면 빌려와야 할 물건의 난이도가 내려가지만, 대신 시간이 걸린다.

첫 상자 안의 제비도, 어렵기는 하지만 클리어할 수 없을 정도는 아니다. —부탁이니까 『귀엽다 or 멋지다고 생각하는 사람』은 안 뽑기를! 만약 심판에게 인정받지 못한다면 데려온 사람이 불쌍해질 것 같다고 아스하인 양이 말했는데, 왜 나는 그 제비를 집어넣은 걸까!

『출발 위치에 서세요—.』

나는 신에게 기도를 하면서 출발 위치에 섰다.

이 순간, 나는 까맣게 잊고 있었다.

신에게 기도를 해서, 일이 제대로 풀린 적이 없다는 것을…….

『준비— 스타트!』

나를 비롯한 주자들이 첫 상자를 향해 일제히 뛰어갔다.

나와 마찬가지로 운동에 그다지 자신이 없는 사람들이 주로 출전한 건지, 처음부터 나만 뒤처지는 일은 없었다.

하지만, 문제는 이제부터다. 세 번째로 책상 앞에 도착한 나는 감으로 상자 중에서 하나를 고른 후, 윗면에 있는 구멍에 손을 집어넣었다.

『자, 첫 제비 구역에 도달! 과연 어떤 제비를 뽑을까요!』

안에 들어있는 종이를 뒤적이고 있을 때, 먼저 제비를 뽑은 두 사람이 거기에 적인 내용을 읽고 비명을 질렀다.

"이게 뭐야~?!", "어?! 우와…… 어?! 진짜야?!"

저것이 내 미래 모습이란 생각이 들어 두려움에 사로잡혔을 때, 종이 한 장이 손가락에 걸렸다.

됐어, 이걸 뽑자! 잘 부탁드려요……!

에잇 하며 뽑아 든 종이를, 나는 머뭇머뭇 펼쳤다.

"……어……?"

한순간, 당혹감에 사로잡혔다.

제비의 내용을 결정한 장본인인 내가, 말이다.

왜냐하면— 본 적 없는 내용이었다.

나도, 아스하인 양도, 이런 제비를 넣은 적이—.

—그건 뽑았을 때의 즐거움으로 남겨뒀으면 좋겠는걸.

"아."

혹시…… 회장이 넣었던, 제비일까?

설마, 그걸 내가 뽑다니— 제비는 수십 장이나 되잖아. 혹시 회장은 미래라도 보는 거야……?

나는 회장이 만든 제비를 보면서 잠시 생각에 잠겼다. 그 사이에도, 다른 주자들이 차례차례 제비를 뽑더니…….

"체인지, 체인지!", "무리야~!"

……하고 외치면서 다음 상자를 향해 뛰어갔다.

몇 번을 생각해도, 이 내용에 맞는 사람은 딱 한 명밖에 생각나지 않았다.

하지만, 그건, 거의—.

—하지만, 때로는, 말과 행동으로 표현해야만, 전해지는 것이 있다고—.

"……그래."

때로는, 행동으로 표현해야 한다.

게다가, 이거라면— 분명, 그 녀석도 도망칠 수 없다.

나는 제비를 손에 쥔 채, 다른 주자들과는 반대 방향으로 뛰어갔다.

『오오~! 1학년 7반, 이리도 선수! 체인지를 하지 않습니다! 승부에 나섰군요~!!』

열띤 실황에 등을 떠밀리듯, 나는 달렸다.

교정 옆에 있는, 테니스 코트로 말이다.

•

하지만.

"……어?"

카와나미가 가르쳐준 테니스 코트 구석.

그곳에는 미즈토도, 히가시라 양도 없었다.

이리도 미즈토 ◆ 걷어찬 책임

"만화 카페 때도 그렇고…… 저희는 그런 일에 툭하면 휘말리네요."

이사나는 낡은 벤치에 앉아서 「우헤헤」 하고 실없는 웃음을 흘렸다.

나도 그 옆에 털썩 앉으며 말했다.

"만화 카페에서의 일은 좀 다른 유형 같지만…… 아무튼, 세상은 너무 문란해."

"저출산 시대니까 괜찮지 않을까요?"

"문명을 버리고 야생으로 되돌아가는 것을 저출산 대책이라고 하지는 않아."

그래서야 완전 동물이잖아. ……중학생 시절을 떠올려보니 찔리는 구석이 있기는 했지만, 그 탓에 혐오감이 더욱 치솟았다. 우리도 그렇게 보였겠지…….

"뭐랄까…… 눈이 확 트이는 것 같네요."

헤헤 하고 배시시 웃은 이사나가 양손의 손가락 끝을 입 앞으로 모았다.

"무슨 소리야?"

"진짜로 그러는구나, 싶어서요……. 음란한 영상이나 만화

속에서만 일어나는 게 아니구나 싶달까…… 당연한 거겠지만, 그런 느낌이 들어요.”

“……그래.”

뭐, 이해가 안 되는 건 아니다.

같은 학교에 다니는 비슷한 또래 녀석이, 진짜로 그런 짓을 하는 것을 보니…… 갑자기 현실감이 밀려왔다.

어쩌면 중학생 때 허세를 부리며 피임구를 샀을 때보다, 훨씬 생생하게 느껴진 걸지도 모른다.

“……저도, 할 수는 있겠죠? 그런걸…….”

이사나는 고개를 숙이더니, 그렇게 중얼거렸다.

한순간 못들은 척할까 생각했지만, 결국— 신중하게 말을 고르며— 나는 입을 열었다.

“그야, 뭐…… 기능적으로는, 가능하겠지.”

“왠지…… 상상, 안 돼요. 만약 사귀고 있다면…… 현실감이 들까요?”

왜 나한테 묻는 건데, 하고 대꾸하지는 않았다. 그『만약』이 누구와 사귄다는 가정인지— 다른 가능성을 내비치지 않는 듯한 그 말투는, 진심으로 다른 가능성을 전혀 염두에 두고 있지 않아서다.

아마, 자만심에 빠진 것은 아니리라.

인생에서 단 한 번뿐인 사랑을, 그녀는 나에게 소비했다.

연애 같은 귀찮은 것을, 몇 번이나 할 애가 아니다. 아니,

할 필요가 없다고 말하는 편이 옳을까. 나 또한 마찬가지이기에 충분히 이해됐다.

친구로서, 가능하다면, 그 단 한 번뿐인 사랑을, 성취시켜 주고 싶단 마음이 존재했다.

하지만, 나 또한, 그 단 한 번뿐인 사랑을, 이미 소비하고 말았다. ……그래서 우리는, 친구 사이인 것이다.

"글쎄."

……하고 나는 대답했다.

"만약 사귀게 된다면 너는 마구 들이댈 것 같지만, 진짜로 그런 상황이 오면 겁먹어서 우물쭈물할 것 같거든."

"너무해요! ……부정은 못 하겠지만요."

이사나는 아랫입술을 쑥 내밀더니, 벤치 위에서 무릎을 꼭 끌어안았다. 도서실에서 항상 그러듯이 말이다.

그 후, 무릎 사이에 입을 집어넣더니, 우물거리듯 중얼거렸다.

"……어쩔 수 없잖아요. 마음은 정리할 수 있지만…… 흥미가 사라지진, 않는걸요."

이 말에는 나도 뭐라고 코멘트할 수가 없었다.

이사나는 입을 무릎 사이에 집어넣은 채, 나를 곁눈질하며 말했다.

"실은 아직 기회를 노리고 있다—고 하면, 화낼 건가요?"

"……예를 들자면?"

"어른이 되어서, 같이 술 마셨을 때라든가요."

"생각보다 현실적이라 징그럽네."

나는 가볍게 놀린 후, 시선을 돌리며 대답했다.

"네가 마음속으로 무슨 생각을 하든, 내가 간섭할 건 아냐."

"……그런가요?"

"너는, 나쁜 짓은 하지 않았어. 그러니까…… 걷어찬 책임은, 내가 질게."

나는 얼버무리지 않았다. 이것 또한, 책임의 일부라고 생각했다.

너는, 아무것도 신경 쓰지 마. 우리가 친구를 선택하게 된 건, 명백하게 나 때문이야.

"……하아아아~."

이사나는 땅이 꺼지게 한숨을 내쉬더니, 무릎 사이에 얼굴을 쑥 집어넣었다.

"야한 짓 하고 싶어어엇~~~! 미즈토 씨에게 엉망진창으로 유린당하고 싶어어엇~~!!"

"이봐! 목소리가 크잖아!"

"제가 무슨 생각을 하든 자유인 거 아니었어요?"

"입 밖으로 소리 내서 말하는 건 자유가 아니거든?! 평범하게 생각해봐!"

"우헤헤."

이사나는 고개를 들며 배시시 웃더니, 엉덩이를 슬며시 옮기며 나에게 다가왔다.

“좀 안심했어요.”

“……뭘?”

“걷어찬 책임은, 미즈토 씨가 질 거죠? 그러면 제가 딱히 신경 쓰지 않더라도…… 미즈토 씨가 철저하게, 넘어선 안 되는 선을 지켜줄 거잖아요?”

“뭐…… 그럴 거긴 한데…….”

왠지 불길한 예감이 든다.

히히, 하고 이사나는 음흉한 웃음을 흘리면서 나에게 다가왔다.

“즉…… 제가 아무리 야한 짓을 해도 상관없다, 같은 거잖아요……?”

“왜 그렇게—.”

“우럇!”

이사나는 재빨리 팔을 쑥 내밀어서 내 목에 둘렀다.

그대로 봉제 인형처럼 나를 끌어안았다. 내 가슴에 닿은 풍만한 두 물체는 물론이고, 내 의지로 거부할 수 없는 부드러운 감촉과 타인의 온기가 단숨에 내 온몸을 휘감았다.

“자, 자~♪ 어디 지켜보세요~! 가만히 있다간 평범한 친구 사이가 아니게 될걸요~?”

“평범하지 않은 친구 사이가 대체 뭔데?! 빨리 떨어져!”

“어어~? 여자애한테 그 말이 듣고 싶은 거예요? 그야 물론—.”

"됐어, 됐어, 됐다고! 말 안 해도 아니까 떨어져……!"

"싫어~요! 저는 신경 안 쓸 거라고~요!"

툭하면 기어오른다니깐! 걷어찬 책임 운운을 떠나서, 이 녀석은 한 번쯤 제대로—.

"—히가시라 양."

옆에서 그 목소리가 들려오자, 나와 이사나는 얼어붙은 것처럼 그 자리에서 굳어버렸다.

밀착된 몸을 떼지도 못한 채, 우리는 녹슨 기계 같은 움직임으로 목소리가 들린 방향을 돌아보았다.

유메가.

숨이 턱까지 찬 유메가— 한 걸음 한 걸음, 우리가 있는 벤치로 다가오고 있었다.

그 표정은 진지했으며, 화난 것처럼도 보였다.

그런 유메가 우리 앞에서 멈춰 서자, 이사나는 맹수와 거리를 벌리려는 것처럼 천천히 나한테서 떨어졌다.

"유, 유, 유, 유메 씨…… 이, 이건 그러니까, 치, 친구끼리의, 자, 장난 같은—."

"히가시라 양."

또 이름을 불리자, 이사나는 흠칫하며 입을 꼭 다물었다.

유메는 「후우……」 하고 숨을 내쉬며 호흡을 골랐다. 유심히 보니, 관자놀이에 땀방울이 맺혀 있었다.

그 후, 유메는 다시 입을 열었다.

"지금…… 물건 빌려오기 경주를 하고 있거든?"

"네?"

이사나가 당혹스러워하는 사이, 유메는 손을 뻗었다.

내 손을 움켜잡기 위해서 말이다.

"그러니까—."

나를 꼭 움켜잡고, 이사나의 눈을 응시하며…….

"—미즈토를, 잠시만, **돌려주지** 않겠어?"

유메는 말했다.

그 말에 존재하는 명확한 위화감을 느낀 이사나는 눈을 껌뻑였다.

"네? 물건 빌려오기 경주니까 **빌려달라**고 해야—."

"돌려주지."

다시 그렇게 말한 유메가 이번에는 미소 지었다.

"……않겠어?"

"무, 물론 그래야죠~!!"

불쌍한 이사나는 조무래기 근성을 드러내며 나한테서 떨어졌다.

좋아, 하고 말하듯 고개를 끄덕인 유메는 내 손목을 잡아 당겨서 일으켜 세웠다.

그리고, 그제야 나를 향해 말했다.

"그렇게 됐으니까, 잘 부탁해."

"……보통은, 나한테 허락을 받아야 하는 거 아냐?"

"어차피 싫어할 게 뻔하니까, 억지로 끌고 갈 거야."

횡포다!

내가 연행당하는 가운데, 조무래기처럼 주눅 들어 있던 이사나는 홀로 멍하니 하늘을 올려다보았다.

"확인 사살…… 당했어요……. 우헤헤……."

"……저 애는 왜 감동한 거야?"

"……몰라."

거기까지는 책임져줄 수 없다.

이리도 미즈토 ◆ 네가 보고 있는 나

유메에게 손을 잡힌 나는 그녀에게 끌려가며 교정으로 향했다.

—제비의 내용이 뭔데?

내가 그렇게 묻자, 유메는 잠시 생각한 후에 말했다.

—너 말고는, 생각도 할 수 없는 내용이야.

나 말고는 생각도 할 수 없다. 나 말고는 누구도 그 내용에 적합하지 않다.

가족? 체육제에는 보호자가 오지 않으니 말이다.

형제자매? 온 세상을 뒤져도 나뿐이다.

혹은—.

희망 사항에 가까운 상상을 했다. 내가 아무것도 하지 않더라도 바라는 것을 손에 넣게 되는, 그런 망상에 가까운 가정을 해봤다.

그래도, 괜찮을까?

말도 안 된다는 생각은 들지 않았다. 징조라면 충분히 있었다. 착각할 여지라면 얼마든지 있다.

그런데도, 내 두뇌는 그 생각을 중단시켰다.

괜찮을까?

그렇게— 간단히 단정 지어도 말이다.

아아, 이 상황에서 통감했다. 우리의 관계가 얼마나 성가신지를…….

—좋아하는 사람.

그런 간단한 말로는, 이제 표현할 수 없다.

저기, 유메.

지금의 너는, 나를 어떻게 보고 있는 거야?

『—자! 1학년 7반, 이리도 선수가 돌아왔습니다! 남자! 한 남자를 데리고 왔습니다!』

시선과 환성이 단숨에 집중되자, 왠지 따분함이 밀려왔다.

하지만 유메는 그것을 떨쳐내려는 듯 힘차게 내 손을 잡아끌며, 교정을 가로질렀다.

『자, 골인! 심판이 오케이하면 1위입니다! 과연 이리도 선수가 뽑은 제비의 내용은 뭘까요?!』

골에는 낯익은 인물이 기다리고 있었다.

덩치는 작지만 독특한 존재감을 지닌 학생회장, 쿠레나이 스즈리.

그녀는 숨을 헐떡이며 달려온 유메, 그리고 그녀에게 끌려온 나를 차분한 미소를 머금으며 번갈아 쳐다보더니…….

"제비를 보여줘."

쿠레나이 선배가 손을 내밀자, 유메는 아무 말 없이 들고 있던 종이를 내밀었다.

그 종이를 펼쳐본 쿠레나이 선배는 내용을 읽어보더니— 크큭, 하고 의미심장한 웃음을 흘렸다.

"솔직하게 전할 마음이 든 건가?"

유메는 멋쩍은 듯 웃었다.

"네. 일단 오늘은요."

쿠레나이 선배는 그 대답을 듣고 방송석 쪽을 돌아보더니, 양손으로 동그라미를 만들었다.

『클리어! 클리어인 것 같습니다!』

유메는 쿠레나이 선배한테서 종이를 돌려받더니, 나를 돌아보며 말했다.

"가자."

결국 자기가 왜 끌려온 건지 모른 채, 나는 방송석 쪽으로 끌려갔다. 원래 그럴 예정이었던 건지, 유메는 실황을 맡은 방송부원에게 제비를 건네줬다. 방송부원은 마이크를 한 손에 쥔 채 제비를 펼쳐보더니, 「오오?! 아하……」 하며 신음을 흘리더니, 내 얼굴을 쳐다보며 슬쩍 웃었다.

『제비 내용을 발표하겠습니다! 1학년 7반, 이리도 선수가 뽑은 제비의 내용은—.』

불현듯 긴장감에 사로잡힌 직후, 마이크를 통한 커다란 음성으로 내 정체가 밝혀졌다.

『—「함께 골인하고 싶은 사람」, 입니다!』

오오……! 하는 술렁거림이 관전하는 학생들 사이에서 샘솟았다.

함께…… 골인하고 싶은 사람?

그게, 나? ……어째서?

『이리도 선수! 이유를 들려주시겠습니까! 데려온 사람은…… 같은 반인 이리도 미즈토 씨 같습니다만! 두 분은 남매 관계 아닙니까!』

이 방송부원은 어째서 그런 것까지 알고 있는 걸까.

마치 연예계 정보를 취재하는 매스컴 같은 그 말투에, 학생들의 관심이 유메에게 집중되는 게 느껴졌다. 함께 골인하고 싶은 사람— 해석의 여지가 광범위한 내용이다. 동성이라면 사이좋은 친구니까, 라고 누구나 자연스럽게 해석할 것이다. 하지만 이성이라면 묘한 추측이 생겨날 수밖에 없다. 이 녀석은, 그걸 알면서—.

『그게 말이죠…….』

유메는 자기를 향한 마이크를 두려워하지 않으며, 당당히 말했다.

『브라콤이기 때문이에요.』

심플한 대답이었다.

얼버무리지도, 주저하지도 않는— 그 솔직한 대답에, 곳곳에서 웃음 섞인 술렁거림이 생겨났다.

마이크를 내민 방송부원 또한「푸핫!」하고 웃음을 터뜨린 후에…….

『그렇군요! 그렇다면 이해가 되는 군요! 멋지게 1위를 차지한, 이리도 유메 양이었습니다~!』

짝짝짝 하고 박수를 받으면서, 유메는 나를 데리고 선수대기 구역으로 이동했다.

아무것도 모르는 이들에게는 이것이 남들을 웃기기 위한 대답에 지나지 않을 것이다.

하지만— 나한테 있어서는…….

망상에 가까운 가정을 하게 되고도 남을 정도로, 솔직하기 그지없는—.

“저기—.”

“때로는 말이지?”

내가 말을 건네려던 순간, 유메가 나를 돌아보았다.

“나도, 솔직해지거든?”

붙잡는 것처럼, 내 손목을 세게 움켜쥐며…….

애원하는 것처럼, 내 눈동자를 지그시 응시하며…….

유메는 말했다.

“그러니까…… 네가 도망치면, 나도 좀 슬퍼져.”

……도망쳐? 내가?

그 말을 듣자마자 떠올렸다.

이사나의 브래지어를 품에 넣고 있는데, 유메가 말을 걸어온 바람에 허둥지둥 도망쳤던 일을 말이다.

“……아~.”

그게…… 신경 쓰였다, 는 걸로 알면 될까?

“……알았어…….”

그 순수함을 봐서, 나도 비교적 순수하게 대답해준 후…….

“오늘처럼 잡으러 오면, 성가실 것 같거든.”

결국, 평소처럼 또 괜한 말을 곁들였다.

아아, 틀렸다. —역시 나에게는, 어렵다.

유메가 발끈할 줄 알았지만, 그녀는 오히려 기쁘다는 듯 미소를 머금었다.

“그럼 더 잡으러 가야겠네.”

"나한테 심술부리는 거야?"

"그냥 내버려 뒀다간 히가시라 양과 그렇고 그런 짓을 할 것 같아."

"나는 피해자라고!"

유메가 후후 하고 웃음을 흘렸다.

잘 알았어. 네가 나를 어떻게 생각하는지를 말이야.

끝없이 넓은 가을 하늘에, 물건 빌려오기 경주의 환성이 울려 퍼졌다.

골이 어디에 있는지, 아직 우리는 전혀 알지 못했다.

이리도 유메 ◆ 허영의 누각

『라쿠로 고교 체육제, 모든 프로그램이 끝났습니다―.』

무사히 체육제가 끝난 후, 뒷정리도 얼추 마친 후에야 나는 어깨에 들어간 힘을 겨우 뺐다.

학생회에 들어오고 처음으로 한 행사 운영은…… 생각했던 것보다 힘들었지만, 중학생 때에 비하면 훨씬 충실한 시간이었던 것 같은 느낌이 들었다. 원래 제 발로 뭔가를 즐기러 가는 것을 꺼리는 나로선, 이렇게 일로 얽혀서 적극적으로 참가하는 편이 더 재미있는 걸지도 모른다.

"유메 양, 란 양. 남은 일은 우리가 할 테니까 먼저 가봐도 된다."

"아뇨, 선배! 저는 끝까지—."

"아스하인 양."

또 아스하인 양이 성실함을 발휘하려 하자, 나는 부드럽게 그녀를 말렸다.

"회장님의 호의를 받아들이자. 너도 피곤하잖아?"

"그래. 조금은 이 선배의 체면을 세워줬으면 좋겠군."

불만스러운 표정을 지은 아스하인 양도 존경하는 쿠레나이 회장이 그렇게 말하자, 「……네」 하며 자기 뜻을 굽혔다.

아스하인 양의 의욕이 엄청난 것은 알지만, 체력은 그 의욕에 미치지 못했다. 남들의 눈길을 피해 자주 한숨을 내쉬고 있다는 것을, 나와 회장은 눈치챘다. 그녀가 작은 몸집으로 무리를 했다간, 그에 걸맞은 대가를 치르게 될 것이다.

"그럼, 수고하셨습니다."

"……수고 많으셨어요."

"응, 너희도 수고했다."

그리고…….

나는 아무 말 없이 회장의 곁을 지키고 있는 하바 선배를 슬쩍 쳐다봤다.

회장은 경기 사이사이에도 바빠서, 체육위원들에게 계속 지시를 내리고 있었다. ……행사가 끝난 후에라도 둘만의 추억을 만들고 싶은 것이리라.

욕망이 너무 억압된 탓에, 얼마 전처럼 사람들이 있는 곳에서 폭주하기라도 하면 곤란하기도 하니 말이다.

나는 아스하인 양을 끌고 가듯이 학생회실로 향했다. 우선 온종일 교정에 있으면서 모래 먼지로 범벅이 된 체육복부터 갈아입어야겠다.

"체육제는 어땠어?"

나는 잡담 삼아서 옆에서 걷고 있는 아스하인 양에게 물어봤다.

아스하인 양은 평소처럼 딱딱한 어조로 말했다.

"글쎄요. ……쿠레나이 선배가 일하는 모습을 곁에서 볼 수 있었던 건 참 좋았어요."

"……그건 체육제가 아니라 회장님에 대한 감상 아냐?"

"즐거웠어요. 경기에 나가는 것보다 운영에 참여하는 쪽이 제 적성이 맞는 것 같아요."

"후훗. 이해해."

"……제 팔다리 길이로는 스포츠에서 한계가 있으니까요. 게다가 제 몸에는 쓸데없는 것까지 붙어 있고요……."

아스하인 양은 그렇게 말하더니, 몸집과 언밸런스한 크기를 자랑하는 가슴을 들어 보였다.

아카츠키 양이 들었다면 뚜껑이 열렸을 거야—란 생각이 들었지만…….

"정말, 힘들어 보이네……. 무게 추를 달고 있는 거나 다름없잖아."

"당신도 남 일이 아니지 않나요? 작은 편으로는 보이지 않는데요."

"그래?"

"평균보다는 큰 편 같아요."

"아~, 그래. 친구 중에 어마어마한 애가 있어서, 감각이 마비됐나 봐……. 아소 선배도 나보다 큰 편이고 말이야."

"네?"

"어? 왜 그래?"

옆을 쳐다보니, 아스하인 양은 허를 찔린 듯한 표정을 짓고 있었다. 어라? 내가 이상한 말이라도 한 걸까?

아스하인 양은 몇 초 동안 생각에 잠긴 것처럼 뜸을 들인 후…….

"아…… 아무것도 아니에요."

"왠지 신경 쓰이네."

"눈치 못 챘으면 됐어요……."

어? 뭘? 그냥 확 말해줘!

"그것보다, 곧 중간고사네요."

"저기, 화제 바꾸지 말아 줄래? 대체 내가 뭘 눈치 못 챈 건데?!"

"학생회 업무로 바쁘다는 걸 핑계 삼아서 한심한 성적을 거두지 않도록 조심해 주세요. 노력한 보람이 없을 테니까요."

"내 말 무시하는 거야?! 하아, 정말 무서운 애네!"

그러는 사이, 우리는 학생회실에 도착하고 말았다. 아스하인 양은 재빨리 문을 향해 손을 뻗더니…….

"아무래도 상관없는 일을 신경 쓸 짬이 있으면— 아."

문을 열 순간, 그녀는 입을 벌린 채 굳어버렸다.

"아."

실내를 본 순간, 나도 굳어버렸다.

"아."

안에 있던 아소 선배가, 우리를 돌아보며 굳어버렸다.

그렇다. 아소 선배다.

학생회실에서는 아소 선배가— 마침, 체육복을 벗고 있었다.

브래지어와 팬티의 색깔을 맞춘, 연분홍색 속옷 차림이었다. 책상 위에 스포츠 브래지어를 벗어놨고, 등 뒤로 손을 돌려서 브래지어의 후크를 끼우려 하는 자세를 보면, 운동용 속옷에서 평소 속옷으로 갈아입고 있는 것 같았다.

문제는, 속옷 자체가 아니었다.

지금 브래지어로 감싸려 하는— 가슴이다.

작다.

평소 옷 위로도 드러날 만큼 풍만하던, 아소 선배의 산맥— 하지만 지금 내 눈에 들어온 것은 브래지어에 감싸인 완만한 동산이었다.

B—도, 아마 안 될 것이다. 최대한 끌어모으면 겨우 그 정도가 될까 싶은 사이즈였다.

그리고, 결정적인 증거가 있었다.

브래지어의 컵 뒷면에 몇 장이나 포개어져 있는, 삼각형 모양의—.

"……가슴 패드……."

아소 선배의 낯빛이 점점 새파랗게 질리더니, 가슴 사이즈를 불려주는 커다란 가슴 패드 중 한 장이 브래지어 밖으로 흘러내렸다.

저렇게…… 많이 넣었구나…….

한 장 정도라면 그렇게 신기할 일도 아니지만, 몇 장이나…… A컵이 E컵으로 보일 정도로…….

이치를 벗어난 가슴 패드, 수북이 쌓아 올린 허영의 누각을 본 나는 너무 충격을 받은 탓에 잠시 얼이 나갔다.

아마 아소 선배가 나보다 더 충격을 받았겠지만 말이다.

지금도 아무 말 없이 울먹거리고 있었다.

"……하아."

아스하인 양은 한숨을 내쉬더니, 얼어붙은 아소 선배에게 다가갔다.

"이제까지 들키지 않은 게 기적이니까 너무 신경 쓰지 마세요, 선배."

추정 신장 147센티미터, 추정 브래지어 사이즈 E~F컵인 아스하인 양이 위로해주자, 아소 선배는 고개를 숙인 채 부들부들 떨었다.

"……아."

"네?"

아소 선배가 아스하인 양의 체육복 옷자락을 천천히 움켜쥐었다.

"네가…… 뭘 알아~!!"

"꺄아아아앗?!"

출렁! 하면서 안에 입은 옷과 함께 체육복이 벗겨진 아스하인 양은 비명을 질렀다.

"출렁출렁 흔들어대기는~!! 나도 흔들고 싶거든?! 나는 패드가 어긋나기만 한단 말이야~!!"

"이러지 마…… 아, 아얏, 아프단 말이에요! 흔들지 마세요……!"

"서, 선배! 지, 진정하세요!"

드디어 알았다.

이래서 아카츠키 양과 의기투합한 거구나.

이리도 유메 ◆ 같은 세상

"으, 흑…… 한 번 속이기 시작하면…… 돌이키는 건 무리야……. 이제 원래대로 되돌아갈 수 없어……. 언젠가 진짜로 이렇게 될 거라 믿고, 믿었지만…… 결국 늘어나는 건 패드 숫자 뿐…… 우엥~!"

들킨 충격에 폭주한 아소 선배는 아스하인 양을 봉제 인형처럼 꼭 끌어안으며 푸념을 늘어놓은 끝에야, 겨우 진정했다.

내가 필요 이상으로 놀란 것도 미안하지만, 설마 이렇게 패드를 많이 넣은 사람이 있을 거라고 누가 생각이나 했겠어? 나한테 들키고도 당연한 듯이 패드를 가슴에 넣고 있잖아.

"참고로 묻는 건데…… 대답하기 싫으면 안 해도 돼요."

"뭔데? 유메찌……. 유메찌도 크네……. 1학년 주제에……."

"아, 저기…… 호시베 선배는, 알고 있나요……?"

"……."

아소 선배는 아무 말 없이 고개를 돌렸다.

그런 그녀의 무릎 위에 놓인 아스하인 양은 어처구니없다는 듯이 미간을 찌푸렸다.

"이런 위화감 덩어리를 눈치 못 채다니, 남자는 하나같이 바보인가요?"

"아, 아스하인 양…… 그렇게 치면 나도 바보인 게 되니까……."

"실례했어요. 하지만 전대 회장님 같은 우수한 분도 눈치 못 채는 걸 보면, 여자와 남자는 보이는 세계가 다른가 봐요."

"뭐, 그럴지도 몰라……."

마음이 통한 줄 알았더니, 전혀 그렇지 않았다…… 같은 일은 헤아릴 수 없을 만큼 많다. 하지만 동성인 내가 아소 선배의 진실을 눈치채지 못한 것처럼, 그것은 성별에 따라 나뉘는 일은 아닐 것이다.

오늘 내 마음은, 미즈토에게 전해졌을까……?

"……유메찌…… 절대로, 이야기하지 마……."

아소 선배는 어찌 된 건지 아스하인 양의 머리를 쓰다듬으면서, 어두운 목소리로 말했다.

"꼭, 꼭, 비밀로 해줘……. 만약 말하면…… 진짜로, 진짜로, 원망할 거야……."

"선배가 자기 입으로 실토하면 될 일— 으윽?!"

"야 이 건방진 후배야. 확 찌찌를 주물러버린다?"

"이, 이미 주무르고 있잖아요!"

이렇게, 학생회 임원으로 처음 치른 체육제의 막이 내렸다.

"수고하셨습니다~."

혼자서 학생회실을 나서보니, 창밖의 하늘은 붉게 물들어 있었다.

얼마 전까지 여름이었는데, 벌써 해가 짧아지고 있었다.

특히 문화제 무렵부터 시간의 흐름이 빨라져서, 쫓아가는 것도 벅찼다.

반년 전— 시간이 더디게 흐르는 것처럼 느껴졌던, 미즈토와의 동거생활이 막 시작되었을 시절과는 정반대다.

완전히 익숙해진 일상과 처음 접한 자극이 뒤섞이면서, 내 시간의 흐름이 가속되고 있다…….

하지만, 얼이 나가 있을 수는 없다. 그리고 며칠 후면 시험 기간에 들어가며, 그 후에는 중간고사가 있다. 게다가, 그로부터 며칠 후에——.

출입구에서 신발을 갈아 신은 후, 교문으로 향했다.

다른 학생은 대부분 돌아간 것 같았다. 교문으로 이어지는 길을 걷는 이는 나뿐이었다.

그래서— 금방 눈치챘다.

교문 기둥 쪽에, 낯익은 남자애가 서 있다는 것을…….

"어……? 미즈토?"

"……."

내가 다가가자, 미즈토도 기둥에서 등을 떼며 이쪽으로 다가왔다.

미즈토도 체육복에서 교복으로 갈아입었다. 역시 교복이 더 어울린다니깐.

나는 그런 생각을 하면서, 내 앞에서 멈춰선 미즈토에게 말했다.

"여기서 뭐 해? 히가시라 양을 기다리는 거야?"

"……이사나는 먼저 돌아갔어."

"뭐?"

그럼 왜……?

내가 고개를 갸웃거리고 있을 때, 미즈토는 멋쩍은 듯 시선을 피하면서 머뭇머뭇 입을 열었다.

"……집에 돌아갈 때까지가, 체육제잖아."

"……뭐?"

그건 체육제가 아니라 소풍이잖아.

내가 그런 뚱딴지같은 생각을 하고 있을 때, 미즈토가 퉁명한 어조로 말했다.

"함께…… 골인, 하고 싶다며?"

……아.

아아…….

아아아아아아~~~~~~.

—이 의붓동생, 뭐야? 너무 귀엽잖아.

단순히, 내 의지를 존중해준 건가. 아니면 놀리려는 것뿐일까. 아니면, 학생회의 일원으로서 최선을 다한 내 노고를 위로해주려는 것일까.

이 정도로 상대를 함락시켰다고 여길 만큼, 오만하지는 않지만…….

적어도, 일부이기는 하지만…… 내 마음이 전해진 것은 틀림없다.

우리가, 같은 세상에 있는 건, 틀림없다.

"……왜 말없이 히죽대는 건데? 징그럽다고."

"응~? 그게 말이지~."

나는 몸을 앞으로 굽힌 후, 미즈토를 올려다봤다.

지금이라면 분명, 소악마 무브를 해도 괜찮을 것이다.

"너도 상당한 시스콤이네~ 싶어서…… 말이야."

"뭐?"

"오늘만은 동생이 되어줄까? 오빠~."

"소름 돋으니까 하지 마."

"오·빠~♪"

"하~지~ 마~!"

미즈토는 짜증스러운 듯 그렇게 외쳤지만, 그래도 도망치지 않았다.

발걸음을 맞추며, 함께 교문 밖으로 나갔다.

그곳에는 아직 결승 테이프가 처져 있지는 않았다.

집에 돌아가도, 오늘이 끝나도, 테이프를 끊으며 골인할 수는 없다.

그래도 나는, 함께 골인하고 싶다.

어디에 있는지 알 수 없는 그것을, 다른 누구도 아닌 너와 함께…….

분명 네가 지켜보고 있을 테니까

이리도 유메 ◆ 자존심에는 자존심을

“내일부터 일주일 동안, 학생회 활동을 쉬도록 하겠다.”

10월 하순. 2학기 중간고사를 일주일 앞둔 현재, 쿠레나이 스즈리 학생회장이 그렇게 선언했다.

“각자 면학에 힘써서, 학생회 임원으로서 부끄럽지 않은 결과를 내도록. 참고로 이 학생회실은 고문 선생님에게 신청하면 자습에 이용할 수 있다. 학생회 임원에게 주어진 소소한 특권이지.”

학생회실 구석에 앉아있던 아라쿠사 고문 선생님이 「귀찮으니까, 자주 오진 마라」 하고 나른한 어조로 말했다. 아라쿠사 선생님은 학생회실에 꼭 필요할 때만 얼굴을 비춘다. 『고문은 급료가 안 나오니 싫다』라면서 말이다. 그런 것치고는…….

“헤이, 아레쿠사! 점심시간에 와도 돼~?”

“나를 찾으면 말이지. 그리고 나는 아라쿠사라고.”

……같은 식으로 학생(특히 아소 선배)은 친근하게 대하고 있다. 엄격한 진학고인 만큼, 급료만큼만 일하겠다는 정직한

태도가 호감으로 작용하는 걸지도 모른다.

"……우후후♪ 그·렇·다·면~♪"

아라쿠사 선생님에게서 언질을 받아낸 아소 선배는 오늘도 응접용 소파에서 스마트폰을 만지작거리고 있는 호시베 선배에게 다가가더니, 그 옆에 털썩 앉았다.

"선~배? 또 공부 가르쳐줬으면 하는데요~♪"

아소 선배가 어깨가 닿을 만큼 붙어 앉자, 호시베 선배는 그녀를 힐끔 쳐다봤다.

"아아~? 전에 공부하는 방법을 가르쳐줬잖아. 그걸로 충분할걸?"

만지작거리던 스마트폰을 품에 넣은 호시베 선배는 가방을 어깨에 걸치더니…….

"그럼 다들 시험공부 열심히 하라고~."

……하고 말하면서 학생회실에서 나가버렸다.

소파에 홀로 남겨진 아소 선배는 허공에 몸을 기댄 듯한 자세로…….

"……조금은 흑심 좀 품으란 말이야!!"

거구인 호시베 선배가 나간 문을 향해, 영혼의 절규를 토했다.

이런데도 아직 포기하지 않는다니, 역시 사부님은 대단한 사람이에요.

아스하인 양이 어처구니없다는 듯 한숨을 내쉬고 있을

때, 쿠레나이 회장이 아소 스승님의 어깨에 손을 얹었다.
“아이사, 내가 공부를 가르쳐줄까?”
아소 선배는 퉁명한 표정을 지으며 돌아보았다.
“됐어. 스즈링은 머리가 너무 좋아서 무슨 말을 하는 건지 모르겠거든~.”
“전에 내가 공부를 가르쳐준 덕분에 평균 점수가 15점이나 올랐던 걸로 기억한다만…….”
“솔직하게 말할게! 밥맛 떨어지니까 싫어!”
회장은 쓴웃음을 머금으며 어깨를 으쓱했다. 정말 머리가 좋은 사람은 남을 잘 가르쳐준다잖아. 나는 좀 가르쳐달라고 할까?
그런 생각을 하고 있을 때, 아스하인 양이 우물쭈물하면서 쿠레나이 회장을 쳐다보는 모습이 눈에 들어왔다.
나는 훈훈한 심정으로 말했다.
“아스하인 양. 공부를 가르쳐달라고 부탁해보는 건 어때?
“네?! ……아, 아뇨. 혼자만의 힘으로 하지 않으면 의미가 없으니까요.”
쿠레나이 회장이 돌아보며 말했다.
“가르침을 청하는 힘도 실력이라고 생각하는데 말이야. 보다시피 아이사는 그 힘만으로 살아가고 있지.”
“누가 기생하는 능력밖에 없는 라플레시아 여자라는 거야?!”
“평소에 그런 말을 듣고 있는 건가?”

그래도 아스하인 양은 커다란 눈동자가 흔들릴 정도로 망설였다. 하지만 곧 진정되더니, 마지막으로 눈을 꼭 감은 후에 다시 떴다.

"……아뇨. 역시, 혼자 힘으로 해보겠어요."

그 후, 맞은편에 앉아있는 나를 날카로운 눈빛으로 주시했다.

"그리고 이번에야말로……! 이리도 양— 당신보다 위에 서겠어요."

그녀의 눈동자에서는 진심 어린 투지가 반짝이고 있었다. 절대 질 수 없다. 이번만큼은 물러설 수 없다. 그런 정열이 어려 있는 눈동자였다.

나도 한때, 저런 눈길로 미즈토를 쳐다봤을 것이다.

평소 같으면 풍파가 일어나지 않도록 무난한 대답을 했을 것이다. 하지만 이것은 아스하인 양의 자존심이 걸린 싸움이다. 그렇게 생각하니, 대충 대답해선 안 된다는 생각이 들었다.

그래서, 나는 처음으로 그녀의 투지와 정면에서 마주했다.

"응. 나도 당당하게 맞서겠어."

이리도 유메 ◆ 리모트 공부 모임

하지만, 나에게는 크나큰 이점이 있다.

그렇다. —전교 1등 자리를 다투는 상대와, 한 지붕 아래에서 같이 살고 있다는 이점이다.

이제까지는 고집을 부리며, 따로 공부했다. 히가시라 양이나 카와나미에게 공부를 가르쳐줄 때를 제외하면, 함께 공부한 적이 없었다.

하지만, 이번에는!

나는 기억한다. 사귀던 시절에 단둘이 했던 공부 모임—그 달콤한 한때를……. 교과서와 공책을 같이 본다는 구실로, 어깨가 닿거나 무릎에 손을 얹는 등의 소소한 신체 접촉을 즐길 수 있었던, 그 시간을……!

당연히, 성적은 떨어졌다.

하지만 당시의 나와 지금의 나는 다르다. 그때처럼 정신이 나가지도 않았고, 자기 자신을 제어하는 방법도 안다. 지금이라면! 전교 1등을 다투는 지능을 효율적으로 결집하면서, 적당히 꽁냥꽁냥을 할 수도 있을 것이다!

—그렇게 생각했지만…….

『여어. 보여?』

『그래. 너, 머리 모양이 그게 뭐야?』

『우와. 왠지 머리에 물 칠한 것 같아요. 한물간 양아치 같아서 꼴사납네요.』

『시끄러워~! 방금 목욕했다고! 진짜로 물 칠했다고!』

조그마한 스마트폰 화면 안에서, 얼굴 네 개가 북적이고 있었다. 아카츠키 양, 카와나미, 히가시라 양, 그리고 미즈토— 눈에 익은 저 쿨한 얼굴이, 4분할된 화면 하나에 아이스크림용 스푼 같은 사이즈로 표시되어 있었다.

어째서.

한집에 있는데, 왜 리모트인 걸까.

아니, 이해해. 부모님이 집에 계시는 밤에는 가능한 한 서로의 방에 가지 않기로 했잖아. 그리고 히가시라 양과 아카츠키 양과 카와나미가 참가하는 상황에서 미즈토와 꽁냥꽁냥은 무리야.

하지만! 바로 옆방에 있잖아! 그런데 왜 이렇게 조그마한 사이즈로 봐야 하는 건데!

컴퓨터나 태블릿이 있으면 좋겠단 생각을 이렇게 한 건 처음이었다.

나는 한숨을 참으면서, 4분할 화면 상태의 스마트폰을 향해 말했다.

"다들 별문제 없지? ……어? 아카츠키 양?"

평소 그렇게 시끌벅적한 아카츠키 양이 오늘은 왠지 조용했다. 참고로 화면 속의 아카츠키 양은 입을 뻐끔거리고 있었다.

"아카츠키 양~. 목소리 안 들려!"

자기 집이라 그런 건지 머리카락을 푼 아카츠키 양은 난처한 듯 눈썹을 찌푸리며 고개를 갸웃거렸다. 그 후에 천천히 화면을 향해 손을 뻗었는데, 그 직후에 화면이 마구 흔들리기 시작했다.

『이봐! 흔들지 말라고! 네가 무슨 아날로그 시대 할머니냐! ……하아, 어쩔 수 없지. 미안한데 잠시만 기다려줘. 내가 저 녀석 집에 가볼게.』

카와나미는 그렇게 말하면서 화면을 껐다. 화면이 3분할로 변경되자, 세 사람의 얼굴이 조금 커졌다.

『옆집에 산다고 했죠? 이렇게 늦은 시간에 아무렇지 않게 여자애 집에 가다니, 역시 경박남답네요.』

『딱한걸. 한시도 마음을 못 놓을 거잖아.』

"……그 말은 어떤 의미야? 내 옆방에 계신 미즈토 씨?"

『여러 가지 의미에서야.』

으극……! 진짜로 마음을 못 놓는 사람이 누구인데!

……잠깐만 있어 봐. 혹시 내가 통신 장비에 문제가 생긴 척을 하면, 미즈토도 이 방에 올 수밖에 없을지도…….

내 눈은 음소거 버튼 쪽으로 향했다. 이걸…… 이걸 누르면……!

손가락이 금단의 버튼에 닿으려던 순간, 아카츠키 양의 화면에 카와나미가 불쑥 들어왔다. 카와나미는 화면을 들여다보며 손을 뻗더니…….

『……인마, 음소거가 됐을 뿐이잖아~.』

『아, 정말이네.』

『얼간이네~. 이런 초보적인 실수는 바로 눈치채라고. 공부에 필요한 걸 전부 들고 와버렸잖아.』

『아, 네~. 잘못했습니다~! 귀찮으면 여기서 공부하면 되겠네. 바닥이 비었거든.』

『이 테이블에도 사람 한 명 공부할 공간이 있다고!』

아카츠키 양이 카와나미를 화면 밖으로 걷어차더니, 다시 화면을 향해 얼굴을 내밀었다.

『미안해~, 소란 피웠어!』

『결국 미나미 양은 경박남 씨와 같이 공부하는 거군요……. 진심으로 부탁드리는 건데, 저희가 보고 있는 걸 깜빡하고 거사를 치르지 말아 주세요.』

『응~? 거사가 뭐야?』

『그야 물론—.』

『거·사·가·뭐·야?』

『……자, 잘못했어요…….』

아카츠키 양의 압박에, 히가시라 양의 음담패설이 졌다. ……나도 같은 걱정을 했다는 말은 입이 찢어져도 못하겠다…….

『그것보다 유메! 오늘은 안경 썼구나!』

"뭐? 아, 응……. 평소에는 콘택트렌즈를 끼지만, 집에서 공부할 때는……."

『귀여워~! 자기 집에 있는 느낌이 물씬 나!』

"아카츠키 양도 머리카락을 푼 모습이 잘 어울려. 청초한 느낌이야."

『아하하! 고마워~!』

우리가 서로를 칭찬하는 사이, 미즈토는 하암~ 하고 작게 하품을 했다.

『그러고 보니, 미즈토 씨도 안경을 썼네요.』

히가시라 양이 그렇게 말했다. 그 말대로, 화면 속의 미즈토는 안경을 썼다.

미즈토는 하품을 하느라 벌린 입을 다문 후…….

『블루라이트 차단 안경이야. 컴퓨터를 쓸 때는 가능한 한 쓰려고 해.』

『흐음……. 어울리네요. 스크린샷 찍어도 될까요?』

『안 돼.』

『왜요! 핸섬 & 큐트한데요!』

『왠지 기분 나쁘거든.』

바로 그때, 미즈토의 눈길이 살짝 움직인 듯한 느낌이 들었다. 눈은 마주치지 않았지만, 어쩌면 화면에 비친 내 얼굴을 본 걸지도 모른다.

기, 기분 나쁘다니……. 예전에 너한테 안경을 씌우고 사진을 찍어댔던 나는, 스스로 생각하기에도 기분 나쁘긴 해! 그래도 어쩔 수 없잖아! 네가 멋진 게 잘못이거든(기분 나쁨 그 자체)?!

"……수다 그만 떨고, 이제 그만 공부를 시작하자."

기분 나쁜 과거의 자신에게서 눈을 돌리려는 듯, 나는 그렇게 말했다.

"피곤하면 언제든 빠져도 돼. 서로를 느슨하게 감시하는 느낌으로 하자."

『오케이~! 아, 맞다. 도중에 마키와 나스카가 합류할지도 몰라. 그러니까 카와나미, 너는 화면에 들어오지 마!』

『어? 왜?』

『네가 옆집에 산다는 걸 그 두 사람한테는 말 안 했단 말이야! 되게 둔감하네!』

『아얏! 걷어차지 마!』

화면 밖에서 카와나미의 불평이 들려오는 가운데, 히가시라 양이 질린 듯한 반응을 보였다.

『하아…… 화면 너머에서 남들이 꽁냥꽁냥을 보니, 제가 솔로라는 걸 뼈저리게 느껴지네요…….』

맞아. 마음 같아선 나도 미즈토와 한방에 있고 싶거든? 아카츠키 양만 치사해!

『미즈토 씨. 지금 자러 가도 될까요?』

『안 돼.』

『우엥~! 왜요~!』

『너는 야한 짓 할 기회를 노릴 것 같아서 기분 나빠.』

『참 상세한 이유네요…….』

히가시라 양이 그렇게 말하는 가운데, 나는 침묵했다. 꽁냥꽁냥할 기회를 노려서 죄송합니다.

이리도 미즈토 ◆ 수많은 경험이 그를 성장시켰다

『흠냐…….』

5분할된 컴퓨터 화면 중 하나에서, 이사나가 꾸벅꾸벅 졸고 있었다.

그것을 눈치챈 나는 수학 교과서에서 눈을 떼며 말했다.

"이사나."

『어어……? 안 자요…… 으음~.』

"졸리면 자도 돼. 억지로 공부해봤자 어차피 머리에 안 들어가."

『흐므므…….』

이사나의 대답은 의미를 알 수 없는 괴상한 소리였다. 아무래도 진짜 한계 같았다.

『호오~, 참~ 상냥하네~♪』

그 말을 한 이는 도중 참가자인 유메의 친구…… 으음, 맞다. 사카미즈 마키다. 아직 이름을 기억한다고.

쇼트커트 헤어스타일에 쾌활한 인상인 그 여자애는 턱을 괸 채 샤프를 빙글빙글 돌리며 말했다.

『이리도 동생은 말이야~. 항상 퉁명스러우니까 성격이 좀 더 차가운 편일 거라고 생각했는데~, 의외로 상냥한 구석도 있네~. 특히 히가시라 양한테는 말이지~♪』

“저 녀석이 약해빠져서 좀 과보호하는 것뿐이야. 그리고 나는 동생이 아니라고.”

『생일이 이리도 양과 같댔제? 우연이 이렇게 겹치기도 하는 기가~.』

느긋한 어조로 그렇게 말하면서 살짝 기지개를 켠 보브컷 여자애…… 으음, 카나이…… 아, 맞다. 카나이 나스카다. 아직 기억하고 있다.

그녀는 안 그래도 졸린 느낌의 눈매를 손가락으로 문지르며 말했다.

『틀렸데이……. 내도 한계 같다 아이가. 슬슬 잘란다.』

『어~? 그럼 나도 오늘은 그만할까. 아직 일주일이나 남았잖아!』

으으~! 하며 사카미즈가 기지개를 켜자, 유메는 쓴웃음을 머금으며 말했다.

『그러는 사이에 금방 시험 당일이 될걸? 내일도 다 같이 공부하는 거야.』

『아, 네~. 알겠습니다~.』

그리하여, 사카미즈와 카나이의 화면이 사라졌다.

한편, 이사나는 이미 카메라 앞에서 책상에 엎드려 있었다.

“이사나, 엎드려서 자지 마. 침대로 가.”

『네에에…….』

『히가시라 양~? ……틀렸네. 안 들리나 봐.』

하아, 어쩔 수 없나……. 나는 일단 마이크를 음소거로 한 후, 이사나의 스마트폰으로 전화를 걸었다.

화면 안의 이사나가 반쯤 자동적으로 손을 옆으로 뻗더니, 스마트폰을 귀에 댔다.

『네에에…… 여보세요오…….』

"(―침대에 누워서 제대로 안 잔 건 너니까, 무슨 짓을 당해도 불평할 자격은 없을걸?)"

『히이익?!』

낮은 목소리로 그렇게 속삭인 순간, 이사나는 화들짝 놀라며 고개를 치켜들었다.

"(착한 아이네. 그럼 화면을 끄고, 침대로 가.)"

『네, 네에……. 아, 아라써요…….』

잠이 덜 깬 상태에서, 이사나는 화면을 껐다.

그 후, 나는 스마트폰을 통해 말했다.

"(잘 자.)"

『네엥―.』

뚝. 통화 종료.

"이걸로 됐어."

『뭐라고 한 거야…….』

유메가 두려움과 어이없음이 반반씩 섞인 눈길로 쳐다보며 그렇게 말했다. 별거 아냐. 그냥 자라고 말했을 뿐이거든?

미나미 양은 양손에 턱을 올려놓으며 도끼눈으로 쳐다봤다.

『이리도는 점점 난봉꾼이 되어가는 것 같지 않아? 히가시라 양이 너무 쉬운 여자애라서 더 그래 보여.』

“이런 게 먹히는 건 재뿐이라는 것 정도는 나도 알아. 하지만 기본적으로 예측이 불가능한 저 녀석의 행동을 제어하려면, 이런 방법을 쓸 수밖에 없어.”

그리고 상대방도 기뻐하거든.

『쟤한테 먹이를 주지 말라고~, 이리도!』

미나미 양의 옆에서 불쑥 튀어나온 건, 사카미즈와 카나이 앞에서는 숨죽이고 있던 카와나미였다.

『이러다간 쟤가 점점 기어오를 거야! 머지않아 사귀는 것도 아닌데 여친 행세를 시작할지도 몰라!』

“이미 그 지경에 이르렀다고 생각하지만— 그래도 괜찮아. 이사나는 농담과 진심을 구별 못 하는 애가 아냐. 주위에서 착각하더라도, 우리만 똑바로 알고 있으면 문제 될 건 없어.”

『그렇게 넘어가도 되는 걸까…….』

우려 섞인 어조로 그렇게 중얼거린 미나미 양은 카와나미의 얼굴을 옆으로 쑥 밀어버렸다.

『유메는 어떻게 생각해? 히가시라 양과 친구가 된 후로 좀 변한 느낌 안 들어?』

『어? ……으음……. 글쎄. 그렇게 변한 것 같지는 않은데…….』

『뭐~? 그럼 원래부터 이런 난봉꾼이었던 거야?』

유메는 내 얼굴이 비치고 있을 화면을 힐끔 쳐다보더니…….

『……그럴지도 몰라.』

되게 의미심장하게 말하네.

중학생 때도 딱히 너를 상대로 난봉꾼 행세를 한 적 없어. 네가 멋대로 야단법석을 피웠을 뿐이잖아. ……내가 진짜로 난봉꾼이라면, 지금 이렇게 고민하지도 않을 거야.

『어? 이야기 좀 해봐, 이리도 양! 대체 어떤 난봉꾼 에피소드가—.』

『자! 오늘은 이만 해산! 나, 씻고 싶거든! 그럼 안녕!』

『앗, 도망쳤어.』

유메의 화면이 사라졌다. 그러자 카와나미는 나를 향해…….

『그럼 이리도! 너도 혹시 짚이는—.』

"그럼 안녕."

『앗, 이봐—.』

통화에서 빠졌다. ……저, 자식은 긁어 부스럼이라는 말을 모르는 걸까.

이리도 미즈토 ◆ 좋아하는 사람이란, 아마도

리모트 공부 모임을 마친 후, 나는 교과서를 들고 거실로 내려갔다. 오늘 읽어두려는 부분이 남았으니, 잠시 휴식을 취한 뒤 계속하자고 생각했다.

전기 주전자로 물을 끓인 후, 티백 홍차를 끓였다. 밤에 차를 마시면 잠이 잘 오지 않는다고 하지만, 나는 원래 야행성이라 그런지 카페인 때문에 고생한 적은 없다.

소파에 앉아서 뜨거운 홍차를 홀짝이면서, 잠시 휴식을 취했다. 그 후, 다시 교과서를 펼쳤다.

그로부터 몇 분 후— 한 페이지 넘겼을 때, 거실의 문이 열렸다.

"아, 여기 있었구나."

잠옷 차림의 유메였다. 리모트 공부 모임 때 쓰고 있던 안경은 벗었고, 양 갈래 머리로 묶은 머리카락을 어깨를 통해 앞쪽으로 늘어뜨리고 있었다.

"그래……."

그렇게 대답하자, 유메는 부엌으로 걸음을 옮기면서 물었다.

"목욕은?"

"좀 있다 씻을 거야."

"응."

컵에 물을 따르는 소리를 등 너머로 들으면서, 나는 교과서의 문장에 집중했다.

잠시 후, 컵을 내려놓는 소리가 들렸다. 그 후, 발소리가 서서히 다가왔다.

"저기."

유메가 말을 걸어오자, 나는 고개를 들었다.

그녀는 소파의 등받이에서 몸을 쑥 내밀더니, 옆에서 내 얼굴을 들여다봤다.

"잠시…… 여기서, 같이 공부해도, 돼?"

그 순간, 내 머릿속에서는 다양한 해석이 교차했다.

가장 먼저 떠오른 것은, 시험공부 관련으로 물어볼 것이 있다는 설이다.

다음으로 떠오른 것은, 아까 끝낸 리모트 공부 모임을 이어서 하고 싶다는 설이다.

그리고 마지막으로 떠오른 것이 더 단순하고, 심플하며, 이유도 필요 없는, 그저 욕구에 따라 나와 함께 있고 싶어 한다는—.

"……뭐, 좋아."

대량의 생각이, 그 세 글자에 모여들었다.

아무리 생각해도, 나란 녀석은 얼버무리는 게 참 능숙한 것 같다.

유메는 안도한 것처럼 옅은 미소를 머금더니…….

"교과서 가져올게."

종종걸음으로 거실을 나서서 계단을 올라가더니, 금방 돌아와서 내 옆에 앉은 후, 교과서와 필기도구를 테이블에 펼쳐놨다.

그렇게, 우리는 공부 모임을 이어갔다.

아까처럼 시끌벅적하지는 않았다. 나는 그저 교과서를 읽

기만 했다. 유메는 그저 공책을 펼쳐놓고 문제를 풀기만 했다. 딱히 서로에게 질문을 하거나 대화를 나누지도 않았다. 샤프를 놀리는 소리, 교과서를 넘기는 소리, 시계 바늘이 움직이는 소리, 그것만이 조용한 거실에 울려 퍼졌다.

나는 때때로 공책을 보고 있는 유메의 옆얼굴을 힐끔 쳐다봤다.

1학기 중간고사 때처럼, 처절할 정도로 필사적이지는 않았다. 차분하면서도 진지하게, 문제와 마주하고 있었다.

—좋아하는 사람이란, 자기가 옆얼굴을 가장 많이 쳐다본 사람이 분명하다고, 생각해요.

이사나가 했던 말이, 머릿속에 떠올랐다.

이렇게 간단히 정의를 내려버리면, 지금 자신이 하는 행동의 의미를 의식하게 된다. 그저 옆얼굴을 쳐다보고 있을 뿐인데, 부끄러운 짓을 하는 듯한 느낌이 들어서— 시선을 돌리고 싶지만, 어느새 다시 쳐다보고 있다.

뭐, 그런 것이리라.

부아가 치밀지만. 본의는 아니지만.

……하아, 젠장. 마음조차도 꼴사납게 얼버무리는 것에 지나지 않는다는 것을, 간단히 눈치채고 말았다.

나는 마음을 굳게 먹으며, 교과서를 쳐다봤다. 아직은 정신을 놓을 때가 아니다. 무사히 중간고사를 치르고— 11월이 되면, 바로 기회가 찾아온다.

이윽고, 시계의 짧은 바늘이 12를 가리켰다. 이제 슬슬 씻어야겠는걸—. 그렇게 생각하며 교과서를 덮으려던 순간, 유메가 나를 쳐다보고 있다는 것을 눈치챘다.

"……왜 그래?"

"아, 그게……."

유메는 나를 힐끔힐끔 쳐다보며 말했다.

"너는…… 공부를 할 때도, 책을 읽을 때도 같은 표정이구나…… 싶어서 말이야."

—좋아하는 사람이란…….

어째선지, 이사나가 했던 말이 머릿속에서 생각났다.

그 이유를, 해석을, 머릿속으로 하려다, 곧 관뒀다.

안이하게 더 나아가려 했다간, 따끔한 맛을 볼 것 같았다.

"……책을 읽는 건, 마찬가지잖아."

그런, 재미없는 대답을 입을 담았다.

그리고, 씻고 오겠다는 말을 남긴 후에 거실을 나섰다.

……나는, 두려워하는 것일까?

당연한가.

이번에는 실패할 수 없으니 말이다.

이리도 유메 ◆ 내 삶의 방식은 이것뿐

밤이면 밤마다 개최하게 된 리모트 공부 모임은 예상보다 효과가 좋았다.

리모트라는 점이 좋다. 실제로 모인다면 결국 노닥거리느라 공부에 집중하지 못하겠지만, 통화 애플리케이션을 통해서는 할 수 있는 게 한정되며, 무엇보다 최대의 집중력 저해 아이템인 스마트폰이 영상 통화에 쓰이게 되는 것이다. 개인적으로는 대성공이었다.

그런 식으로 순조롭게 시험 주간을 보내던 어느 날, 방과 후에 자습이라도 할까 해서 학생회실에 들러보니 먼저 온 손님이 두 명 있었다.

"수고 많으세요……."

조심스레 인사를 건넸지만, 대답은 없었다.

그럴 만도 했다. 두 사람 다 잠들어 있었던 것이다.

두 사람 중 한 사람은 호시베 선배. 오늘도 응접용 소파에 드러누워 있으며, 펼친 교과서로 얼굴을 덮고 있었다.

다른 한 사람은, 나에게 있어서 뜻밖이었다.

아스하인 양이 회의용 책상에 엎드린 채 졸고 있었다.

나는 발소리를 죽인 채 다가가서, 아스하인 양의 얼굴을 들여다봤다. 펼친 공책에 볼을 댄 채, 새근새근 잠자고 있었다. 원래 이목구비가 또렷한 그녀는 새끼 고양이 같은 귀여운 표정으로 잠에 빠져들어 있었다.

오른손으로는 샤프를 쥐고 있었다. 자습하다 그대로 잠들어버린 것 같았다.

피곤한가 보네……. 시험 주간이라 학생회 활동이 중지된 후로, 아스하인 양을 만나는 빈도가 줄었다. 하지만 때때로 복도에서 마주치면, 한눈에도 알 수 있을 만큼 지친 표정을 짓고 있을 때가 있었다.

공부에 지나치게 몰두하고 있는 걸지도 모른다. 이번 시험에 지나치게 의욕을 불태우고 있는 것 같은데— 정말, 예전의 나를 보는 것 같다.

나는 옆에 있는 자료실에서 호시베 선배가 가져다 둔 모포를 가져와서, 아스하인 양의 어깨에 덮어줬다.

한동안 자게 두자.

그 후로 나는 숨소리를 죽인 채, 공부를 시작했다.

……20분 정도 지났을까. 부스럭거리는 소리를 내며 아스하인 양의 어깨가 움직였다.

"……으음."

아스하인 양이 천천히 몸을 일으키자, 어깨에서 모포가 흘러내렸다. 그녀는 한동안 멍한 눈길로 바닥에 떨어진 모포를 내려다봤다.

"잘 잤어?"

내가 말을 건네자, 서서히 정신을 차린 아스하인 양은 화들짝 놀라며 베개 삼고 있던 공책을 쳐다봤다.

"저, 저……! 혹시, 잠들었나요?!"

"응. 푹 자던걸?"

"아아……."

동안인 얼굴이 후회로 물들더니, 아스하인 양은 발치의 모포를 주워들었다.

"당신이, 이걸……?"

"응. 피곤해 보여서, 잠시 자게 둘까 했거든."

"……고마워요. 하지만…… 깨워줬으면, 더 고마웠을 거예요."

아스하인 양은 시계를 올려다보며, 아쉬운 표정을 지었다.

"겨우 20분이잖아? 내가 온 후로는 말이지."

"저한테 있어서는 천금 같은 시간이에요. 당신한테 이기고, 전교 1등이 되기 위해선…… 아무리 시간이 있어도, 부족하니까요."

그 심정은 이해한다. 1학기 중간고사 때, 전교 1등을 유지해야 한다고 생각하며 스스로를 궁지에 몬 나도, 저렇게 항상 시간에 쫓기며 수면 시간까지 줄였다…….

하지만 내가 목숨처럼 집착하던 그 전교 1등은 내가 생각했던 것만큼 중요하지 않았다. 미즈토는 나에게서 그 자리를 빼앗아서, 그것을 가르쳐줬다…….

"저기, 아스하인 양…… 왜 그렇게까지 나한테 이기고 싶은 거야?"

당시의 나를 떠올리게 하는 그녀에게, 나는 물어볼 수밖에 없었다.

나는 전교 1등인 우등생이라는 캐릭터를 지키기 위해, 1등에 집착했다. 그렇다면 아스하인 양은 무엇을 위해, 1등이 되려 하는 것일까?

"그것뿐이기 때문이에요."

아스하인 양은 샤프를 고쳐 쥐더니, 교과서를 넘기면서 강한 어조로 대답했다.

"저는…… 옛날부터 덩치가 작고, 싸움도 못 했어요. 그래서 『음란』이라 말하며 제 이름을 놀리는 남자들한테도, 복수하지 못했죠……. 그러니, 공부뿐이었어요. 그 녀석들에게 앙갚음할 방법은, 공부뿐……."

말을 하면서도, 아스하인 양은 손을 멈추지 않았다. 마치 그러는 게 당연하다는 듯 말이다.

"그렇게 해서 100점을 받더라도, 남자들은 발이 빠르거나 게임을 잘하는 사람만 칭찬하며 저는 범생이라고 놀렸어요. 지금도 기억할 만큼, 정말 분했죠."

"그래서, 지금도 열심히 공부하는 거야? 그 사람들에게 앙갚음하기 위해서?"

"……아뇨…… 저도, 잘 모르겠어요."

하지만, 하고 아스하인 양은 이어서 말했다.

"저는…… 주저앉지 않았어요. 저한테는 공부뿐이라고 생각하며, 계속 100점을 받았어요."

"……왜 그렇게 노력한 거야? 인정받고 싶은 사람들에게 무시당하면서도, 대체 왜……."

"아뇨. —그러고 보니 딱 한 번, 있었어요."

가라앉은 어조였지만, 그 목소리에는 심지 같은 것이 존재했다.

"몇 번째로 100점을 받았을 때…… 남자애 중 한 명이, 이런 말을…… 했던 것 같아요."

"뭐라고 말이야?"

"똑똑하게는 기억하지 못하지만…… 아마, 『대단하네』 하고 말했을 거예요."

『같다』, 『아마』 같은 애매한 표현은 전부 얼버무림에 지나지 않는다.

당당하지도, 감동적이지도 않다. 정말 별것 아닌 그 말을 기억하고 있다는 것이 그 증명— 말한 본인은 기억하지 못하더라도, 들은 사람의 마음에는 깊이 새겨지는 종류의 말이다.

별것 아닌 한 마디지만, 아스하인 양은 그 한 마디에 구원받았을 것이다. —그때의 일을 잊지 못해서, 계속 공부해온 것이리라…….

"……아무튼, 그것만이 제가 주위 사람들에게 맞설 방법이에요. 공부로 1등이 되는 것만이……."

그리고, 아스하인 양은 드디어 고개를 들어서 나를 쳐다봤다.

"그런 제 앞에— 당신이 나타났어요, 이리도 양."

그 눈동자의 박력에, 나는 압도당했다.

입학시험에서 1등을 한 덕분에 입학식에서 신입생 대표로 인사를 할 때, 나는 강당에 모인 사람들의 얼굴을 구별할 수 없었다. 겨우겨우 미즈토와 엄마, 미네아키 아저씨의 얼굴만 판별했다.

그때, 내가 통틀어 취급한 얼굴 중에 그녀가 있었다.

자신의 길을 가로막는 불구대천의 원수인, 나를 올려다보고 있었던 것이다.

"—한심하네."

갑자기 목소리가 들려오더니, 소파에서 호시베 선배가 몸을 일으켰다.

깨어 있었구나. 하암, 하고 하품을 한 호시베 선배는 소파 등받이에 올려놓은 팔로 턱을 괴면서 아스하인 양을 쳐다봤다.

"나한테는 공부뿐? 진짜 한심해. —인간은 그렇게 간단한 존재가 아니라고."

아스하인 양의 눈썹이 희미하게 떨리더니, 샤프를 쥔 손이 움직임을 멈췄다.

저 조그마한 몸에 어울리지 않는 분노가 아스하인 양에게 넘쳐 나오자, 내 몸이 굳어버렸다. 그 바람에 말리지 못한 사이, 아스하인 양은 소파 쪽을 돌아보았다.

"제 삶의 방식을 멋대로 비평하지 말아 주세요, 선배. 당신은 모르겠지만, 세상에는 그런 사람도 있어요."

"그런 사람은 없어. 네가 모를 뿐이야—. 학교 공부 같은 건, 학생 때만 할 수 있는 거잖아. 평생 유급이라도 할 거냐?"

"말꼬리 잡지 마세요! 제가 말하고 싶은 건, 단 하나만을 추구하며 살아갈 수밖에 없는 사람이 있다는 거예요!"

"그걸 위해서라면 그 어떤 희생을 치러도 괜찮다는 거야? 하아~, 마치 이야기 속 주인공 같네."

화가 머리끝까지 치솟은 듯한 아스하인 양과 다르게, 호시베 선배는 느긋하기 그지없었다.

선배는 아스하인 양의 얼굴을 쳐다보는 건 고사하고, 스마트폰을 꺼내서 만지작거리기 시작했다.

"너 말이지……. 그런 식으로 살다간, 언젠가 죽을 거야."

"인간은 누구나 언젠가 죽잖아요……!"

"진짜 뭘 모르네. 몰라도 한참 몰라. 뭐, 겨우 고등학교 3학년에 불과한 내가 할 말은 아니겠지만— 무리해서 죽을 바에야, 무리하지 않고 사는 편이 낫다고 나는 생각해."

호시베 선배는 아스하인 양을 무시하고 있는 게 아니었다.

태도는 좀 그렇지만, 저 말은 아스하인 양의 몸을 걱정해서 하는 말처럼 들렸다.

하지만 흥분한 아스하인 양에게는 그 의도가 전해지지 않았다.

"선배는……! 낮잠만 퍼질러 자며 딱히 노력하지 않아도, 간단히 대학에 추천 입학하는 사람이니까! 저처럼, 필사적인 사람을…… 이해하지 못하는 거예요!!"

그렇게 외친 아스하인 양은 거친 손길로 공책과 교과서를 가방에 집어넣었다.

"아스하인 양!"

내가 말렸지만, 가방을 어깨에 걸친 아스하인 양은 빠른 걸음으로 학생회실에서 나가버렸다.

나는 한숨을 내쉰 후, 한가한 듯 스마트폰을 만지작거리고 있는 호시베 선배를 쳐다봤다.

"선배…… 아스하인 양을 걱정하는 알 알겠지만, 그런 식으로 말하는 건 좀……."

호시베 선배는 머리를 긁적였다.

"역시, 좀 그랬어?"

"네. 아소 선배에게 여자 다루는 법을 배우세요."

"그거 끔찍한 벌인걸……."

호시네 선배는 하아 하고 한숨을 내쉬더니, 천장을 올려다봤다.

"미안하게 됐어, 이리도. 어울리지도 않게, 좀 흥분해버렸는걸."

"전혀 그렇게 보이지 않았는데……. 왜 그런 건가요?"

"으음…… 그게……."

호시베 선배는 뜸을 들이듯 그렇게 중얼거리더니, 등받이에 올려둔 손을 쥐락펴락했다.

"실은 말이지. 나는 오른팔을 어깨 위로 들 수 없어."

"네?"

"이렇게 말하면, 알려나?"

호시베 선배는 나를 쳐다보고 있지 않았다. 그 표정에도,

아무런 감정이 어려 있지 않았다.

하지만, 나는 알 것 같았다.

항상 바람처럼 종잡을 수 없고, 졸기만 하는 데다 의욕이 없다. 하지만 쿠레나이 회장과 아소 선배도 그에게 경의를 표하며, 체격 또한 **무슨 운동이라도 한 것처럼** 듬직했다.

그런 선배에 대해— 아주 조금, 안 것 같은 느낌이 들었다.

"이리도, 네가 아스하인을 살펴봐 줘."

"제가요……?"

"그 어떤 좋은 말도, 적절한 사람이 해주지 않으면 상대방에게 전해지지 않는 법이야."

그리고 그제야, 호시베 선배는 한순간 내 얼굴을 쳐다봤다.

이리도 유메 ◆ 분명 네가 지켜보고 있을 테니까

"유메~, 미즈토 군~, 우리는 이만 잘게~."

"두 사람 다, 너무 무리하지 말렴~."

"네~!"

엄마와 미네아키 아저씨가 거실에서 자신들의 방으로 들어갔다. 옆에 있는 미즈토는 교과서를 쳐다보며, 두 사람을 향해 가볍게 손을 들어 보였다.

매일 밤 리모트 공부 모임을 마친 후, 나와 미즈토는 누가 먼저랄 것 없이 거실에 모여서 각자 공부를 했다.

한밤중에 누군가의 방에 모이면 괜한 오해를 살 우려가 있다. 하지만 거실은 부모님의 눈길이 닿는 데다, 공부를 하고 있으면 이상한 오해를 사지도 않는다. 딱히 미즈토와 상의한 것은 아니지만, 마치 교묘한 탈출구를 찾은 것처럼 우리는 밤마다 함께 시간을 보냈다.

1학기 때의 나라면 안절부절못하면서 공부에 전혀 집중하지 못했을 테지만, 지금은 미즈토가 옆에 있는 데도 필요 이상으로 의식하지 않으며— 오히려 안도한 것처럼 차분한 기분에 사로잡혔다.

예전보다 마음 편히 공부할 수 있었다. 그 덕분인지, 예전보다 공부도 잘되었다.

……아스하인 양은 오늘도 무리해가며 공부에 임하고 있을까.

그 어떤 좋은 말도, 적절한 사람이 해주지 않으면 상대방에게 전해지지 않는 법이다. —호시베 선배는 나에게 그렇게 말했다. 확실히 나도 그녀처럼 무리해가며 공부했던 1학기 중간고사에서는 미즈토에게 져서 전교 2등으로 내려갔다. 그 후, 다시 1등을 한 기말고사에서는 중간고사 때처럼 필사적으로 공부하지는 않았다.

그렇다고, 나처럼 마음 편히 공부해라— 하고 말해봤자, 오만한 조언밖에 되지 않을 텐데…….

내가 뭘 할 수 있을까?

노력이라는 말에 홀려 있는 그녀에게, 같은 수단으로 지금의 자신을 만든 내가, 대체 뭘……?

"—손."

갑자기, 미즈토가 입을 열었다.

"안 움직이잖아."

"뭐? ……아."

생각에 잠긴 탓에, 펜을 놀리던 손이 움직이지 않았던 것 같다.

교과서에서 눈을 뗀 미즈토는 내 얼굴을 쳐다보며 말했다.

"무슨 일 있었어?"

"응…… 아, 딱히, 나한테는, 아무 일도 없었는데……."

"학생회구나."

어떻게 안 거야. ……미즈토의 눈길이 닿지 않는 범위니까, 자연스럽게 후보가 좁혀지는 걸까.

"맞아……. 학생회 소속의 어떤 애 때문에, 좀……."

"남 걱정을 할 여유가 생긴 거야? 대단한걸."

"네 덕분이야."

나는 빙긋 웃으면서, 어쩌면, 하고 생각했다.

이유는 없다. 태도에서 드러난 것도 아니다.

하지만— 어쩌면, 상의해주기를 기다리고 있는 것이 아닐까, 하고 생각했다.

"……혹시, 너한테 여유가 있다면 말이야."

"너의 한 다섯 배는 여유롭기든?"

"이야기해도 될까? ……내가 지금 품고 있는 고민 말이야."

미즈토는 아무 말 없이 교과서를 향해 고개를 돌렸다. 이야기를 들어주는 것 정도는 공부하면서도 할 수 있다. 나는 그런 대답이라고 해석했다.

나는 간추려서 이야기했다. 오늘 학생회실에서 있었던 일과 아스하인 양의 상태, 그리고 호시베 선배의 의견을 말이다.

전부 이야기해주자, 미즈토는 교과서에서 눈을 떼지 않으며 간결하게 말했다.

"나는, 그 전대 회장의 의견에 찬성이야. 무리하다 죽을 바에야 무리하지 않고 사는 편이 나아. 지당한 의견이라고 생각해."

"응……. 나도, 맞는 말이라고 생각하지만……."

"뭔가에 의지한다는 건, 그게 없어지면 버틸 수 없게 된다는 의미야. 1학기의 네가 위험천만해 보였던 것처럼 말이지. 그건 밸런스 잡힌 삶의 방식이란 생각이 안 들어."

당시의 나는 미즈토에게 져서 전교 1등이 아니게 되더라도, 친구가 떠나가지 않는다는 것을 깨달았다. 단 하나의 발판에 매달린 상태에서, 그것 말고도 내가 발을 디딜 지면이 얼마든지 있다는 것을 깨달을 수 있었다.

하지만—.

"—하지만, 그건 효율 면의 이야기야. 정열을 지닌 인간에게는 안 통해. 게임 화면에 표시된 지시 코멘트처럼 들릴 것 같지 않아?"

"맞……아. 그래. 맞는 말은…… 아무리 그게 옳더라도, 전해지지 않을 때가 있는걸."

"진학할 고등학교를 정했을 때가 생각나네. 진학 실적이 없는 데다 특기생 입시를 노린다고 하니까, 담임이 빙빙 돌려가면서 내 생각을 바꾸려고 했지."

"아! 나도 그랬어! 『내 알 바냐~!』 하고 생각했다니깐. 하지만 라쿠로라도 안 가면, 너와 같은 고등학교에 가게 될 것 같았어."

"합격한 후의 태세 전환도 진짜 걸작이었지."

미즈토는 크큭 하고 웃음을 흘렸다. 그때는 결국 미즈토와 같은 고등학교에 가게 됐다는 것을 알고 절망적인 기분을 맛봤지만, 지금은 웃으며 이야기하고 있다.

"그때 생각했어. 성공을 확신하는 건 언제나 본인뿐이고, 주위에서는 실패만 걱정해. 누가 옳은지는 뚜껑을 열어보기 전에 모르는 거지. 의지할 곳이 없어져서 절망할지도 모르고, 절망하지 않을지도 몰라. 어쩌면 그 애는 머리에 버그가 생겨서 절망 자체를 모르는 인간일 가능성도 있어."

"머리에 버그가 생긴 인간…… 그런 인간을 만나본 적 있어?"

"히가시라 이사나."

……아하~. 나는 납득했다. 그 애, 미즈토에게 차이고도

전혀 절망하지 않았잖아…….

"결국…… 사람마다 다른 걸까?"

삶의 방식은 사람마다 제각각이며, 전부 틀렸을 수도, 옳을 수도 있다. —그러니 참견할 수 없다?

"그건, 왠지…… 쓸쓸하네."

타인을 이해하는 건 불가능하다는 말을 들은 기분이다.

아무리 서로를 이해하는 것 같을지라도, 결국 사람은 제각각이며 다르기에 근본적으로는 이해할 수 없다…… 그런 말을 들은 것 같다.

미즈토는 잠시 침묵한 후, 천천히 내 공책을 손가락으로 가리켰다.

"그럼 일단 공부나 해."

"뭐?"

"뚜껑을 열어보면 되는 거잖아. 어느 쪽이 옳은지…… 그러면 알 수 있어."

미즈토답지 않은, 심플한 대답이었다.

아니…… 오히려, 미즈토다운 걸지도 모른다.

이긴 쪽이 옳다—라는 심플한 대답을 내놓기 위해, 이렇게 멀리 돌아왔으니 말이다.

아스하인 양은 나한테 이기는 것만으로, 자신이 올바르다는 것을 증명할 수 있다.

그렇다면 그것을 저지하고, 저지하고, 또 저지해서— 흔들린 그녀가 자신의 방식이 잘못된 것은 아닌지 돌이켜 볼 때, 드디어 말이 전해질지도 모른다.

그때까지는 친구로서, 그저 지켜볼 뿐이다.

안타깝지만…… 남의 인생에 내가 해줄 수 있는 건, 그뿐일지도 모른다.

"만약 힘들 것 같으면 말해. 내가 너를 대신해, 전교 1등 자리를 지켜주겠어."

그 밉살스러운 말에, 나는 전력을 다한 도발로 답했다.

"그렇게 신경 쓸 필요 없어. 너는 2등 자리가 편하지 않아?"

"흥."

예전보다, 그의 곁에 있으면 안심되는 이유를 알 것만 같았다.

내가 아스하인 양을 지켜봐 주듯— 분명 그가, 나를 지켜보고 있을 테니까…….

이리도 유메 ◆ 삶의 방식을 배우는 법

그리고, 2학기 중간고사가 실시됐다.

결론부터 말하자면, 나는 이틀에 걸친 시험을 잘 치렀다. 미즈토는 어떤지 모르겠지만, 리모트 공부 모임의 멤버 전원이 절망적인 표정을 짓지 않은 것을 보면 다들 성과가 있는 것 같았다.

문제는 아스하인 양이다.

중간고사 전 과목이 끝난 후, 나는 오래간만에 모든 멤버가 모인 학생회실에서 그날 이후로 아스하인 양과 처음 얼굴을 마주했다.

"만족스러워요."

자그마한 몸에 비해 커다란 가슴을 편 아스하인 양은 자신만만한 미소를 지으며 나를 올려다보았다.

"이제까지의 시험 중에서 가장 만족스러워요. 모르는 문제를 찾는 게 어려울 정도였죠. 이리도 양— 당신의 천하도 이제 끝난 것 같네요."

자신만만한 아스하인 양의 말을 들은 아소 선배가 이렇게 말했다.

"완전 패배 플래그네."

"선배! 픽션과 현실 좀 구분하세요!"

"그치만~."

아소 선배는 칭얼거리는 듯한 말투로 그렇게 말하면서, 편의점에서 사온 푸딩을 우걱우걱 먹었다. 시험을 마친 자신에게 주는 상이라고 한다.

나는 찬란한 자신감으로 가득 찬 얼굴을 쳐다보며…….

"그렇게 자신 있다면, 내기라도 하지 않을래?"

미리 생각해뒀던 계략을 펼쳤다.

아스하인 양은 태연하기 그지없는 태도로 코웃음을 쳤다.

“좋아요. 만약 제가 진다면 뭐든 다 하겠어요!”

“응? 뭐든 다 한다고 했어?!”

“아이사. 분위기 좀 살펴.”

아소 선배가 몸을 쑥 내밀자, 쿠레나이 회장이 옆에서 말렸다.

“그 대신, 이리도 양은 지면 뭘 해줄 거죠?”

“글쎄……. 공책과 교과서를 보여주는 건 어떨까? 꽤 도움이 될 거야.”

“……그래요. 자기 패를 보여주겠다는 거군요. 좋아요. 적이라고는 해도, 배울 점이 있을지도 모르니까요. 그럼 진 쪽이 공책과 교과서를 보여주는 것으로 하면 될까요?”

“아냐. 내가 이기면, 아스하인 양— 너는 하루 여덟 시간씩 매일 수면을 취해줘야겠어.”

내가 그 말을 입에 담은 순간, 침묵이 학생회실을 지배했다.

아소 선배는 어리둥절한 표정을 지으며 고개를 갸웃거렸다.

“……뭐? 그게 다야? 평범하네.”

그렇다. 평범하다.

평범하지만……

“너— 너무해요!!”

아스하인 양은 한 걸음 물러나더니, 무시무시한 것을 본 듯한 눈길로 나를 노려보았다.

“여덟 시간……! 시간이 너무 아깝잖아요! 저한테서 공부

시간을 빼앗을 생각인가요?! 그렇게 해서 자기 등수를 지키려 하다니……! 교활해요! 너무 교활하다고요!"

"뭐? ……아니, 잠깐만 있어 봐. 란란. 너, 평소에 몇 시간 자?"

"네 시간 정도예요!"

아소 선배는 그 당당한 대답을 듣더니, 얼이 나간 것처럼 입을 쩍 벌렸다.

"네 시간? 매일? 진짜로? 그러다 죽어!"

"걱정하지 마세요. 저는 쇼트슬리퍼니까요."

……정말일까.

진짜 쇼트슬리퍼는 졸지 않을 것 같은데 말이야.

아무튼, 나는 악역을 관철했다.

"아무튼, 다음 시험 때까지만 해도 좋아. 그때 또 내기해서, 내가 이긴다면 다음 시험 때까지 여덟 시간의 수면을 유지해줘. 매일 네 시간이나 공부할 시간이 줄게 되는 거야. 이걸로 내 수석 졸업은 따 놓은 당상이겠네!"

"……제가 할 말이에요. 어차피 제가 이겼을 테니까요. 그 비겁한 계획이 실현되는 일은 없어요. 이참에 저한테 바칠 공책을 준비해두세요!"

내가 전교 1등을 했다.

"……쿨, 쿨……, ……쿠울……."

중간고사 순위 발표 날 방과 후— 학생회실 소파에서 새근새근 잠을 자는 아스하인 양을 나, 아소 선배, 쿠레나이 회장이 쳐다봤다.

아소 선배는 귀여운 표정으로 잠든 아스하인 양의 볼을 손가락으로 살며시 누르며 말했다.

"이야~, 깜짝 놀랐어~. 순위표를 보자마자 쓰러지길래, 기절이라도 했나 싶었다니깐."

"긴장의 끈이 끊어진 걸지도 모르겠는걸. 그래서 피로가 한꺼번에 쏟아져 나온 거겠지."

그렇게 말한 쿠레나이 회장은 아스하인 양에게 살며시 모포를 덮어줬다.

순위는 내가 1등, 미즈토가 2등, 아스하인 양이 또 3등이었다. 2등과 3등은 종합 점수가 10점 넘게 차이가 났으니, 우연으로 치부할 수도 없을 것이다.

미즈토의 말에 따르면— 『수면 부족은 뇌에 족쇄를 채우는 것이나 다름없다』라고 한다.

맞는 말이다. 자기 능력을 속박하고 있는 사람에게 우리가 질 리 없다.

"하루 여덟 시간 수면을 꼭 지켜주면 좋겠는데 말이죠……."

"지킬 거다. 그렇지? 죠."

회장이 말을 건네자, 하바 선배는 회의용 책상에서 이쪽을 쳐다보며 고개를 끄덕였다.

하바 선배는 항상 배경처럼 존재하며 입을 여는 일이 드물지만, 무리하는 아스하인 양이 신경 쓰였던 것일지도 모른다. 회장의 말에 따르면, 누구보다도 세세하게 남을 살핀다……고 하니 말이다.

"란란의 키가 작은 건, 수면 시간이 부족해서 아냐? 키는 잠 잘 때 큰다는 말도 있잖아."

"흠. 그런 의견도 있군. ……그렇다면, 내 키가 작은 것도 그래서려나. 곤란하게 됐는걸."

"어? ……회장님은 평소에 몇 시간 자나요?"

"세 시간 정도다. 쇼트슬리퍼거든."

쿠레나이 회장이 태연한 어조로 그렇게 말하자, 나와 아소 선배는 차가운 눈길로 그녀를 쳐다보았다. 얼굴에서는 지친 기색을 찾아볼 수 없었으며, 일반인보다 더 건강해 보였다. 나폴레옹이야?

미즈토의 말대로, 머리에 버그가 생긴 인간이 존재하기는 하나 보다.

……하지만, 자기도 그런 부류란 착각에 빠졌다간 괜히 목숨을 갉아먹게 된다. 삶의 방식은 사람마다 제각각—이지만, 몸은 그 의지를 헤아려주지 않는 것이다.

"……아. 뭐야. 오늘은 자리가 없잖아."

푹 잠든 아스하인 양을 셋이서 살펴보고 있을 때, 호시베 선배가 나타났다.

항상 잠자리로 쓰던 소파에서 후배가 곤히 잠들어 있자, 선배는 약간 멋쩍은 듯한 표정을 지으면서도 안도 섞인 한숨을 내쉬었다.

“멋지게 해냈구나, 이리도.”

“글쎄요. 선배의 말이 전해질지는 아스하인 양 본인에게 달렸다고 생각해요.”

“그래. ……그렇겠지.”

애초에 호시베 선배는 『살펴봐 줘』 하고 말했다. 나는 그 말대로, 그녀를 살펴보기로 했을 뿐이다.

“어라라~?”

우리의 대화를 들은 아소 선배가 씨익 웃으며 호시베 선배에게 다가갔다.

“혹시 또 발동된 거예요~? 선배의 오지랖! 란란을 화나게 한 거 맞죠~? 말주변이 없으면서, 선배는 후배를 참 챙긴다니까요!”

“되게 짜증스럽게 구네……! 때때로 이렇게 안 하면, 나는 그냥 너희를 방해하러 온 OB가 되어버리잖아!”

“엄연한 사실 아닐까요?”

“선배, 아니라고 생각했어요?”

“선배 좀 배려하라고, 2학년들!”

선배를 뭐로 보는 거냐고 투덜거리면서 걸음을 옮긴 호시베 선배는 소파 앞의 테이블에 종이봉투를 내려놨다.

"이게 뭔가요?"

내가 묻자, 호시베 선배는 거북한 듯 시선을 피하며 말했다.

"……무례한 소리를 한 것에 대한 사과야. 아스하인이 깨어나면 건네줘."

"어~? 선배, 안에 뭐가 들었나요?"

"도라야키. 팥앙금을 싫어하는 애는 세상이 없잖아."

"……아, 선배. 그게 그렇지도 않거든요?"

"뭐? 거짓말이지?"

"이런 말씀을 드리는 건 좀 그렇지만, 제 의붓동생은 팥앙금을 그다지 좋아하지 않아요……."

내가 실제 예를 언급하자, 호시베 선배가 당황한 표정을 지었다.

바로 그때, 아소 선배는 호시베 선배를 올려다보며 결정타를 날렸다.

"선배는…… 근본적으로, 지~~~~~~~인짜 무신경하다니까요?"

"……하아, 젠장! 됐어! 아스하인이 좋아하지 않으면 너희가 먹어 치워! 나중에 다른 걸 사 오면 될 거 아냐!"

"아~, 삐쳤다~♪"

재미있어하며 귀찮게 구는 아소 선배를 떨쳐낸 호시베 선배는 빠른 걸음으로 학생회실을 나섰다.

설령 아스하인 양이 약속을 무시하며 또 무리하더라도, 이 상냥한 선배들이 그녀를 바른길로 인도해줄 것이다.

그 반복이, 무리를 어떻게 하는 것인지 가르쳐준다. 설령 아스하인 양에게 허락된 삶의 방식이 그것뿐일지라도, 죽지 않을 만큼만 무리하는 방법을 익힐 수 있을 것이다.

아무리 아스하인 양이 밀쳐내더라도, 이 사람들은— 그리고 나는, 그녀를 놔주지 않을 것이다.

왜냐하면, 이미, 이 성실하고 귀여운 고집불통 여자애를, 좋아하게 된 것이다.

……참고로, 아스하인 양은 팥앙금을 좋아했다.

도라야키를 입 안 가득 집어넣은 아스하인 양은 도토리를 입 안 가득 넣은 다람쥐 같아서, 보고만 있어도 힐링이 됐다는 사실을 덧붙여 써놓을까 한다.

이리도 유메 ◆ 겨우 세 글자만으론

그날 밤.

상담 상대에게 보고할 의무가 있다고 생각한 나는 미즈토에게 이 일의 전말을 이야기했다.

손에 쥔 책이 교과서에서 문고 서적으로 바뀐 미즈토는 이야기를 끝까지 들은 후…….

"그랬구나."

……하고 짤막하게 대답했다.

안심한 것 같은 반응을 보이거나 기나긴 감상을 늘어놓을 거라고 생각하지는 않았던 만큼, 나로서는 예상대로의 대답이었다.

……호시베 선배는 나를 지명했지만, 아스하인 양의 문제는 내가 아니라 다른 누군가가 어찌한 걸지도 모른다.

그녀와 가장 오랫동안 알고 지낸 아소 선배가 억지로 재운 걸지도 모르고, 눈치가 빠른 하바 선배가 쿠레나이 회장을 경유해서 해결한 것일지도 모른다.

나도 미즈토와 상의하지 않았다면, 그런 내기를 제안하지 않았을 것이다. 그냥 성적으로 이겼을 테고, 아스하인 양은 더욱 스스로를 궁지로 몰았을 것이며, 결국 쓰러질 때까지 계속 공부했을지도 모른다.

그렇게 생각하니…… 왠지, 멋쩍지만, ……그가 나를 떠받쳐주고 있다…… 같은 느낌이 든달까…….

이러쿵저러쿵하면서도, 나는 지금도 미즈토에게 의지하고 있구나…… 같은 실감이 든달까…….

"……저기—."

고마워.

문고 서적을 보고 읽고 있는 미즈토에게 그렇게 말하기 직전, 나는 그 말을 삼켰다.

이렇게 간단히 전해도 될까?

겨우 세 글자의 말로, 내 마음을…….

그렇게 생각한 순간, 아이디어가 하나 떠올랐다.

"저기— 시간을 비워놔 줬으면 하는 날이, 있는데 말이야."

내가 그렇게 말하자, 미즈토는 책에서 눈을 떼며 고개를 떴다.

그날을, 전부터 생각해왔다.

중간고사 전부터, 체육제 전부터, ……아니, 그보다 훨씬 전부터 생각해왔다.

"……언제인데?"

"……다음 경축일."

미즈토가, 눈을 살짝 치켜떴다.

그것은 나에게 있어서도, 미즈토에게 있어서도 특별한 날이다.

아마 엄마와 미네아키 아저씨에게도 마찬가지일 것이다. 이 집에 사는 모든 사람에게 있어, 단순한 경축일이 아닌 날이다.

11월의, 첫 경축일.

11월, 3일.

"—우리의 생일날 말인데, 시간 좀 비워놔 줬으면 해."

잠시만 더 이대로

이리도 미즈토 ◆ 안이하지만, 최고의

이제 와서는 좋은 추억이 되어가고 있지만, 중학교 2학년 때부터 중학교 3학년 때까지 나에게는 소위 여친이라 부르는 존재가 있었다.

비교적 친밀하게 지냈다고 할 수 있는 전반부에서, 나와 그녀— 아야이 유메가 가장 놀란 것은 아마 그날이었을 것이다.

서로의 생일을 알려준 날.

우리가 태어난 날이 같다는 것을 알고, 무지몽매한 중학생인 나는 섬뜩할 정도로 운명이란 것을 실감했다.

11월 3일.

일본에서 경축일로 지정한 날이라 학교가 쉬기에, 가족 이외의 사람에게 축하를 받은 적은 없다. 하지만 당시의 나는 그것도 차라리 잘 됐다고 여겼다. 왜냐하면 처음 생긴 여친과, 서로의 생일이자 학교에 가지 않아도 되는 날에, 온종일 함께 지낼 수 있는 것이다.

솔직하게 말해, 나는 자신의 생일을 그렇게 중요시하지 않는다.

당일까지 까먹는 일도 많았을 정도다. ―그도 그럴 것이, 나는 탄생한 순간을 기억하지 못하는 데다 나를 낳아준 어머니도 거의 기억하지 못한다. 오히려 생일을 중요하게 여기는 게 어려울 것이다.

그래서, 그때뿐이었다.

11월 3일을 특별한 날이라고 생각한 건, 평생을 통틀어 중학교 2학년 때뿐이다.

우리는 당일 낮에 데이트하며, 서로의 선물을 골라주기로 했다. 우리 둘 다 연애 초보자이기에 다른 사람에게 생일 선물을 준 경험이 거의 없었고, 이것은 데이트의 테마도 자연스럽게 정할 수 있는 일거양득의 작전이라 할 수 있다.

……나중에 판명된 사실에 따르면, 상상을 초월하는 음험녀 아야이 유메는 내가 별생각 없이 준 지우개 같은 것을 선물이랍시고 보관했다는데― 그건 일단 제쳐두겠다.

그날의 데이트는 평소 서점이나 도서관처럼 밋밋한 장소만 가던 우리가 데이트다운 데이트를 한 몇 안 되는 케이스라 할 수 있다. 익숙하지 않은 백화점에 가서, 이건 어때 저건 어때 하며 고민을 빌미 삼아 행복한 방황을 이어갔다.

그 끝에 도달한 곳은, 결국 평소와 마찬가지로― 서점이었다.

―아, 이 북커버…….

아야이의 눈길을 끈 것은, 책장이 아니라 북커버나 문구류가 진열된 코너였다.

차분한 느낌의 분홍색 가죽 북커버를, 아야이는 안경 너머의 눈을 반짝이며 응시했다.

—가지고 싶어?

내가 묻자, 아야이는 약간 허둥거렸다.

—으음…… 제대로 된 북커버는, 없으니까…… 가지고 싶긴 한데…….

—한데?

—저기…… 말이지? 북커버는, 나도 처음에 생각했던 거야! 하지만…….

—하지만?

—안이한가, 싶어서…….

나는 작게 웃었다.

—똑같네.

—똑같아?

—나도 바로 북커버를 떠올렸지만, 안이한가 하고 생각했거든.

이래서 자의식이 비대해진 오타쿠는 문제다. 할 줄 아는 건 소비밖에 없으면서, 작가라도 된 양 자기 센스를 드러내려 한다.

우스워진 우리는 조용한 서점 안에서 한동안 웃은

후…….

—그럼…….

이리도 유메 ◆ 안이하지만, 최고의

이제 와서는 좋은 추억이 되어가고 있지만, 중학교 2학년 때부터 중학교 3학년 때까지 나에게는 소위 남친이라 부르는 존재가 있었다.

그 남친과의 생일 데이트. 서로의 선물을 골라주기로 한 우리는 처음으로 방문한 서점에서, 각양각색의 북커버 앞에 섰다.

북커버.

독서가인 남친에게 주기에 가장 무난하며, 분명 누구라도 떠올릴 법한 선물이다.

그렇기에, 당시에 나는 처음에 그 생각을 하고서도 바로 후보에서 제외했다.

중학생다운 제멋에 겨운 생각이다. 자신은 그런 안이한 선물을 하고 싶지 않다, 더 센스 넘치고 로맨틱한 것을 주고 싶다, 같은 분수에 넘치는 생각을 했다.

하지만, 그것은 그도 마찬가지였던 것 같다.

그렇다면, 하고 내가 생각한 순간에 그가 손을 뻗었다.

—그럼…….

미즈토는 내가 보고 있던, 문고 사이즈의 분홍색 북커버를 손에 들었다.

—이게, 서로가 가장 선물하고 싶었던 것……인 게 되나.

이 순간, 아직 단순하던 당시의 나는 행복으로 가득 찼다.

같은 생각을 한다.

마음이 하나가 된다.

그런 실감을 할 때마다, 이리도 미즈토가 남친이라는 기쁨을 곱씹게 된다.

—응……. 그……래. 그러니까…….

이럴 때만, 걸음을 내디딜 수 있었다.

겁쟁이인 내가. 비굴한 내가. 지금이라면 알아줄 거라고 생각하며, 그의 마음속을 향해…….

나는 검은색 가죽 북커버를 손에 쥐며, 배시시 웃었다.

—우리 둘 다, 이걸로 안 할래?

색깔은 다르지만 말이다.

미즈토는 작게 웃더니, 웬일인지 장난스럽게 어깨를 으쓱하며 말했다.

—우와~. 페어룩이다~.

—후후. 싫어?

—옷 같은 거면 좀 질색일지도 모르지만…… 괜찮겠네. 우리답잖아.

—응!

책으로 이어진 우리니까, 첫 선물은 책을 지키는 커버로 하자.

그런 멋들어진 이유는, 나중에 붙인 것이지만 말이다.

그 후로 우리는 학교에서도 페어룩 북커버를 씌우고 책을 읽었다.

색깔만 다르지만 의외로 남들은 눈치채지 못했다. 우리만이 아는 페어룩이다.

전혀 눈치채지 못하는 클래스메이트들을 보면서, 몰래 웃기도 했다.

다른 반이 될 때까지의, 약 반년 동안의 즐거움이었다.

3학년 때도 그가 그 커버를 썼는지를— 나는 아직 알지 못한다.

이리도 유메 ◆ 완벽 미소녀 학생회(?)

선배들의 뒤를 이어서 안에 들어간 순간, 실내의 술렁거림이 잦아드는 느낌이 들었다.

회의실에 모인 이는 각 위원회의 대표자들이다. 오늘은 새 학생회가 발족된 이후로 두 번째 정례회의 날이다. 처음에는 꽤 긴장했지만, 두 번째라서 어느 정도 요령을 터득하면서 꽤 여유롭게 자기 자리에 앉을 수 있었다. —하지만…….

이번에는 첫 회의 때는 느끼지 못했던 시선이, 우리에게

쏠리는 듯한 느낌이 들었다.

"……우와…… 진짜네…….", "그렇지? 내 말 맞잖아? 올해 학생회는 대박이야!", "레벨 높네…….", "멀리서 봤을 때는 몰랐어……."

한때 조용해졌던 실내가 다른 술렁거림에 지배되어가고 있었다.

한 사람 한 사람은 작은 목소리로 말한다고 여길 것이다. 하지만 다들 비슷한 말을 하다 보니, 그것은 본인이 생각하는 것보다 더 큰 목소리가 되어서 내 귀에 전해지고 말았다.

—올해 학생회 멤버는 미녀 천국이다.

누가 그런 소문을 퍼뜨린 건지는 모르겠지만, 어느새 파다하게 퍼진 것 같았다.

확실히 쿠레나이 회장은 카리스마와 여성스러운 매력을 겸비했고, 아소 선배는 (진상을 모른다면) 장신에 몸매가 뛰어나며, 아스하인 양은 덩치가 작지만 풍만한 가슴과 귀여운 외모를 지녔다. 그렇게 여겨지는 것도 무리는 아니겠지만, 나 또한 그 안에 포함된다는 점이 참 멋쩍었다.

게다가 유일한 남자 멤버인 하바 선배는 공기처럼 무시당하고 있었다.

"……경조부박[#3]이네요."

옆에 있는 아스하인 양이 어려운 사자성어를 쓰며 투덜거

#3 경조부박(輕佻浮薄) 말과 행동이 신중하지 못하고 가볍다는 의미의 사자성어.

렸다. 남자뿐만 아니라 연애도 질색하는 그녀는 이런 시선에 짜증만 느낄 뿐인 것 같았다.

이것도 유명세인 걸까. 픽션과 달리, 학생회는 그저 잡일을 처리할 뿐이니 주목을 받을 일이 없다고 생각했지만—쿠레나이 회장이 뿜는 찬란한 빛이 우리마저 비추는 걸지도 모른다.

"—저 외모에 공부도 잘한다는 게 말이 돼?", "어차피 남친도 있을 거야~.", "엄청 눈부신 연애를 할 것 같아~."

……과연 그럴까?

그런 쑥덕거림이 들려오자, 나는 중간고사 전에 있었던 일을 떠올렸다.

11월 3일.

나와 미즈토의 생일이 다음 달 초까지 다가왔다.

미즈토의 내면에서 과거의 나를 쫓아내고, 지금의 내가 그 자리에 눌러앉겠다. —그렇게 결의하고 두 달 이상 지났으나 별다른 진척이 없는 이 상황에서, 이 대형 이벤트를 그냥 넘겨버릴 수는 없다.

과거의 나를 넘어서는 선물을 준비해서, 미즈토를 공략하는 것이다!

……하고 생각한 것까지는 좋았지만, 아이디어가 전혀 떠

오르지 않았다.

선물은 대체 어떻게 고르는 거더라?

1년 이상의 공백이 내 연애 능력을 완전히 녹슬게 했다. 한때 남친이 있었는데도 불구하고, 어쩌면 좋을지 전혀 생각나지 않았다. 미즈토는 뭘 주면 좋아했더라? 아무리 생각해봐도 머릿속에 꽃밭이 펼쳐진 착각 음험녀가 되살아날 뿐, 지금의 미즈토가 얼굴을 붉히며 들뜬 모습은 상상조차 되지 않았다.

이렇게 되면, 샘플을 수집할 수밖에 없다.

그리하여 나는 쿠레나이 회장과 아소 선배와 셋만 있는 타이밍에, 질문을 던졌다.

"두 분은…… 좋아하는 사람의 생일에 뭘 했나요?"

각오를 다진 내가 질문을 던지자, 두 사람은 어리둥절한 표정을 지었다.

"어~? 유메찌, 갑자기 왜 그런 걸 묻는 거야~? 마치 나한테 좋아하는 사람이 있는 것 같잖아! 나한테 있는 거라곤 손바닥 위에 올려놓고 가지고 놀면 재미있는 선배뿐이거든? 딱히 좋아하는 사람은 없어."

"질문을 할 거라면 전제 조건을 정확하게 제시하는 편이 좋지 않을까 싶군, 유메 양. 그래서야 마치 나한테 좋아하는 사람이 있는 것 같은걸. 나한테 있는 거라곤 자기평가가 비정상적으로 낮아서 사람을 짜증 나게 만드는 클래스메이트

뿐이거든? 딱히 좋아하는 사람은 없어."

그런 소리는 됐거든요?

……란 말이 목까지 치밀었지만, 나는 입 밖으로 토하는 걸 참았다.

"실례했어요. 질문을 정확하게 드리겠어요. 아소 선배는 호시베 선배의, 쿠레나이 회장님은 하바 선배의 생일에 어떤 식으로 축하해줬나요? 요즘 어느 남자애의 생일 선물을 고민하고 있는데, 좀처럼 좋은 아이디어가 떠오르지 않아서요……."

"호오~. 남자애의 생일 선물이구나. 그래서 우리의 의견을 듣고 싶은 거네!"

"그런 이유라면 이야기해줄 마음이 드는군. 내 경험이 후배에게 도움이 된다면, 그것보다 더 기쁜 일은 없지."

아, 왠지 기뻐 보이네. 연애 경험을 남에게 이야기하는 쾌감에 젖은 것 같아.

솔직히 이 시점에서 약간 불길한 예감이 들었지만, 내가 먼저 이야기를 꺼낸 탓에 『역시 됐어요』 하고 말할 수는 없었다.

"그럼 스즈링, 나부터 이야기해도 돼?"

"음. 어디 솜씨 한번 볼까."

한껏 들뜬 표정으로 선공을 선택한 아소 선배가 우쭐대듯 팔짱을 꼈다.

"선배의 생일은 8월이었는데 말이야—."

아소 아이사 ◆ 후배로서, 단 한 번뿐인

"……망했어."

한여름에 자기 방에서, 나는 체크메이트를 당한 기분을 홀로 맛보고 있었다.

선배에게서 자연스럽게 생일을 알아낸 후, 생일 선물을 준비한다. —여기까지는 잘 풀렸다. 이것을 건네주면 여성 경험이 적은 선배가 태연을 가장하면서도 허둥댈 게 틀림없다, 같은 망상을 즐길 여유마저 있었다.

하지만…….

……어떻게 건네주지.

거기서 망했다. 사실 8월인 지금은 여름 방학이다. 학생회의 활동일도 적기에, 얼굴을 마주할 기회 자체가 한정된다. 스마트폰으로 간단히 연락을 취할 수 있지만, 그 둔감하고 냉혈하며 무신경한 선배를 대체 어떻게 해야 생일 당일에 불러낼 수 있을까.

애초에 생일에 만나자고 하는 건, 고백하겠다고 예고하는 거나 다름없잖아.

그런 생각을 하다 보니, 짜증 나는 동급생이 얼굴이 머릿속에 떠올랐다. 호시베 회장은 곧 은퇴하니, 이참에 고백해둬라. —요즘 진짜 짜증나게 군다니깐. 말도 안 돼. 있을 수 없는 일이거든? 선배에게 고백을 해? ……뭐, 그쪽에서 고백을 한다면 말이지? 받아줄지 말지 생각해보긴 하겠지만 말이야.

……아~. 이런 생각을 하는 게 대체 몇 번째지. 이대로 가면 타이밍을 놓쳐서, 기왕 산 선물이 장롱 구석에 처박히게 될 거야~.

"언니, 있어? ……우와. 이 방, 뭐야? 가슴 패드 좀 바닥에 내던져두지 마."

"동생아~! 이 언니는 지금, 인생 최대의 위기이니라~!"

"네 살이나 어린 여동생한테 매달리지 마. 부끄럽지도 않아?"

정론 펀치를 날려대기는……! 이런 애로 기른 적 없는데!

"어차피 남자 문제지? 빨리 데이트든 뭐든 하러 가. 이대로 가면 방에서 썩어버릴 거야."

"그렇게 쉬운 문제가 아냐~! 고등학생이 되면 여러모로 어렵단 말이야~!"

"됐으니까 집 밖에 좀 나가. 반 친구든 학생회 멤버든, 언니라면 같이 놀러갈 사람이 얼마든지 있을 거 아냐."

"학생회 멤버와 놀러— 아, 그 방법이 있구나!"

전혀 망하지 않았다. 더위 탓에 머리가 안 돌아갔을 뿐이다!

나는 바람처럼 침대로 돌아간 후, 동생의 한숨 소리를 들으면서 학생회의 LINE그룹에 이런 메시지를 올렸다.

〈다 같이 풀장 가자~〉

"선~배, 뭐 하는 거예요?"

철저하게 계산된 목소리로 말을 건넨 나는 접이식 의자에 누워 있는 선배를 몸을 웅크리며 쳐다봤다.

나 정도 되면 수영복을 입을 때도 겁먹지 않는다. 열심히 끌어모아서 만든 가슴골, 노출을 두려워하지 않으며 드러낸 잘록한 허리, 그리고 청초하면서 에로틱한 순백색 비키니로 풀장의 시선을 독점하는 것이다.

하지만 수영복을 입은 선배는 파라솔 아래에서 나한테 눈길도 주지 않으며 스마트폰만 만지작거리고 있었다.

"아~, 로그인 보너스를 받아둘까 해서 말이야. 그러다 보니 무심코 반복 노가다도 시작했어."

"게임 운영 측의 계략에 말려들었네요. ……영차."

"……이봐. 왜 내 옆에 눕는 거야?"

"잠시 쉬려고요~. 괜찮죠?"

"괜찮긴 한데……."

푸웁, 하고 흘린 웃음을 가볍게 말아 쥔 손등으로 가렸다.

나는 옆에 있는 의자에 누워서 선배를 쳐다봤을 뿐이다. 둘 사이에는 거리가 있다. 간격이 있다. 하지만 이렇게 하자…….

"같은 침대에서 같이 자는 것 같지 않아요?"

"……큭."

잠시 뜸을 들인 후, 선배는 분하다는 듯 입가를 약간 일그러뜨렸다. 가슴 뛰었지? 가슴 뛴 것 맞지? 그래서 분한 거죠, 선배? 푸푸푸풉!

선배는 둔감하고 냉혈하며 무신경해서 항상 주위에 두꺼운 벽을 만들지만, 때로는 이렇게 방어가 뚫려서 참 재미있다. 내가 다가가는 걸 허락해주는 것 같은 느낌이 든다. 이럴 때만, 딱딱한 껍질 안으로 나를 받아들여서, 감싸주는 것만 같다.

아아…… 곧, 선배가 아니게 되는구나.

졸업은 아직 멀었지만…… 문화제가 끝나면, 이제 학생회에는…….

……한 번뿐이야.

같은 학교의, 선배와 후배로서 생일 선물을 줄 수 있는 건— 오늘, 이날, 한 번뿐이다.

"—선배! 자외선 차단제 발라줄까요?"

"뭐?"

벌떡 일어나며 그렇게 말하자, 선배는 미심쩍은 표정으로 이쪽을 쳐다봤다.

"뭐야. 쿠레나이와 하바의 흉내라도 내는 거야? 됐어. 물에는 거의 들어가지 않을 거야. 그것보다 네가 내 몸을 만지고 싶은 것뿐이지? 성희롱으로 확 고소해버린다?"

"부우~. 그럼 물에 들어가요. 자~!"

"잠깐만, 이봐!"

나는 덩치가 큰 선배의 팔을 잡아끌어서 일으킨 후, 그대로 풀장으로 억지로 끌고 갔다.

"이봐! 다이빙은 금지—."

"오늘은 회장이 아니니까, 그렇게 딱딱하게 굴지 말아—요!"

"우와아앗?!"

나는 등 뒤로 쓰러지듯 물에 뛰어들었다.

새하얀 물거품이 눈앞에서 피어오르더니, 그 사이로 눈을 꼭 감은 선배의 얼굴이 보였다. 자신이 물안경을 안 써도 눈을 뜰 수 있어서 좋다고, 이때 진심으로 생각했다.

어린애처럼 눈을 감은 선배의 목을, 나는 꼭 끌어안듯 팔을 둘렀다.

그 직후, 선배가 몸을 일으키면서 나는 물 밖으로 끌려 나갔다.

"푸핫!"

선배는 커다란 손으로 얼굴을 훑더니, 젖은 머리카락을 쓸어 넘겼다.

그리고 자신의 목에 손을 두른 나를 쳐다보며 눈썹을 찌푸리더니…….

"인마! 준비운동도 안 한 사람을 대뜸— 어?"

그제야 눈치챘다.

자기 목에 걸린, 은색 목걸이를 말이다.

"후훗."

나는 최적의 각도로 목을 기울인 후…….

끝내주게 장난기 넘치는 미소를 머금으며, 이렇게 말했다.

"마치 개 목걸이를 한 것 같네요, 선배?"

그렇다.

저 목걸이가, 내가 주는 생일 선물이다—.

이리도 유메 ◆ 이 에피소드의 결말

"우와아~~~~!"

대체 어떤 얼간이 같은 이야기인가 했더니 상상 이상으로 멋진 에피소드였기에, 나는 감동하고 말았다.

"와아, 끝내주네요. —우와아!! 끝내주잖아요! 물에 빠뜨린 후에 그 틈에?! 어엇~?! 정말 끝내주잖아요!!"

"흐흥. 이게 스승의 힘이야. 존경하도록~."

"스승님도 할 때는 하네요!"

"이봐~. 그러면 평소에는 아무것도 못 하는 녀석 같거든~?"

무심코 실언을 뱉을 만큼, 감동적이고 소악마적인 에피소드다. 이야~. 처, 청춘이네…….

내가 감동에 떨고, 스승님이 의기양양하게 웃고 있을 때, 쿠레나이 회장이 질렸다는 듯 도끼눈을 떴다.

"……그 이야기, 결말 부분만 쏙 빠진 것 같은데 말이다."

"네?"

결말?

쿠레나이 회장은 질렸다는 표정으로 턱을 괴면서 말했다.
"그 후, 물에 뛰어든 충격으로 수영복 안에 넣어둔 패드가 빠진 걸 눈치채고—."
"—아~! 아아~! 기억 안 나~. 기억 안 나거든~?"
"……스승님……."
내 감동을 돌려줘.
아니, 그 정도는 하기 전에 눈치채란 말이야.
"자, 다음 사람~! 다음은 스즈링 차례야!"
"이런이런……. 아무래도 여기서도 회장으로서의 책무를 다해야만 하겠군. 부회장이 미덥지 못한 탓에 할 일이 늘어나서 곤란하다니깐."
"짜증 나~! 온라인 게임의 긴급 보수 때만큼 짜증 나~!!"
쿠레나이 회장은 자신에 찬 미소를 머금더니, 차분하게 이야기하기 시작했다.
"죠의 생일은, 참 그 녀석다운 날짜거든—."

쿠레나이 스즈리 ◆ 이 세상 어디에 숨어있어도

"지난주예요."
"뭐?"
1월 초— 봄 방학 직후에 별생각 없이 던진 질문의 답을 듣고, 나는 그대로 얼어붙어 버렸다.

"제 생일은 1월 5일…… 지난주예요."

최근 몇 년 동안 흘린 적이 없던 진땀이, 삐질삐질 흘러내렸다.

쵸— 하바 쵸지는 존재감이 전혀 없는 소년이다. 배경처럼 교실에 녹아들며, 심할 때는 교사조차도 존재를 망각할 정도다.

하지만 그것은 일반인의 경우이며— 아무리 존재감이 없더라도, 내 눈에서 벗어날 수는 없다. 입학하고 같은 반이 된 후로 그의 존재를 잊은 적은 없으며, 내 눈동자에서 그가 사라지는 일은 없었다. 다른 사람에게는 무리일지라도, 나만은 분명 가능하다.

나라면 알 수 있었을 것이다. 『그러고 보니, 네 생일 언제였지?』 하고 물어보지 않더라도 말이다. 학생수첩에도 적혀 있는 정보를, 내가 본 적이 없을 리 없다. 기억하지 않았다. 수업 내용이라면 사소한 말 한마디조차도 기억하는 내 뇌가, 그 정보만을 기억하지 않은 것이다.

"너무 개의치 마세요."

별것 아니라는 듯…….

쵸는 태연한 표정으로, 그렇게 말했다.

"정월 연후 직후의, 『새해 복 많이 받으세요』라는 말에 질렸을 무렵에 찾아오는 게 제 생일이에요. 부모님도 깜빡할 정도니까, 어쩔 수 없죠. 저도 이미 익숙해졌으니까 괜히 신경 쓰지 마세요, 쿠레나이 씨."

익숙해졌다고?

어쩔 수 없다고?

그럴 리가 없어!!

"죠— 올해만, 네 생일은 오늘이다."

"네……?"

죠는 의아하다는 표정으로 내 얼굴을 쳐다봤다.

"지금 바로 선물을 사러 가자!!"

그리하여, 1월의 추운 날에 죠를 억지로 끌고 갔다.

학교에서 가장 가까운 버스 정류장에서 번화가 방면으로 향하는 버스에 타고, 몇 분 동안 흔들렸다. 그리고 시끌벅적한 길거리에 내린 후, 인파에 휩쓸리며 걸음을 옮겼다.

"혹시 가지고 싶은 건 없어? 아르바이트비도 꽤 모였으니, 예산은 신경 쓰지 않아도 된다."

머플러에 감싸인 입으로 새하얀 숨결을 토한 나는 옆에서 걷고 있는 죠에게 물었다.

교복 위에 코트를 걸친 죠는 왼손으로 옷깃을 세우며 말했다.

"딱히 없어요……. 그리고, 쿠레나이 씨의 아르바이트비로 제 물건을 사는 건 좀 내키지 않아요."

"선물이니 신경 쓰지 마라."

"선물은 보통 주는 사람이 고르는 거라고 생각하는데요."

흠. 그런 건가.

"그렇다면, 내가 주고 싶은 걸 고르면 되겠군. ……후후, 좋은 생각이 났어."

"……저는 불길한 예감이 드니까, 오늘은 이만—."

"어이쿠. 놓치지 않을 거야."

그렇게 말하면서…….

나는 팔짱을 끼듯, 죠의 몸을 잡았다.

"잠깐—."

"누가 뭐라고 하든 오늘은 네 생일이지. 그러니 너한테는 나한테 축하를 받을 의무가 있지."

내가 더 세게 팔을 끌어안자, 죠는 나한테서 떨어지려는 듯 몸을 기울였다.

"……쿠레나이 씨. 혹시나 해서 말해두는 건데, 가슴이 제 팔이 닿았어요."

"당연하지. 여자는 언제 어느 때나, 반한 남자의 몸에 가슴을 대고 싶어 하거든."

"그렇지는 않다고 생각하는데요……."

옅은 웃음에서 희미하게 묻어나는 멋쩍음, 그리고 팔의 미세한 움직임에서 우러나는 수치심이 내 가슴속을 살짝 간지럽혔다.

자기를 진짜로 배경이라고 생각한다면, 이런 마음의 움직임도 완벽하게 제어해야 하지 않으려나?

"그럼 갈까. 이 근처에 괜찮은 곳이 있거든."

얼이 나간 듯한 죠의 얼굴을 가까이에서 지켜본 나는 슬그머니 그의 팔을 내 가슴 사이에 끼웠다.

"……윽……."

"참고로 이건 선물에 안 들어간다."

죠의 눈동자가 나와는 반대 방향으로 향했다.

이렇게까지 하는데, 겨우 그런 반응이냐. 하아, 정말 곤란한 녀석이라니깐.

"너한테는 존재감 이전의 문제가 있다."

나는 옷걸이에서 다양한 옷을 고른 후, 죠의 몸에 대봤다.

"타고난 용모가 수수한 건 어쩔 수 없어. 하지만, 사람의 인상은 얼마든지 손볼 수 있지. 복장을 개선하면, 그 옅은 존재감도 다소 개선될 거다!"

"소용없는 짓이라고 생각하는데요……."

"나한테 맡겨라. 너를 배경에서 탈출시켜 주마!"

그로부터 수십 분 후…….

나는 탈의실 앞에서 머리를 감싸 쥐었다.

"끄으으—응……."

난처하다.

정말 난처한 녀석이었다.

남들의 눈길을 끄는 화려한 옷부터, 색상은 화려하지 않지만 센스가 감도는 멋진 옷까지……. 다양한 패션을 죠에게 입혀봤지만…… 무시무시하게도, 전부 어울리지 않았다.

이 녀석은 대체 뭘까.

조금이라도 멋을 부리면, 괜히 어른스러운 척하려고 하는 중학생 같아 보였다. 어머니가 사온 옷 중에서 대충 고른 듯한 수수한 옷만 어울렸다. 차라리 개성이라는 면에서 완전히 빵점인 교복이 가장 잘 어울릴 정도였다.

"……이제 만족했나요? 쿠레나이 씨."

"아니, 잠깐만! 잠깐만 기다려! 금방 생각날 거야! 그 옅은 존재감을 중화시킬 복장을, 금방 생각해낼 테니까……!"

죠는 내가 씌워준 모자를 벗더니, 무슨 생각인지 알 수 없는 무표정한 얼굴로 그렇게 말했다.

"저는 딱히 남들 눈에 안 띄는 것을 신경 쓰진 않는데요."

"또 그런 소리를—."

바로 그 순간, 죠는 난처한 미소를 지으며 나를 응시했다.

"……이것보다 더 바라는 건, 욕심이에요."

그 어떤 문제도, 그 어떤 계산도 순식간에 처리하는 내 뇌도, 이 순간 가슴을 옥죈 감정의 이름은 바로 알려주지 않았다.

이것, 이 대체 뭘까.

묻지 않아도 알 수 있었다. 그의 시선이, 그게 나라고 말했다.

아아, 너는— 왜 이렇게, 욕심이 없는 것이냐.

나 같은 건 별 볼 일 없다. 그저 남들보다 오만한 여자일 뿐이다.

하지만—.

"쿠레나이 씨?"

나는 죠한테서 고개를 돌렸다.

그만해. 쳐다보지 마라. ……이런 얼굴을 보여줬다간, 나는 네가 생각하는 쿠레나이 스즈리가 아니게 돼.

나는 머플러로 입가를 가린 후, 억지로 숨을 골랐다.

나는, 자신이 지닌 힘을 모르는 인간을 싫어한다.

그 가치를 인정하려 하지 않는 인간은, 더 싫어한다.

그러니 포기한 것은 아니다. 네가 네 가치에 걸맞은 시선을 얻을 때까지, 포기할 생각은 없다.

하지만, 지금은…….

네가, 나만으로 충분하다면, 지금은…….

"……가자."

"네?"

"옷 갈아입어."

죠를 원래 옷으로 갈아입힌 후, 나는 그의 손을 잡아끌면서 이 빌딩의 다른 층으로 이동했다.

그곳에 있는 건 스마트폰 숍이었다.

나는 스마트폰 액세서리 코너로 간 후, 각양각색의 스마트폰 케이스가 줄지어 놓인 선반 앞에서 죠에게 물었다.

“어느 게 가장 나에게 어울린다고 생각하지?”

“네? ……으음…….”

죠가 망설이면서 가리킨 것은, 하늘색 스마트폰 케이스였다.

“이것……일까요.”

“그럼 이걸로 하자.”

나는 그렇게 말하면서 그 스마트폰 케이스를 손에 쥐었다.

“……혹시, 그게 저한테 주는 선물인가요?”

“그래. 사이즈는 어떻지?”

“그거면 되긴 하는데요…….”

“좋아.”

그대로 카운터로 가서 계산을 마쳤다. 그 후, 방금 산 스마트폰 케이스를 죠에게 쥐여줬다.

“이게 네가 생각하는, 가장 나다운 스마트폰 케이스다.”

“아. 네…….”

“그럼, 이걸 나라고 생각하며 사용해 줘.”

껌뻑거리고 있는 죠의 눈동자를, 나는 똑바로 응시했다.

“그러면, 언제 어디서나 나만은 너를 바라보고 있는 게 되겠지?”

설령, 주위에 있는 모든 이들이 너를 눈치채지 못하더라도…….

나만은, 너를 지켜보고 있을 테니까…….

"그걸로 부족하다면, 나를 불러줬으면 한다. ―네가 이 세상의 어디에 숨든, 반드시 찾아내 주마. 천재라 불리는 내 두뇌로 말이지."

농담 투로 그렇게 말한 나는 아이사 뺨치는 소악마 미소를 머금었다.

"즉, 생일 선물은 바로 나인 거다. 네 마음대로 해라."

이리도 유메 ◆ 이 에피소드의 결말

"우와……."

아소 선배와 다른 느낌의 멋진 에피소드였기에, 나는 기가 막힌 건지 감탄한 건지 분간이 안 되는 한숨을 내쉬었다.

"회장님은 하바 선배 앞에서는 참 멋지네요……."

"이봐. 그럼 평소에는 멋지지 않다는 것 같잖아."

"이렇게 멋진 『선물은 나』, 처음 들었어요!"

"그렇지? 그렇지?"

쿠레나이 회장이 우쭐대며 고개를 끄덕이고 있을 때, 아소 선배가 턱을 괴면서 흥이 가신 듯한 눈길을 보냈다.

"아니…… 그건, 멋진 부분만 잘라내서 말해준 거잖아?"

"네?"

"그 후에 죠한테서 『마음은 고맙지만 부담스럽다』라는 말을 듣고, 나한테 LINE으로 푸념을 마구—."

"기억 안 나는걸!"

……뭐, 확실히 사귀는 것도 아닌 여자애에게 『선물은 나』를 당하면 좀 부담스러울지도 모른다. 스마트폰 케이스는 안 쓰는 게 바로 티나고 말이다.

"그렇게 치자면, 사귀지도 않는 여자애에게 목걸이를 선물 받는 것도 만만치—."

"응~? 이상하네, 귀가 나빠졌나~? 유메찌, 무슨 말 했어?"

"아뇨, 아무것도 아니에요."

목걸이보다 실용적인 스마트폰 케이스가 더 가벼운 선물이 아닐까, 하고 생각한 건 아니에요.

"아무튼~!"

아소 선배는 팔짱을 끼며 힘차게 말했다.

"선물을 받아놓고 불평을 늘어놓는 게 건방지단 소리야! 무겁든 가볍든 간에 감격의 눈물을 흘리며 받아야 정상이지 않아?!"

"아이사도 때로는 맞는 말을 하는걸. 애초에 학생회 남자들은 하나같이 너무 수동적이다. 남녀평등, 다양성의 사회라고는 해도 때론 주변머리를 좀 보여줬으면 좋겠군."

"맞아! 저 덩치와 근육은 장식이냔 말이야~! 때로는 벽쿵 정도는 하면 어디 덧나?!"

폭주한 여자의 푸념 토크는 수습될 줄 몰랐다. 나는 어설픈 미소를 머금은 채, 선배들의 꿈과 희망으로 점철된 푸념을 듣게 되고 말았다…….

이리도 유메 ◆ 이 에피소드의, 결말의 결말

훗날.

미즈토에게 뭘 선물할지 생각하며 학생회실에 온 나는, 그곳에서 낮잠을 자는 호시베 선배와 일을 하는 하바 선배와 만났다.

그리고, 눈치챘다.

호시베 선배가 목에 걸고 있는, 은색 목걸이.

하바 선배가 손에 쥐고 있는, 하늘색 스마트폰 케이스.

둘 다 정성 들여 손질한 건지 참 깨끗하단 사실을 말이다.

……어쩌면, 수동적이기만 한 건 아닐지도 몰라.

언젠가, 선배들의 마음이 보답받는 날이 올 것이다. 그런 예감을 받으며, 나는 두 사람의 이야기를 떠올렸다.

단둘만의 자리를 만들기 어렵다면, 여럿이 모이는 자리를 만들어라.

선물은, 주는 사람이 주고 싶은 걸 주면 된다.

오호라. ……그래. 그렇다면—.

이리도 미즈토 ◆ 가족으로서의 생일

—우리의 생일날 말인데, 시간 좀 비워놔 줬으면 해.

유메가 그렇게 말했을 때, 나는 사실 기대하고 있었다.

생일에 데이트라도 하려는 걸까. 사귀던 시절처럼, 단둘이서 선물 교환이라도 하려는 걸까.

나답지 않은, 풋풋한 중학생 같은 아련한 기대다.

현실은, 그런 내 마음을 비웃는 것처럼 흘러갔다.

"생일 축하해!"

환한 미소를 지으며 우리에게 그렇게 말한 이는 내 새어머니인 유니 씨였다.

유니 씨는 우리들— 나와 유메 앞에 직육면체 상자를 두더니…….

"케이크, 좋아하는 걸 고르렴~. 분발해서 비싼 걸 샀단다!"

"처음에는 홀케이크로 할까 했는데 말이지. 실물을 보니 너무 커서 말이야."

"다 먹을 수 있을지 불안하지 뭐니. 유메도 슬슬 칼로리를 신경 쓸 나이이고 말이야."

"미안하지만, 아직 다이어트는 안 해요~."

유메가 농담 투로 그렇게 말하자, 「부러워라~」 하고 유니 씨가 어린애처럼 말했다.

유메는 케이크 상자를 열고 내용물을 살펴보더니, 「그럼 나는 이 초콜릿케이크!」 하면서 갈색 케이크를 신중하게 꺼냈다. 그리고 나를 향해 케이크 상자를 밀더니…….

"미즈토는 뭐로 할래?"

……마치, 아무 일도 없었다는 듯한 태도다.

의미심장하게 『시간 좀 비워놔』 하고 말했으면서 말이다. 가족이 함께 생일 파티를 하기 위해서였던 거냐. 덕분에 나는 며칠 동안 들떠 있었다고!

"……그럼, 나는 치즈케이크로 하겠어."

마음속의 분한 감정은 겉으로 드러내지 않았다. 이유는 알아. 내가 생일 파티를 무시할 거라고 생각했지? 하지만, 그럼 그렇게 말하라고. 오해할 만한 소리를 늘어놓기는! 오해할 만한 소리를 늘어놓기는!

"그리고 이건 생일 선물이란다."

아버지가 그렇게 말하면서 세뱃돈 봉투 같은 조그마한 봉투를 나와 유메에게 내밀었다.

"아, 걱정하지 말렴. 나와 유니 씨가 따로 준비했어."

"감사해요! 열어봐도 될까요?"

"별거 아니란다. 도서상품권 1만 엔어치거든."

"네?!"

유메는 봉투를 열더니, 안에서 도서상품권 열 장을 꺼냈다. 나한테는 익숙한 선물이다.

"일만 엔어치……."

"미네 씨는 매년 이런 선물을 줬다네. 참 시시하지?"
"미즈토가 가장 좋아하는 게 이거니까 어쩔 수 없잖아."
"아! 저, 저도 정말 기뻐요! 감사합니다!"
유메는 좋아죽겠다는 표정으로 그렇게 말했다. 눈동자 안이 꿈과 희망으로 가득 차는 게 보였다. 1만 엔이나 있으면, 한동안은 책값 걱정을 안 해도 되거든. 특히 유메는 비싼 단행본도 많이 사니까, 더 도움이 될 것이다.
"다음은 나야! 일단 유메한테는 이거!"
유니 씨는 옆에 있던 봉투에서 병 같은 것을 꺼내더니, 유메 앞에 뒀다.
유메는 그것을 손에 쥐더니…….
"스킨……?"
"그래! 어른들이 쓰는 좀 비싼 거란다! 요즘 들어 색기가 흐르기 시작한 딸에서 주는 선물이야!"
"색기— 그, 그렇게 보여?"
"그래~. 학교에서 꽤 인기 있지 않니? 우리 딸~."
"그, 그렇진 않아……!"
겸손한걸. 『학년 제일의 우등생』에서 『미소녀 학생회의 일원』으로 랭크업하면서, 유메의 이야기를 듣지 않는 날이 없을 지경이 됐다. 카와나미와 미나미 양이 『이리도 양에게 고백하려고 하는 녀석이 너무 늘었다고!』, 『맞아! 견제하는 사람 입장이 되어보란 말이야!』 하며 화냈다. 너희는 대체 은

밀하게 무슨 짓을 하고 다니는 거야.

"그리고 미즈토 군한테 주는 선물은 이거야!"

유니 씨는 그렇게 말하며 자리에서 일어서더니, 거실 구석에 둔 동그란 것을 양손으로 안아 들고 돌아왔다.

"……쿠션인가요?"

"그래! 비즈 쿠션!"

유니 씨는 얼마나 부드러운지 보여주려는 듯, 쿠션을 손으로 꾹 눌렀다.

"독서할 때 참 좋을걸~? 하지만 너무 많이 쓰지는 마. 이것 없이는 못 살 게 돼!"

나도 쿠션 앞에서 몸을 웅크리며 얼마나 부드러운지 손으로 확인했다. 확실히…… 이걸 쓰면 기분 좋을 것 같았다. 하지만 이건 나보다 이사나가 더 기뻐할 것 같은데…….

"고마워요. 적당히 쓸게요."

"그러는 게 좋을 거야. 히가시라 양에게도 전해주렴."

이미 틀렸다.

"좋겠다~. 나도 저거, 가지고 싶어."

유메가 뒤편에서 쳐다보며 그렇게 말했다.

"한 번씩 빌리지 그래?"

"에이…… 남자 방에서 저런 걸 쓰며 늘어져 있을 수 있는 건 히가시라 양뿐일 거야."

"사양할 필요 없잖니. 남매니까 말이야!"

……남매니까 말이야, 라.

이렇게 가족이 함께 보내는 시간. 여자애로 의식하게 되는 시간. 그 양쪽이 내 일상에서 양립되고 있으며, 때때로 자신이 분열된 듯한 느낌이 들 때가 있다.

네 곁에 있고 싶다. 그 욕구를, 이제는 부정하지 않는다.

하지만…… 그것을 어떤 형태로 달성할지를, 나는 아직 결정하지 못한 걸지도 모른다.

이리도 미즈토 ◆ 그 재회는 필연이었다

"하아, 정말. 엄마, 과음했어……."

"우헤헤~. 갠차나, 갠차나~."

"자. 잘 거면 침대에 가서 자! 응?"

유메는 웬일로 과음해서 곤드레만드레가 된 유니 씨를 부축하며 옮겼다.

아버지는 조용히 잔을 기울이면서, 작게 웃었다.

"이렇게 넷이서 생일을 축하하는 게 기쁜가 보구나."

"……우리 생일이 우연히 같은 날이라서 말이야?"

내가 묻자, 아버지는 눈웃음을 흘리며 말했다.

"글쎄. 과연 우연일까? 어쩌면 필연일지도 모르지."

"뭐?"

"인과(因果)라는 거란다. 세상은 교묘하게 잘 만들어져 있거든…….”

아버지도 술기운이 돌기 시작한 건지, 눈빛이 약간 흐릿해 보였다.

“그러고 보니 미즈토. 아버지와 유니 씨가 언제 어디서 만났는지 이야기해줬던가?”

“그게…… 일 관계로 만났다고만 들었어.”

재혼 이야기가 나왔을 때, 그런 설명을 들었던 것 같은 느낌이 들었다.

하지만 아버지는 천천히 고개를 저었다.

“재혼할 계기가 된 건 말이지……. 실은 더 옛날에 우리는 한 번 만난 적이 있었단다.”

“흐음…….”

“병원에서 말이야. 너와 유메 양이 태어난 병원에서, 딱 한 번…….”

적당히 맞장구를 치던 나는 그 발언을 듣고, 충격을 받았다.

나와 유메가 태어난, 병원?

같은 병원이었던 건가?

“놀랐지? 하지만 생각해 보면 당연한 걸지도 모르지. 같은 마을에서, 같은 날에 태어났으니까……. 병원도 겹치는 게 당연할 거야. 너는 기억 못 하겠지만…… 16년 전 오늘, 너와 유메 양은 같이 태어나서 같은 신생아실에서 자고 있었단다.”

확실히, 생각해 보면 당연했다.

나와 유메는 같은 중학교에 다녔다. 즉, 같은 학구이며 집도 그렇게 떨어져 있지 않다. 그렇다면, 같은 병원에서 태어났더라도 전혀 이상할 게 없다.

"그때, 카나는…… 네 어머니는, 생사의 고비를 헤매고 있어서…… 나는 불안에 휩싸여 있었지……. 10초 전의 일조차 생각이 안 날 정도였고…… 일도 손에 잡히지 않는 상태에서, 병원 안에서 얼이 나가 있었단다……. 그때, 지나가던 여성이 나에게 말을 걸어줬어."

"……그 사람이……?"

"그래. 그 사람이…… 유메 양을 낳은 직후의, 유니 씨였지."

아버지는 난처한 듯 웃었다.

"맹세하건대, 바람을 피운 건 아니란다. 당시의 우리는 서로의 이름도 밝히지 않고 헤어졌거든……. 그저 잠시, 서로의 불안을 공유했을 뿐……. 유니 씨는 남편이 일로 바빠서 모처럼 태어난 자식의 얼굴도 보러 오지 않는 것을, 불안해 했어……. 그럴 때, 세상이 끝나기라도 한 듯한 표정을 짓고 있는 나를 보고, 내버려 둘 수가 없었다지 뭐야……."

유메에게 들었다. 유니 씨의 전남편은 일밖에 모르는 사람이며, 가정 안에서도 혼자 사는 것 같은 사람이라고 말이다.

"유니 씨는 말했어……. 앞으로 가정이 어떻게 될지는 모르겠지만, 아이의 얼굴을 보면 미래가 기대된다고……. 그 말을 듣고, 나도 네 얼굴을 보러 갔단다. 그랬더니 조금이지만, 내일을 살아갈 용기가 생기더구나. 그게 없었다면…… 카나가 이 세상을 떠나서 홀로 남겨졌을 때, 나는 너를 원망했을지도 몰라…….”

……홀로 남겨진다.

이제까지, 내 인생에서, 당연한 듯 존재했던 그 역사가…… 왠지, 지금은 너무나도 섬뜩하게 느껴졌다.

그런 경험만은 하고 싶지 않다고, 진심으로 생각했다.

“그러니 유니 씨는…… 내 은인이야.”

달그락, 하고 잔 안의 얼음이 부딪쳤다.

“15년 동안 필사적으로 일을 하고 자식을 키우면서, 카나에 대한 마음의 정리가 조금은 됐을 때…… 그런 은인과 재회한 거야. 바로 깨달았지. 내 재혼 상대는 이 사람뿐이라는 걸…….”

아버지의 목소리가 흐릿해졌다. 고개도 꾸벅거리고 있었으며, 눈도 반쯤 감겼다.

“그래서…… 나도, 기뻤단다……. 오늘을, 넷이서, 가족이 함께 맞이한 게……. 기뻐…… 정말 기뻐…….”

머리가 점점 기울어지더니, 곧 아버지는 테이블에 엎드리며 잠에 빠져들었다.

아버지가 이렇게 과음하는 일은 거의 없었다. ……아버지와 유니 씨한테도, 오늘이란 날은 특별한 것 같았다.

아버지가 곤히 잠들었을 때, 유메가 거실로 돌아왔다.

"어? 미네아키 아저씨도 잠든 거야?"

"응……. 미안하지만, 모포 좀 가져다줄래?"

"알았어."

유메가 침실에서 모포를 가져다주자, 나는 그것을 테이블에 엎드린 아버지에게 덮어줬다.

생일 파티는, 완전히 끝났다.

남겨진 우리는 묵묵히 식기를 치우기 시작했고…….

"저기……."

그 와중에 은근슬쩍 말을 건네려다, 결국, 관뒀다.

우리가 남매가 된 것은, 운명 같은 게 아닐지도 모른다.

굳이 따지자면, 부모님의 운명에 우리가 휘말렸을 뿐이다. 자식들을 계기로 만난 두 사람이, 필연적으로 부부가 됐을 뿐인 이야기다.

신이 함정을 판 것은, 중학교 도서실에서 우리가 만났던 그때뿐일지도 모른다…….

"왜?"

유메가 돌아보자, 나는 말했다.

"……먹다 남은 케이크, 냉장고에 넣어둬."

"뭐? 응. 알았어……."

말할 필요는, 없다.

신이나 운명 같은 것은, 아무래도 상관없다.

우리에게는, 지켜야만 하는 것이 있다.

그런 상황에서 어떻게 할지는— 내가 스스로, 결정해야만 한다.

이리도 미즈토 ◆ 쓸데없는 잡담이 마음을 정리해줄 때도 있다

방으로 돌아간 나는, 책상 위를 쳐다봤다.

거기에는 포장된 조그마한 물건이 있었다.

나는 그것을 쓰다듬으면서, 아무 일도 없는 것처럼 생일 파티를 하던 유메의 얼굴을 떠올렸다.

……마치 중학생 때로 돌아간 것 같아. 혼자 들떴다가, 혼자 낙담한…….

그런 마음의 흔들림과 결별했다고 생각했는데, 어느새 그 시절로 되돌아가고 말았다.

결국, 돌아가는 것일까?

그렇다면, 지금의 내 소망이 결국 이루어지더라도…… 결국은 중학생 때처럼, 붕괴의 서장에 지나지 않는 것일까.

그렇다면, ……이번에는, 일이 커진다.

우리만의 붕괴로, 끝나지 않는 것이다…….

"……어."

호주머니에 넣어둔 스마트폰이, 갑자기 진동했다.

꺼내서 보니, 이사나한테 전화가 왔다.

"여보세요."

『여보세요~. 생일 축하드려요~.』

느긋한 목소리가 머릿속을 휘감고 지나가자, 내 마음에서 힘이 쭉 빠졌다.

"알고 있었구나. 내가 말했던가?"

『유메 씨한테 들었어요~. 생일 선물은 내일 학교에서 줄게요.』

"준비한 거야? 너답지 않네."

『수영복과 바니걸, 어느 쪽이 좋아요?』

"관둬. 준비한 걸 지금 바로 버려."

『네에~? 모처럼 러프를 그렸는데요~. 유메 씨의 수영복과 바니걸…….』

"그 녀석을 그린 거냐! 빨리 버려!"

네가 직접 코스프레라도 할 생각인가 했잖아. 남을 멋대로 생일 선물로 삼지 마.

『뭐, 농담은 그만하고…….』

"네 농담은 이해하기 어려워……."

『미즈토 씨야말로 유메 씨에게 생일 선물을 제대로 줬어요?! 설마 준비 안 한 건 아니겠죠~?』

나는 손 언저리에 있는 물건을 내려다봤다.

"……준비는 했어."

『어이쿠. 그 말은…….』

“괜찮아. 어차피 한집에 사는걸. 타이밍이라면 얼마든지 있어.”

『그런 소리를 하는 사이에 내년이 될 거라고요! 괜찮겠어요?! 책상 안이 주지 않은 선물로 가득 차 버려도요!』

불길한 상상 좀 하게 만들지 마……. 진짜로 그렇게 될 것 같잖아.

『건네주지 않는다면, 제가 유메 씨한테 은근슬쩍 말해버릴 거예요. 친구를 통해 고백하는 것 같은, 그런 꼴사나운 생일이 되어도 괜찮겠어요?』

“하지 마……. 그 녀석 얼굴도 못 쳐다보게 될 거야.”

상상만 해도 괴롭다. 그런 사태가 벌어지면 나는 가출해 버릴 거다.

『참고로 어떤 선물인지 물어봐도 오케이인가요?』

“별거 아냐. 사귀지도 않는데 액세서리 같은 걸 선물하면 받는 사람도 곤란할 거잖아?”

『어~, 그럼 실용적인 건가요? 너무 소극적인 거 아니에요?』

큭…… 이 녀석의 싫은 소리가 내 가슴을 후벼 파네.

“괜찮아! 준다는 사실 자체가 중요하다고.”

『뭐, 확실히 억지웃음을 흘리며 받아 놓고 어떻게 처리하면 좋을지 몰라서 곤란해하는 것보다는 훨씬 나을지도 모르겠네요.』

"……너, 나한테 원한이라도 있어?"

『굳이 따지자면 차인 것 때문일까요.』

"……어쩌면 나는 너한테 평생 갈 빚을 진 걸지도 모르겠는걸."

죽을 때까지 그 일을 가지고 놀림을 당할 것 같다.

『므흐흐. 아무튼 오늘은 유메 씨와 좋은 분위기 만드세요. 저는 내일로 미뤄도 되니까요!』

"그런 소리를 들으니 내가 양다리라도 걸치고 있는 것 같네……."

『우헤헤. 세컨드가 된 것 같아서 가슴이 콩닥거리네요.』

"여러 의미에서 말이지. 하지만 좋은 분위기를 만들라고 해도, 어떻게 하면 좋을지 모르겠는데……."

『문외한 같은 소리네요. 전에 사귀었다면서요?』

"그때와 지금은 달라."

『그럼 제 망상 시추에이션을 제공할까요? 뜨거운 밤의 여운에 잠긴 상태에서―.』

끊었다.

전제부터 문제잖아, 전제부터…….

나는 스마트폰을 둔 후, 준비해둔 선물을 다시 쳐다봤다. 이사나의 능청스럽고 대충 늘어놓는 듯한 발언을 듣다보니, 굳어 있던 머릿속이 부드러워진 느낌이 들었다.

그렇다. ―지금과 그때는 다르다.

골치 아픈 생각은 하지 말고, 평범하게 건네주면 된다.

오늘 결판을 낼 작정인 것도 아니고…… 내가 아까 말한 것처럼 건네준다는 사실 자체가 중요하다.

"……좋아."

내가 결심을 하며, 준비한 선물을 손에 든 바로 그때였다.

누군가가 문에 노크를 했다.

"—있어?"

이리도 미즈토 ◆ 세 글자로는 다 담을 수 없는 욕구

문을 열어보니, 잠옷 차림의 유메가 방 앞에 서 있었다.

"들어갈게."

"잠깐, 이봐!"

유메는 말릴 새도 없이 내 방 안으로 들어오더니, 아까 유니 씨한테 받아서 방으로 가져온 비즈 쿠션을 쳐다봤다.

그리고 주저 없이, 그 쿠션의 자신의 등을 맡기며 털썩 앉았다.

"어. 이거, 정말 좋네. 나도 가지고 싶어."

"……밤에는 서로의 방에 찾아가지 않기로 약속했잖아."

부모님에게 괜한 의심을 사지 않기 위해, 밤에는 서로의 방에 가지 않는다. 꼭 연락해야 할 때는 스마트폰을 이용한다. 우리는 그러기로 약속했었다.

유메는 나를 올려다보며 빙긋 웃었다.

"괜찮아. 두 사람 다 술에 취해서 잠들었는걸. 정 그렇게 따질 거면, 룰을 어긴 걸로 해도 돼, 오빠~."

"……남매 룰 말이구나. 오랜만에 들었네……."

일전에 목욕 때도 언급하지 않길래, 이제 잊은 줄 알았다.

유메는 쿠션 안에서 꾸물거리며 말했다.

"이 쿠션, 크니까 둘이 함께 써도 되겠네."

"뭐? 아니, 대체 뭘 시킬 속셈—."

"동생의 억지 정도는 들어주는 게 어때? 오빠~."

"그런 식으로 쓰면 이 룰은 의미 없다고!"

"잔·말·말·고~."

"우왓?!"

유메는 내 손을 억지로 잡아끌어서, 나를 자기 옆에 앉혔다.

이 비즈 쿠션은 원래 1인용이기에, 유메는 나와 어깨를 꼭 대며 붙어 앉았다. 방금 목욕을 마친 건지, 유메에게서 비누 향기가 감돌았다.

"……남매가 이래도 되는 거야?"

최대한 쿠션 가장자리로 몸을 붙이자, 유메는 쫓아오듯 나와 붙어 앉았다.

"당연하잖아. 전에 책에서 본 장면도 이런 느낌이었잖아."

영화화도 된 작품에서 남매가 몸을 찰싹 붙어 앉아서 몸을 맡기고 있었던 것은 이렇게 고급스러운 비즈 쿠션이 아니었다고 생각하는데…….

"……."

"……."

이렇게 기발하면서 억지스러운 행동을 하면서도, 유메는 좀처럼 자기 볼일을 언급하지 않았다. 그저 맞닿은 어깨를 통해 타인의 온기와 부드러운 감촉을 느끼기만 하는 시간이, 1분 정도 흘렀다.

어쩌면 평생 이대로 있는 게 아닐까. ―그런 바보 같은 생각이 머릿속을 스쳤을 때, 유메가 드디어 입을 열었다.

"……생일, 축하해."

"……으, 응. 너도 말이야."

이제 와서, 왜 이러지? 아까 같이 생일 파티를 했는데―.

"생일 선물…… 있어."

단어만 늘어놓은 듯한 그 짤막한 말을, 나는 바로 이해하지 못했다.

"미리 준비하긴 했어. 하지만 미리 줬다간, 부모님 앞에서 태도를 숨기지 못할 것 같았거든. ……그래서, 이제야 주는 거야."

시계를 보니, 어느새 오후 열한 시였다.

우리의 생일이 끝날 때까지, 이제 한 시간도 남지 않았다.

"……으음."

유메는 비즈 쿠션과 등 사이에 손을 집어넣더니, 포장이 된 무언가를 꺼냈다.

혹시, 쭉 등 뒤에 숨기고 있었던 걸까.

그래서 쿠션에 앉은 걸까?

"받아."

유메가 퉁명한 어조로 말하며 내민 것을, 나는 거의 반사적으로 받았다.

선물용으로 예쁘게 포장되어 있지만, 사이즈는 손바닥 크기 정도…… 딱 문고 서적 크기였다.

옆을 힐끔 쳐다보니, 유메는 자기 무릎 언저리를 쳐다보고 있었다. 어떤 감정, 어떤 의도가 담겨 있는지는 이렇게 가까이에 있는데도 전혀 알 수 없었다.

"……뜯어봐도 돼?"

내가 머뭇거리며 묻자, 유메는 작게 고개를 끄덕였다.

그 모습을 본 나는 포장을 최대한 조심조심 뜯었다.

이윽고, 안에서 나온 것은 눈에 익은 물건이었다.

북커버.

선명한 감색을 띤, 북커버다.

"……이건……."

떠올리지 않을 수가 없었다.

중학교 2학년 때의 생일. 둘이서 함께 산, 색깔만 다른 북커버.

색깔도, 디자인도, 약간 다르다. 하지만—.

"—요즘, 이런 생각을 해."

유메가 갑자기 천장을 올려다보며 불쑥 말했다.

"나, 이러니저러니 해도 너한테 도움을 많이 받아. 학생회도 네가 등을 밀어주지 않았다면 들어가지 않았을지도 몰라. 더는 의지하지 않을 생각이었는데…… 정신을 차리고 보니, 네가 내 버팀목이 되어준다고 느낄 때가 있어."

평소가 거짓말처럼 느껴질 만큼 솔직한 말이었다.

그 말이 깨끗한 물이 되어, 내 마음을 씻겨줬다.

"나를 싫어해도 돼. 그래도 이제까지 나를 도와준 너한테 답례를 하고 싶었고…… 가능하면, 앞으로도, 계속 그래 줬으면 해서……. 단순한 전 남친도, 단순한 남매도 아닌…… 말로, 표현하기 어렵지만……."

이해한다.

이럴 때, 아직 단순했던 예전의 나는, 너무나도 기뻐했다.

같은 생각을 하고 있다.

같은 마음을 품고 있다.

하지만, 지금의 나는 단순하지 않다.

분명, 지금의 너도 단순하지 않다.

복잡한 감정이 소용돌이치고 있지만, 아무리 소설을 읽어도 적당한 말을 찾을 수 없다.

하지만…….

"새로운 걸…… 주고 싶었어."

솔직하게, 자신의 욕구를 전할 수는 있다.

"전에 내가 준 건, 이미 버렸을지도 모르지만……. 그게 아니라, 지금의 내가 준 걸…… 써줬으면 해."

유메는, 맞닿은 어깨를 떼려 하지 않았다.

도망치려 하지 않았다.

자기가 하고 싶은 것을, 선물에 담아, 솔직하게 내밀고 있다.

어쩌면 제멋대로라고 할 수도 있을 것이다. 받는 이의 마음을 전혀 생각하지 않은 선물이다.

하지만…… 아아, 그래.

그랬구나.

그런, 서로를 배려하는 관계를— 이미, 졸업한 것이다.

"……나도……."

결의를 다지고 입을 열자, 유메는 흠칫하며 몸을 부르르 떨었다.

"나도— 오늘은 룰을 어기겠어, 누나."

이리도 유메 ◆ 그럼 내년에는

"뭐?"

옆을 쳐다보니, 미즈토는 쿠션에 기대듯 책상을 향해 뻗어서 거기에 놓여 있는 물건을 손에 쥐고 있었다.

손바닥 크기의 물건.

문고 서적 사이즈.

설마, 하고 생각한 나에게 미즈토가 「받아」 하며 그것을 내밀었다.

"생일 축하해."

손바닥에 놓인 그 물건을, 나는 믿기지 않는다는 심정으로 응시했다.

"어……? 서, 설마, 이건—."

"뜯어봐."

나는 그 말을 듣고, 조심조심 포장을 뜯었다.

안에서 나온 것은— 예상했던 것이었다.

바로 빨간색 북커버였다.

"……겹칠 줄은 몰랐어."

내가 많은 생각이 교차하는 탓에 말문이 막히자, 미즈토는 한숨을 내쉬며 말했다.

"미리 말해두겠는데, 그 선물에는 네가 준 것처럼 의미가 담겨 있지 않아. 그저, 단순히…… 가장 먼저 생각난 게, 그것이었어."

"왜, 왜…… 설마, 예전의 그 일을 잊은 거야?!"

"그걸 어떻게 잊겠어."

미즈토는 무슨 소리를 하는 거냔 투로 그렇게 말하더니, 곧 입술을 삐죽 내밀었다.

"……일단 보류했어. 미련을 질질 끄는 것 같아서……. 하지만, 아무리 생각해 봐도 그것 말고는 생각이 안 났어. 너는 학생회 일 때문에 여기저기 돌아다니잖아? 책도 가지고 다녀야 할 테고, 그러면 흠집이 생길 수도 있으니까…… 뭐, 전 남친의 선물 같은 건 평소에 쓰기 어려울 테니까, 한 개 더 늘어도 되지 않을까 싶었어."

그랬……구나.

나는, 자기가 주고 싶은 것을 주자는 생각에 이것을 골랐다.

하지만 미즈토는…… 나를 생각해서, 이것을 고른 것이다.

"……고마워."

나는 2년 전에 받은 것과 색깔이 조금 다른 북커버를, 가슴에 꼭 안았다.

"소중히 간직할게."

"됐어. 비싼 것도 아닌걸. 낡으면 또 사면 돼."

"그럼 내년에 또 줄 거야?"

"그건 너무 우려먹는 거 아닐까."

내가 웃음을 흘리자, 미즈토는 내가 준 북커버를 내려다보며 말했다.

"나도, 고마워. 선물을 받으니 의외로 기쁘네."

"옛날에 내가 줬을 때와 비교하면 언제가 더 기뻐?"

"……아마 똑같을 거야."

똑같은 건가. ……그럼, 거의 다 따라잡았다.

"내년은 꼭 넘어서고 말겠어."

"기대할게."

이제, 얼마 안 남았다.

옛날의 나여, 목을 씻고 기다려라.

반드시, 내가 너를 넘어서고 말겠다.

이리도 미즈토 ◆ 비겁한 나

그 후로 한동안, 서로에게 선물한 북커버의 사용감을 확인할 겸 쿠션에 기대앉아서 책을 읽었다.

이윽고, 내 한쪽 어깨가 약간 무거워졌다.

고개를 돌려보니, 유메가 내 어깨에 머리를 얹은 채 고른 숨소리를 내고 있었다.

"이봐. ……하아……."

열두 시가 지났으니, 이미 우리의 생일은 끝났다.

평소의 유메라면 잠자리에 들었을 시간이니, 잠든 것도 어쩔 수 없다. 그녀를 침대로 옮길 방법을 생각해야겠다…….

"……."

앞머리 너머로 보이는 유메의 얼굴을, 나는 숨소리를 죽인 채 응시했다.

……똑같다.

그렇다. 똑같이 기뻤다.

벌써…… 거기까지 오고 만 것이다.

나는 예전에 생각했다. 사랑 따위는 마음의 흔들림에 지나지 않는다고 말이다.

하지만 지금은 이렇게 생각한다.

사랑은, 마음의 흔들림 따위가 아니다.

오히려, 흔들리고 있는 자신을 『이것이다』 하며 정립하기 위한 감정이다. 아버지가 재회한 유니 씨 앞에서 망설이지 않았던 것처럼, 나도 그녀 말고는 생각할 수 없다는 것을 깨달았다.

그래, 인정하겠어. 마음속으로만큼은, 얼버무리지 않을 거야.

좋아해.

좋아하니까, 곁에 있고 싶은 거야.

그래서— 평범한 남매 사이로, 있을 수 없어.

나는 곤히 잠든 유메의 앞머리를 향해, 손가락을 살며시 뻗었다.

……깨지 않겠지?

손가락의 첫 관절로 쓰다듬듯, 그녀의 앞머리에 살며시 댔다.

너는 비겁하다고 생각할까?

이미 마음을 굳혔으면서, 이 순간을 편안하게 여기는 나를…….

네가 눈치채지 못하는, 네가 잠들었을 때만, 이렇게 만질 수 있는 나를…….

그래도, 이런 생각을 하게 돼.

이건 쓸데없이 미루는 짓이지.

비겁한 모라토리엄이라고.

하지만, 지금은—.

이리도 유메 ◆ 비겁한 나

너는 비겁하다고 생각할까?

이미 마음을 굳혔으면서, 이 순간을 편안하게 여기는 나를…….

잠든 척을 하면서, 네가 만져주길 기다리는, 비겁한 나를…….

그래도, 이런 생각을 하고 말아.

이건 쓸데없이 미루는 짓이야.

비겁한 모라토리엄에 불과해.

하지만, 지금은—.

—잠시만 더, 이대로.

■작가 후기를 대신해 / 부활의 각화 짤막 코멘트

5권과 6권에서는 글을 쓰는 저도 혼란스러울 정도로 어려운 테마의 이야기가 이어졌던 만큼, 이번에는 유메의 환경이 크게 변하는 것에 맞춰 원점회귀라 할 수 있는 THE 러브 코미디 편으로 해봤습니다. 무엇보다 서브 타이틀대로, 잠시만 더 이대로 동시 짝사랑 상태를 보고 싶었거든요. 하늘에 한 점 부끄럼 없는, 당당한 분량 뻥튀기입니다.

그러니 후기도 1권처럼 각화 짤막 코멘트로 꾸며봤습니다. 그럼 시작하죠.

●—제1화: 좋아하는 사람이 한집에 있다

본격적으로 다른 세계에서 살기 시작한 두 사람에게, 아직 남아 있는 연결고리에 관한 이야기입니다.

학생회 멤버의 남녀비율에 대해 여러모로 생각해봤습니다만, 하바 군이 배경으로 되어버린다면 전원 여자로 해도 괜찮을 거란 단락적인 결론에 도달했습니다. 유메의 친구 관계도 그렇고, 저는 모 순정만화 잡지 스타일의 여자애 네다섯 명 그룹의 이야기를 쓰는 걸 좋아합니다. 하지만 커플 이야기도 쓰고 싶어서 OB를 넣어봤습니다.

결과적으로 전대 학생회의 멤버 중에서 서무 빼고는 다 나오게 됐습니다만, 언젠가 그 사람도 나오려나요. 회장이 아니라 서무가 수수께끼에 휩싸여 있다니, 사기캐 느낌 물씬 나지 않나요?

그리고 이번 권에는 이것저것 많이 담는 바람에 삽화가 부족해졌습니다. 그 바람에 원래라면 삽화가 들어갔을 만화카페 장면도 일러스트가 없습니다. 라이트노벨의 난점이죠. 팬아트 모집합니다.

●—제2화: 네 얼굴을 새빨갛게 만들고 싶다

목욕수건 차림으로 도발하는 이야기가 이번으로 몇 번째였죠? 그래도 좋습니다. 좋은 시추에이션은 몇 번을 재탕해도 좋으니까요.

이 이야기를 쓰면서 생각했습니다만, 러브 코미디는 등장인물이 전부 바보인 편이 재미있는 것 같습니다. 지난 권에서 미즈토는 IQ가 너무 높았어요. 이번 권부터는 적당히 바보로 만들어서 크으~ 이거야 이거! 하는 느낌으로 해봤습니다.

아이사는 완전히 제 취향인 캐릭터인데, 이번 권에서 꽤 멋진 활약을 해줬다고 생각합니다. 왜 실적이 없는 녀석일수록 남에게 조언하고 싶어 하는 걸까요?

●—제3화: 네가 보고 있는 나

체육제입니다. 개인적으로 딱히 관심이 없는 행사라 넘어갈까 했습니다만, 물건 빌려오기 경주가 생각나서 마음을 바꿨습니다. 참고로 체인지 룰은 제가 생각한 것이며, 실제로 존재하는지는 모릅니다.

유메가 학생회라는 새로운 커뮤니티에 접촉한 것처럼, 미즈토와 이사나는 나스카, 마키와 접촉합니다. 딱히 의도 같은 건 없이 말이죠.

유메도 포함해 전원 집합을 하면 총 일곱 명이 되어서 글을 쓰기 힘들어지는 만큼, 가능하면 모이지 말아줬으면 합니다. 뭐, 미즈토와 이사나는 결국 집단 안에서도 둘이서만 노닥거릴 테니, 환경의 큰 변화라고는 할 수 없겠네요.

타카야Ki 선생님은 속옷을 참 잘 그리시기에 일러스트에 속옷을 넣고 싶단 생각을 전부터 했는데, 드디어 실현했습니다. 하지만 그걸 위해 속옷을 망가뜨려야만 했습니다. 이사나…….

●—제4화: 분명 네가 지켜보고 있을 테니까

느긋한 러브 코미디 편이라도 조금은 시리어스를 넣어볼까, 싶어서 넣은 이야기입니다.

아스하인 양은 하나같이 푼수 같은 사랑 중인 학생회 멤버에게 있어, 순수하게 아끼고 보살펴줄 수 있는 유일한 존재입니다. 이 애가 남성 혐오를 극복할 예정은 제로! 다음 이야기에서 살짝 언급된 아이사의 여동생은 그 정돈 아닙니다만……. 그쪽 이야기도 언젠가 다룰 수 있었으면 좋겠습니다.

아, 맞다. 이야기 안 했군요. 아이사의 여동생 = 문화제에 나왔던 남자를 질색하는 여자 중학생, 입니다. 머리 모양이 언니와 똑같지 않나요?

●—제5화: 잠시만 더 이대로

오래 기다리셨습니다. 생일 편입니다. 11월 3일이란 날짜는 11과 3도 소수— 즉『나누고 싶어도 나눌 수 없는 숫자』이기에 그렇게 정했습니다.

도중 등장이기는 하지만, 학생회 멤버의 여름까지의 이야기를 다루지 않았던 문제를 해결해준 편이기도 합니다. 스즈리와 아이사가 자랑을 잘해서 다행이네요. 두 사람의 수영복 차림과 겨울옷 차림도 보고 싶었지만, 아까도 말씀드렸다시피 삽화가 부족했습니다. 이쪽도 팬아트 모집합니다.

미즈토와 유메는 원래 데이트를 시킬까 했습니다만, 실제로 집필을 하다 보니 데이트는 하지 않게 됐습니다. 그도 그럴 것이, 글을 쓰면서 눈치챘습니다만 생일은 연인보다 가족의 이벤트니까요. 결과적으로 꽤 잔잔한 이벤트가 됐습니다.

마지막 삽화는 예전부터 쓰고 싶었던 장면이라, 오랜만에 제가 일러스트 내용을 지정했습니다. 세상아, 이것이 동시 짝사랑이다.

……그런데, 옛날에 미즈토가 준 선물은 분홍색 북커버였습니다만, 지금 1권의 표지를 보면……?

오랜만에 어려운 생각을 하지 않으며 러브 코미디를 쓰니 정말 즐거웠습니다. 다음부터는 진지하게 6권에서 깔아둔 복선을 회수……할지도 모르고, 안 할지도 모릅니다. 이번에는 카와나미 & 미나미 페어의 분량이 적었으니, 다음 권에서는 중심인물로 발탁……될지도 모르고, 안 될지도 모릅니다. 아무것도 몰라요.

저, 카미시로 쿄스케의 『새 엄마가 데려온 딸이 전 여친이었다 7 잠시만 더 이대로』를 전해드렸습니다. 조금만 더가 아니라, 한 다섯 권 정도 더 이어졌으면 좋겠네요.

■역자 후기

안녕하십니까. 근로청년 번역가 이승원입니다.

『새 엄마가 데려온 딸이 전 여친이었다』 7권을 구매해주셔서 진심으로 감사드립니다.

겨울 막바지에 이 후기를 작성하고 있습니다.

독자 여러분께서는 겨울 잘 보내셨는지요.

저도 올해는 별 에피소드 없이 일이나 하며 보냈습니다.

올해 겨울에는 여행도 좀 가는 게 목표였습니다만, 번역과 통역이 겹치다 보니 결국 또 일만 하면서 보내고 말았네요.

태어나서 처음으로 스키를 타보고 싶었는데, 스케줄 잡다 보면 왜 이리 다른 일이 터지는 건지……ㅠㅜ 다음 겨울에는 스키가 안 되면 눈썰매라도 타러 가고 싶습니다, AHAHA.

그럼 『새 엄마가 데려온 딸이 전 여친이었다』 7권에 관해 이야기를 좀 해볼까 합니다.

스포일러가 포함되어 있을 수도 있으니 본편을 안 읽으신 분은 유의해주시길!

작가님께서도 말씀하셨다시피 『새 엄마가 데려온 딸이 전 여친이었다』 7권은 일상 러브 코미디 테이스트로 전개됐습니다.

요즘 들어 시리어스한 전개가 이어졌는데, 이렇게 동시 짝사랑 중인 의붓남매의 우스꽝스러운 에피소드를 보니 참 좋았습니다.

특히 학생회 선배라는 어드바이저(^^)를 얻은 유메의 공세가 엄청났습니다. 하지만 그 어드바이저가 실은 하나같이 문제가 많다는 사실이 폭로되는데……. 유메의 앞날도 순탄하지는 않을 것 같습니다.^^

그리고 미즈토 또한 이사나라는 세컨드(-_-;)와 함께 러브 코미디를 찍는다고 바빴습니다. 이사나는 진짜로 본처 공인 세컨드 자리를 노리는 게 아닐까 싶을 정도로 미즈토를 노려댑니다. ……솔직히 유메가 서두르지 않았다간 큰일 나겠다 싶을 정도다 싶습니다.

전체적으로 가벼운 느낌으로 전개된 7권입니다만, 서로를 향한 자신의 마음을 자각한 의붓남매가 서로에게 다가가려 한다는 것이 느껴졌습니다.

이 훈훈한 의붓남매를, 저도 독자 여러분과 함께 따뜻한 마음으로 지켜볼까 합니다!

그럼 이만 줄이겠습니다.

항상 재미있는 작품을 맡겨주시는 L노벨 편집부 여러분에게 진심으로 감사드립니다. 앞으로도 잘 부탁드립니다!

설이라고 오래간만에 연락 준 악우여. 올해는 진짜로 얼굴 보자. 내가 날 잡아서 놀러갈 테니, 주위에 맛난 음식점이라도 알아봐~.

마지막으로 언제나 제게 버팀목이 되어주시는 어머니와 『새 엄마가 데려온 딸이 전 여친이었다』를 읽어주신 모든 분께 진심으로 감사드립니다.

학생회 멤버 및 기타 등등의 온천여행(?!)이 펼쳐지는 8권 역자 후기 코너에서 다시 뵙겠습니다!

2023년 2월 초

역자 이승원 올림

새 엄마가 데려온 딸이 전 여친이었다 7

초판 1쇄 발행 2023년 4월 10일

지은이_ Kyosuke Kamishiro
일러스트_ TakayaKi
옮긴이_ 이승원

발행인_ 신현호
편집장_ 김승신
편집진행_ 권세라 · 최혁수 · 김경민 · 최정민
편집디자인_ 양우연
관리 · 영업_ 김민원

펴낸곳_ (주)디앤씨미디어
등록_ 2002년 4월 25일 제20-260호
주소_ 서울시 구로구 디지털로 26길 111 JnK디지털타워 503호
전화_ 02-333-2513(대표)
팩시밀리_ 02-333-2514
이메일_ lnovellove@naver.com
L노벨 공식 카페_ http://cafe.naver.com/lnovel11

MAMAHAHA NO TSUREGO GA MOTOKANO DATTA Vol.7
MOSUKOSHI DAKE KONOMAMADE

ISBN 979-11-278-6805-5 04830
ISBN 979-11-278-6075-2 (세트)

값 8,500원

L NOVEL
곰곰곰베어 19
저자 쿠마나노
일러스트 029
L NOVEL

L NOVEL

아빠는 영웅, 엄마는 정령, 딸인 나는 전생자. 1~7권

마츠우라 지음 | keepout 일러스트 | 이신 옮김

연구직에 몰두하던 전생(前生)을 거쳐 전생(轉生)했더니
원소의 정령이 되어 있었습니다.
아버지는 전 영웅이고 어머니는 정령의 왕.
저 또한 치트 능력을 받았습니다…….
아버지와 어머니, 그리고 정령들에게 사랑을 듬뿍 받으며
쑥쑥(본의 아니게 겉모습만 빼고!) 자라던 어느 날,
아버지와 함께 방문한 인간계에서 어쩌다 보니 임금님의 주목을 받게 되고,
그 탓에 가족이 위기에……?
"확실히 부숴버릴 테니 각오해 주세요."

정령 엘렌, 전생의 지식과 정령의 힘을 구사하여
소중한 가족을 지키겠습니다!

NOVEL

라이트노벨의 새로운 빛! L노벨의 신간은 매월 10일에 발매됩니다. http://cafe.naver.com/lnovel11

L NOVEL

옛 원칙의 마법기사 1~4권

히츠지 타로 지음 | 토사카 아사기 일러스트 | 송재희 옮김

「기사는 진실만을 말한다」
「그 마음에 용기의 불을 밝히어」
「그 검은 약자를 지키고」
「그 힘은 선을 지지하며」
「그 분노는— 악을 멸한다」

전설 시대 최강의 기사라고 평가받는 동시에 『야만인』이라는 이명을 가진 시드 블리체.
캘바니아의 젊은 「왕자」에 의해 부활한 남자는 마법기사 학교의 교관으로 부임한다.
창설자 기사의 이념을 이어받은 네 개의 교실 중에서
그가 배속된 곳은 공교롭게도 자신의 이름이 붙은 낙오 학급(클래스)인데…….
"너희 말이야, 기사로서 부끄럽지 않아? —일단 검을 버려."

최강의 기사는 야만인—. 새로운 「교관」 시리즈 개막!

NOVEL

라이트노벨의 새로운 빛! L노벨의 신간은 매월 10일에 발매됩니다. http://cafe.naver.com/lnovel11